U0914471

# 只要最后是你
# 晚一点也没关系

丛平平 著

九州出版社
JIUZHOUPRESS

喜欢一个人，是不会有痛苦的。爱一个人，也许会有绵长的痛苦，但他给我的快乐，也是世上最大的快乐。

120km/h

みゆき通り
MIYUKI DŌRI

mit
Lokal
ab
18 Uhr
geöffnet

# 目录 Contents

我们害怕岁月，却不知道活着是多么可喜。我们认为活着已经没意思，许多人却正在生死之间挣扎。什么时候，我们才肯为自己拥有的一切满怀感激呢？

# 序

## 这世界咄咄逼人，却又温暖如春

自从有了微信运动这种东西之后，我整个人都不好了，每天都能感受到来自这个世界的深深恶意。

“你今天就走了 8 步，是从你们家床到马桶的距离吗？”

“不是说今天去客户那儿开会吗？怎么才走了 100 多步，你是坐轮椅去开会的吗？”

“你没事儿吧！今天走了 3 万多步，是把手机绑狗身上了还是离家出走没带钱买不起车票？”

……

你们看，这世界是不是特难相处，左右都不行。但如果有一天无论是走了 1 步还是 10 万步都没有人来黑一下，我一定会觉得日子太寂寞了，完全刷不出存在感。

“你们都不关心我，我都几天没下床了，你们不觉得奇怪吗？”我一定会在我们的私密群里哭诉的。

每天虐你的人突然有一天不虐你了，感觉是不是跟失恋一样？

记得第一本书出来的时候，有朋友打电话来："我买了几十本呢，送不掉就糊墙，纸太硬，上厕所用都嫌硌得慌！"

我在这头傻乐："哈哈哈，那你多买点儿，把家里地板也换了吧，我这本书纸张特别好，特结实！"

后来断断续续出别的书，朋友圈又被刷屏："我朋友的书，纸特好，多买点儿回家糊墙，美观大方，关键是比墙纸还便宜。"

她们兀自晒着自己默不作声早在预售时就已经订了的书，一边嘲笑："写那么多爱情你谈过几个男朋友"，一边吐槽："半截身子入土的大婶儿还要写青春无敌美少女"，一边买好多直接寄到我家让我签上名再一一给她们的朋友寄过去。

我已经可以预想到这本书上市之后又会受到怎样的"恶意"了。

"胖儿，那里面减肥昏过去的胖子原型是不是你？""滚。"

"哇，那个失恋的故事看哭我了，是你被甩的亲身经历吗？""滚远点儿。"

我在深夜甜蜜地回忆与猜想，对比林湘身上有谁谁谁的影子，刘莎身上又有谁谁谁讲给我听的故事，还有那些只出现过一次的女主，多半都有着一点点脉络是留给谁的。

那些失恋时的无助与堕落、低谷时的绝望与狼狈、艳遇时的兴奋与贪恋、伤害时的愤怒与忧伤……都舍不得忘记。我把好的和坏的人生都写出来了，无法逃避，也不能抹去。

让每一个美好的夜晚都能想起这样一本书，里面有每一个相似的我们。

愿我们在最好的时光里，狠狠地爱与恨，因为时光是来不及等待的。

以前每天都会站在小区门口乘凉的吴爷爷，今年突然去世了，我常常看见他的老伴儿吴奶奶一个人坐在门口发呆，恶狠狠地跟我们说死老头子先去享福了，把她一个人丢在这儿受罪，以后见到他一定不放过他！说的人咬牙切齿，听的人肝肠寸断。

写到这里又想起了一个朋友，她把她和她老公的对话讲给我们听的时候都会把我们笑翻。

“你现在必须对我好点儿，以后你老了住在医院，我可是最有权利在你的诊断书上签继续治疗还是放弃治疗的那个人！”

“你现在不对我好，以后你老了躺在床上，小心我天天给你吃过期的食品！”

“你现在多锻炼身体啊，以后我们老了就买一辆轮椅，今天你推我去玄武湖，明天我推你去莫愁湖，轮流享福！”

……

虽然我一直嫌他们幼稚，但是却会在某个瞬间生出一点儿感动，能够在老年生活里想到你的人，哪怕是想着怎么虐你的人，他的未来，绝对是有你的。

这世界咄咄逼人，却又温暖如春。

这本书里的每一个故事，无论是恶毒还是残忍，都想告诉你关于人生每一段让人成长的爱。

一定会有一些人，即便凶狠地吵架时，也只会蠢萌蠢萌地跟你说：“我就是喜欢看你干不掉我，又不得不和我在一起的样子。”

那是属于你的另一种幸福。

这本书里的爱情，愿你遇得到，也愿你遇不到。

遇得到那些甜蜜的，遇不到那些悲伤的。

最后，愿你在这咄咄逼人的世界里也能熠熠生辉。

# 01 当我足够好，才会遇见更好的你

对于爱情，并不是真的谁认真谁就输了，而是如果你不认真对待自己，那才是真正地输了。好好对待自己，即便只是一个人，也要活成一支胜利的队伍。

我认识林湘的时候她还是个灰头土脸的工作狂，她是一名插画师，我跟她的公司有合作，一来二往就熟识了，后来私交还不错。她的公司人手不够，但老板不肯花钱再请人，就把人直接当牲口使，管你是什么职位，活来了没人干逮着谁算谁的。我每次看到林湘，她都是一副爆炸的模样，怒发冲冠，叉着腰打着电话吵着架。

有一次我们一起出去见客户，客户突然有事要我们等一个小时。我们坐在一楼咖啡厅干等，对面正好有一个很大的落地窗，下午的阳光肆无忌惮地洒进来，林湘喝着咖啡跟我说："我以前真不是这样的，现在真是习惯了，不发火干不了事儿，时刻都是脑子里的弦绷紧的状态，早上跟老板吵架，下午跟工人吵架，不吵架工作完成不了，我觉得整个人都是负能量。像这样好好地坐这儿喝杯咖啡简直是有多奢侈，我是多久没过过人的日子了……"

"那你怎么没想过辞职，不就是一份工作嘛，不开心就换吧！"

"以前觉得老板待我不错，就一直忍着，现在感觉每天忍着，都快成忍者神龟了，忍不了了！"

"大部分烦恼用一句话就能解决，要么忍，要么滚！"

林湘听了这个眼睛都直了，一口干掉杯中水："你说得对，明天老娘就辞职！"

当时我还以为她只是说说而已，没想到第二天她就给我打电话："亲爱的，我辞职了，现在去逛街，要不要一起？"
后来，我们就这样勾搭上了，成了很好的朋友。

林湘从之前的公司辞职后就开始在星巴克驻场。她赎身之后（这是她的原话），自己接活养活自己，睡到自然醒，这种幸福生活终于如愿以偿了。
但这只是别人眼中的林湘，我太知道自由职业的伤，画不出来写不出来的时候恨不得用鼠标箭头戳死自己，千万不要住高层，截稿日前一晚很可能一冲动就直接解脱了。
我们交不出稿来的时候都是蓬头垢面跟鬼一样，这种状态占据生活的90%。

而别人看到的幸福，不过是10%而已。
问林湘为什么不喜欢在家干活而要去星巴克，还要梳洗打扮化妆换衣服……女人出个门，没一小时前奏还是女人吗？
她说在家干活有什么可干的，对着冷冰冰的墙壁默默无语两行泪，太阳好的时候去飘窗上睡，下雨的时候在床上睡，一会儿摸摸这儿一会儿摸摸那儿，时间一下就过去了，人家的拖延症是癌，她的拖延症是尸毒。
其实还有另一个原因，林湘觉得，在星巴克干活能来事儿，好不容易从原来都是负能量的生活中解脱出来了，当然要阳光灿烂地过好下半辈子，关键是人家还是单身啊，每天宅在家怎么可能找到对象，难道要跟小强人兽恋嘛！

这我知道。我身边有很多在星巴克找到对象的，无论是婚姻合伙人、炮友还是真爱，都有。

星巴克物种多，几乎涵盖全宇宙的地球人和外星人。带拖线板的，你可以去蹭个插座；带数据线的，你可以去蹭个充电器；坐在旁边聊天聊到你懂的领域的，你可以去蹭个客户；一个人孤独工作的，你可以在她去上厕所的时候蹭个看护……总之，想蹭什么都行。

我的朋友刘莎还在星巴克蹭到一只大金毛，当然不是蹭回来当男朋友的，是她在星巴克等人的时候，邻桌的男人因为工作原因要出国，正打电话给各路狐朋狗友寄养他的金毛狗。

狗不知道长啥样儿，但男人足够帅啊！黑色的毛衣下宽阔的肩膀靠上去一定又暖又安全，想要抓住男人的心，先要抓住他的狗！

刘莎活活听他打了两小时电话都没人愿意要那只狗，她觉得这就是上天给的机会，天赐良缘，终于忍不住拍案而起："把你的狗给我吧，我养你！啊！不是，我养它！"

男人一抬头，一脸惊讶得帅，事儿就这么成了。

不过，男人到现在都没回国，根本联系不上了。金毛狗归了刘莎，好在人狗相处融洽，虽然砸手里了，每天得火腿肠、肉罐头、大排骨伺候着，但是砸得刘莎心甘情愿。我们这帮朋友的地位在她有了狗之后直线下降，去她家碰到狗的任何东西都要被扫地出门，而狗几乎可以骑在我们脖子上拉屎，她不但不会替我们申冤，还会要求我们摆POSE给她拍照发朋友圈。

这是一只狗成功逆袭上位的故事，并不是在星巴克捡到男神的故事，说这个只是为了证明一下林湘在星巴克有可能遇到任何奇妙的事情，确实比她在家独守空房对着冰冷的墙壁强太多。

单身女王林湘跟很多剩女不一样，她不排斥相亲，也不介意别人拿她的单身说事儿，只要能给她介绍顺眼的汉子，说什么都行。

林湘不属于八面玲珑要求太高找不到对象的那种，也不属于长得好看太多人追挑花眼的那种，她没对象纯粹是因为脑子坏了，要什么纯爱——“很爱很爱才行”，所以给她介绍对象的人早已万念俱灰。

什么是很爱很爱，一般人理解不了，听上去还不如一套多大面积的房子、一辆指定牌子的车更直观，起码能够直接转换为图像和价格。而这很爱很爱，总是让人用目瞪口呆作为回答。

贱人就是矫情，这是我们对她的幼稚嗤之以鼻的一致回应。

发现林湘不对劲儿是从她的朋友圈看出来的，之前从来不P照片，拍得多吓人都敢直接发的人，突然之间再也不自黑了。

经验表明，某人朋友圈图片画风突变，进步突飞猛进，不是学了摄影就是有了情况。

林湘的情况还挺意外，她在星巴克守株待兔一年多，最后竟然给她蹭到一个长腿欧巴。正儿八经来自星星的大长腿，短短的小鬈发，眼神温柔，像所有韩剧里的男二号那样温柔体贴，她告诉我们的时候说，已经拿下了。

关于怎么拿下的过程林湘没肯细说，只知道那个叫李在硕的大长腿是一名韩语老师，没课的时候兼职教人韩语，每周一三五下课后都会在星巴克上课，当时跟他学韩语的是个女大学生，叫袁珂。

李在硕每次给袁珂上课都会很巧地坐在跟林湘相邻的位子上，无疑是羊入虎口。林湘注意他们很久，后来终于搭讪成功，用很拙劣的借口：“您是韩语老师吗？我姑姑家的孩子想学韩语很久了，都没找到合适的老师，不知道您有没有时间再教一个学生？”

其实林湘根本没有姑姑，更没有什么想学韩语的孩子，但这就算是认识了，后来李在硕还天真地问过几次那个想学韩语的孩子，都被林湘随口编了几句瞎话给打发了。

而林湘自己成了他的学生，醉翁之意不在酒，只要上课就是约会呀！

那段时间林湘超忙，约了撸串儿都被严词拒绝：“老娘要背台词！”

“背什么台词，你不画插画啦？改行当谐星了？”

“当然是背韩剧台词啦，这样才能跟在硕欧巴有共同语言，用韩剧的浪漫搞定他，你们懂个屁！”

“人家难道不是喜欢你的中国风情吗？”

“我要的是万种风情！”

所以林湘不怎么撸串儿了，改吃八色烤肉什么的，以前她最不爱吃韩式烤肉，说一切不能端上来就吃的食物都是耍流氓，现在不觉得那是要流氓了。因为她不饿，在硕欧巴秀色可餐，光看着他就好像拥有了全世界，从眼睛到胃的全方位满足。

李在硕那个叫袁珂的学生，人生目标是当职业买手，所以学韩语是方便去韩国血拼。有时候林湘也跟他们一起，坐在离他们不远的位子陪着。他们学多久，她就等多久。林湘的化妆品全部换成了韩国的牌子，iPad里面全是韩国电影和韩剧。她还特地去上了化妆课，原来最隆重的妆容就是个大烟熏，而且化得让我们瞠目结舌，几乎不敢走在她旁边。后来林湘变成了甜美的韩式小清新，说起话来语气和表情都好夸张，感觉整个脸都要飞出去了。

有一次林湘去见一个新客户，对方把她当成了韩国人，她立马把报价给人家打了五折。

她对李在硕的爱，已经不能说是爱了，几乎可以说是迷恋、中毒，超越了正常的爱情。

对他们这样的搭配，我们并不看好。

林湘不算是个好看的姑娘，虽然也拾掇自己，但能力跟不上审美，通常不能正常发挥，有时候精心收拾一番出现在我们面前也总能给大家制造出各种槽点。我们老是跟她开玩笑说，范伟演的土豪老板才是她最合适的老公人选，她要嫁的人应该是把手机别在腰上，满手戴着金戒指的那种才对啊，“很爱很爱的纯爱”根本不适合她，那种都是看脸的，要不就是瞎。

我们谁也没有想过林湘可以搞定长腿欧巴，也有可能是嫉妒吧，觉得林湘无论哪一方面都配不上拥有一个正点的长腿欧巴的资质。

虽然林湘对如何搞定李在硕的过程三缄其口，但我们都看到过她看他的眼神，就像是粉丝对偶像，眼里的温度炙热得可以炼钢。

她最喜欢他穿深色带花纹的圆领毛衣配衬衫，衬衫领子露出来，干干净净，外面再套一件修身小风衣。

我们不屑一顾，所有韩剧里的男生不都是那样穿的吗？再说你去首尔，满大街都是这样的男人，无论脸长成啥样儿，都入戏很深，这有什么好炫耀的。

林湘一边用直板夹对着镜子专心地拉头发，一边满脸春色地对我们说："那不一样，李在硕是活的，活的长腿欧巴你们知道吗？"

"知不知道又怎么样，活的韩国男人就自带振动棒吗？"

她翻了一个花式白眼儿："下流！"

她和李在硕是柏拉图式的，就像韩剧里面演的那样，最多敲个头刮个鼻子什么的，难怪林湘身上有越来越浓重的禁欲气息。

这样的柏拉图大概持续了六个月，林湘也贤良淑德了六个月，那期间我们好怀念神经大条大大咧咧的林湘，感觉她就像换了脑换了心一样，完全变了个人。

直到有一天，我跟刘莎去费尔蒙酒店的裙楼见一个客户，本来是约在市区的，结果客户临时有事，我们只好自己开车找过去。等待的时候百无聊赖，看到商场里面有些艺术展，便走过去看看打发时间。

就这么巧，我们在家居展览区看到了李在硕，他的大长腿特别引人注目，颀长的身材穿长风衣确实好看，背对着我们的时候就看得人心神荡漾，特地走到他的侧面想看看他的脸，顺便勾搭一下，结果一看到就吓着了。

因为他旁边还站着一个姑娘，不是林湘，栗色的头发，瘦小精致，本来还抱着一丝“也许他们只是普通同学”的想法，没想到对方就好像为了证明我的猜想错了一样，那个姑娘一把挽住了长腿欧巴，整个人像是挂在他的腰上。

我赶紧转了身，没有跟李在硕打照面。这种场合，我真不知道该怎么说开场白。

“嗨，林湘没来？”

“嗨，我什么也没看见！”

好像都不太合适。

但想想又不甘心，跟刘莎商量了一下，必须得给林湘出口恶气。看着李在硕刚好走去洗手间的方向，便一左一右靠在门口等着。李在硕推门出来的时候被我们俩一把架住。

“那姑娘谁啊？你有女朋友还在外面勾三搭四，别以为你是外国人就可以欺负我们中国姑娘，信不信我们揍你！”

李在硕一脸惊悚，他无辜可怜的样子还真是梨花带雨我见犹怜，难怪林湘那么着魔。

他连声喊冤："我哪里有女朋友嘛，你们俩这是要干什么！"
"林湘不是你女朋友吗？你别不承认，我们可是她最好的朋友！"
"谁说林湘是我女朋友了，我们只是好朋友，从来没有谈恋爱，你们一定是误会了！"

他把误会两个字说得特别重，好像非常冤枉的样子，还加了一句："不信你们可以自己问她。不过，这个女生也不是我女朋友，我明明是单身，怎么突然多出来两个女朋友了！"
果然是红颜祸水。
厕所偶尔有人进出，我们不好堵太久，只好把他放了。晚上约林湘吃饭，旁敲侧击问她，她小口喝着芒果汁拖长鼻音跟我们撒娇："是不是重要吗？反正在我心里他就是。"
我和刘莎一口鲜血差点儿吐出来。
原来那天跟李在硕在一起看展览的女生就是他的学生袁珂，她对李在硕的热情比林湘还要狂热，知道李在硕什么时候放假，直接把机票买好，跟他一起飞首尔，去了他家，见了他的父母和妹妹。
好在他家人并不喜欢她，李在硕又是个很孝顺很传统的孩子，永远觉得泡菜是这个世界上最好的东西，所以袁珂身上的商人气息并没有占到太多便宜，当天晚上就给她在酒店开了房间，她再也没进得了李在硕的家门。

袁珂倒也没闲着，独自在韩国买了三大箱子东西拖了回去，据说把来回机票酒店钱稳稳地赚了回来。

但回来之后袁珂逼得更紧了，每天都要去李在硕的学校，以女朋友的身份待在他身边。

奇怪的是，林湘这时候反而淡定了。我们气得要命，她却气定神闲，好像算准了李在硕会来求她帮忙似的。

当李在硕跑来找她的时候，她正泡了一壶茶在家等着他，还下了他最爱吃的虾肉馄饨，买了他喜欢的黄油曲奇，这组合总让人感觉怪怪的，不过在林湘那儿，也没有什么是正常的了。

“如果她再这样，我就要被学校开除了，学校是不允许老师和学生有绯闻的！”

“你确定只是绯闻，没有实质性进展吗？”

“什么是实质性进展？”

“睡了没有？”

“当然没有啊，怎么可能，那是学生， 我下不了手！”

“好，有你这句话，就好说了。李在硕，你不用出面，我去冲锋陷阵，但你要答应我，永远不许再见她。”

李在硕满口答应。

接着林湘就屁颠儿屁颠儿地去找袁珂了，其实她心里根本没底，走之前在家里直哆嗦，问我们怎么办。我们怎么知道，这方面，没经验！

咱们谁都没斗过小三儿啊，一旦遇到都是愤怒退出或乖乖认怂的那种。我们都觉得，以林湘以前在公司的那种战斗力，完爆几个小屁孩儿是完全不在话下的。

但林湘对自己的机智还是很自恋的，觉得她这样的策略基本可以断绝李在硕主动找袁珂的机会，又可以让袁珂觉得是李在硕不想再见自己，两边阻断，应该就能彻底拆散他们。

可男人的承诺永远靠不住，他们不偷偷干点儿什么总好像没有存在感似的。

在林湘去见了袁珂之后，李在硕还是偷偷去见袁珂了。

袁珂拍了照发了朋友圈。我们都惊叹不已："你怎么会有情敌的微信啊？是怎么做到深入敌后的？"

"她是微商，我用小号加了她。"

"你不会还从她那儿买过东西吧？"

"嗯，送你们的圣诞节礼物就是在她那儿买的，我已经拿去鉴定了，估计是假的！那天我跟她说了，她要是再刁难在硕欧巴，我就举报她，让她被封号！所以她答应我不再去找我们家在硕欧巴了。"

靠！我们都要疯掉了，难怪她送我们的那套迪奥总是看着怪怪的，用着黏黏的。

刘莎骂她："你个禽兽！"

我骂她："禽兽不如！"

"别这样嘛，假的也好几百呢，我要省钱跟欧巴去旅行嘛！"

呵呵呵。

林湘为了跟李在硕去欧洲旅行，真的在拼命学英文了，以前只会唱英文版生日快乐的人，开始一首一首学英文歌，还在网上报了英文班，每周准时在电脑前在线学英文，又加了一个英语角的群，成天抱着手机语音群聊。不过似乎还是有点儿用处的，一开始她一开口我们都能笑抽，慢慢地居然顺耳了许多，不知道是不是听习惯了，又或者是她的英文真的有进步了吧!

她为这场旅行真的做足了功课，几乎通读了整个欧洲史，就是为了旅途中能够让李在硕对她刮目相看，用才华掩盖颜值的先天不足，也是为了能够攒足谈资，不至于聊到文艺复兴尴尬冷场，尽管之前林湘对于韩国的所有了解也就是泡菜和韩剧而已。

但现在她快把整个世界历史都读完了。

林湘说："从小我妈就教育我，太期待的事不要早早说出来，更不能挂在嘴上，要不然很可能就黄了，没想到是真的。"

长腿欧巴李在硕并没有跟林湘去欧洲旅行，到买机票的时候他退缩了。他约了她在他们遇见的那个星巴克，一本正经地跟林湘说："我想了很久还是觉得我们不能再这样下去了，我觉得我们并不合适，你喜欢我也就是一时冲动吧，很快就会忘了的!"

林湘心想冲动啥啊，不知道我有多深思熟虑才喜欢你的。但她没有说出来，几天前她已经看到在硕欧巴的韩国女友来中国了，跟他拍了自拍发了朋友圈。这年头儿，情侣合照自拍发朋友圈等于宣誓主权，告诉你这一亩三分地是我的，生人勿近。

林湘这场自编自导自演的跨国恋情直到韩国女友出场才是真正的韩剧

啊！在硕欧巴和那个姑娘青梅竹马，暗恋她二十多年，他来中国，拼命做家教，拼命挣钱，都是为了有一天，他有能力跟她在一起。

原来你以为自己已经为喜欢的人付出了一切，可他恰好也有一个喜欢的人呢，为了她不仅可以牺牲自己，还可以牺牲你。这就是爱情，在爱情里，所有的弱势群体都是那个不被爱的人，或者说，不够爱的人。爱情这件事多么特别，你再努力也许都不会改变什么，而另一个人什么都不做就可以坐享其成。

但这并不是不公，而是因为那不是对的人。

关于旅行的一切都准备好了，现在只差一个陪伴的人。林湘甩甩头发，在前公司练就的汉子精神现在发挥了巨大作用，有什么了不起啊，一个人去便是。

从此林湘便开始了“朋友圈带我们环游世界”的旅程，她说是失恋修复之旅，她说她心碎成了渣渣，即便站在老佛爷门口看着那么多日思夜想的名牌包包也无法治愈。

刘莎一语道破：“我呸，你那是恨自己没钱，买不起！”

不过林湘的旅途并没有闲着，她用世界通史搞定了一个意大利帅哥，帅得两眼电压220V以上，说句话要戴安全帽的那种，即便约会也要说成一首诗；还有一个日本大叔，像极了小田切让，穿着他们标志性的黑色宽风衣，鞋子一尘不染，亮得能照出人影，脸上的笑容带着日本人特有的闷骚和羞赧，他们从米兰一直跑到迪拜又跑到北海道看雪，一路上都在考验对方的智商，语言不通全靠在线翻译以及字典和肢体动作；后来她又遇到一个北京的音乐家，带着小提琴环游世界，她跟他一起在西雅图的街头谈情唱歌，快活得几乎忘记了自己是谁……

林湘回来跟我们说起各款男人，说得天花乱坠，眉飞色舞，她还把所有的经历都画成了漫画，画册很快被出版社抢着签掉了，加印了一次又一次，我们几次要求去帮她数钱都被拒绝了。

刘莎问她："你现在去老佛爷门口还心碎吗？"

林湘愁眉苦脸地说："买完之后发现稿费花掉了一半还是心碎的！"

后来有一天林湘请我们吃饭，韩国料理，我们问她："吃韩国菜你是想李在硕了吗？"

她眨巴着眼睛说："李在硕是谁？"

我们都哈哈大笑。

后来她诚恳地说，李在硕提高了她对男人的审美，也打开了她的浪漫之门，李在硕之前，她是被动的，李在硕之后，她成了女王。对于爱情，并不是真的谁认真谁就输了，而是如果你不认真对待自己，那才是真正地输了。好好对待自己，即便只是一个人，也要活成一支胜利的队伍。

# 02 喜欢要什么智商，恋爱管什么真相

有些人，你明明知道他所有的龌龊，却默默在心里粉饰了真相。爱不是放肆，爱是宁愿让自己变蠢，爱情里的任何聪明都是不够爱。当我们看透了曾经深爱的人，不愿再去为他做任何蠢事的时候，大概就是不那么爱了吧！

大概是2005年的时候，我跟雨桃一起作为新人在一家很大的集团公司当炮灰，哦不，是新员工。雨桃说炮灰太难听了。

当时带我们的前辈叫吴爽，负责把我们从什么都不懂的新人教化成可以熟练使用的老员工。

我还记得第一天见他，他穿了一件水蓝色的衬衫，其实公司所有男同事都穿一样的衬衫，因为是工作服。可吴爽却把同样的工作服穿出了不同，这让我想起了上学时班花和校花们的共同技能，就是把一样的校服穿出自己的风格。我们土肥圆穿上校服之后变成矮胖矬，而她们穿上校服能变成制服诱惑。

这就是差别。

吴爽因一双内增高的鞋子和小脚裤而显得英英玉立，虽然颜值一般般，但胜在会捯饬，所以在一群技术出身，总是把西服穿出睡衣气质的宅男同事中鹤立鸡群。无论他在哪里出现，总是人群里最出挑的那一个。

那会儿我们刚毕业没见过世面，很快就被吴爽并不高明的国产特效拿下了。尤其是雨桃，从那天之后，只要我们单独在一起，雨桃的话题就再也没有离开过吴爽，每每说起的时候总是用一个很暧昧的“他”字。

“今天他跟大BOSS出去见大客户了，回来的时候脸上的表情不太对，肯定没搞定！”

“关你屁事！你关心得着吗？”

“今天他跟我穿了情侣装，你看你看，都是黑色，我们穿衣品位好接近！”

“参加葬礼人人都穿黑色！”

“他今天帮我泡咖啡了，还跟我说加点儿糖，女孩子吃点儿甜的心情好。他把杯子递给我的时候，我碰到他指尖了，整个人都酥了！”

“我见过他至少给全公司一打妙龄少女泡过咖啡，还请人家喝下午茶，还给人家叫外卖，问人家吃不吃辣，吃辣对皮肤不好哟……”

“死胖子你成心的是吧！”

她喊死胖子的时候是对我最恶毒的攻击，一般情况下这三个字一出口，我们就会至少一个星期不说话。

但那次其实我没有生气，觉得这不过是她不争气的恼羞成怒罢了。那个“他”字从雨桃口中吐出来，像含着春风，能把整个办公室快被养死的吊兰都吹开花，能把前台那一缸快要养死的小金鱼都吹复活，也能把我从懵懵懂懂的职场新人生里吹清醒。

可我也真的没有想到，雨桃的野心远远不只发发花痴这么简单。

在我们试用期快要结束的时候，有一天晚上雨桃突然要求去我家过夜。

“我把吴爽给睡了！”

这是我一开门她窜进屋子跟我说的第一句话，真的是“窜”，我都没瞧见她的身形，一转身她已经扭曲地躺在我家的沙发上了，用一双春水般的眼睛看着我，小脸羞涩地娇笑成一朵粉色的桃花。

她是昨天跟吴爽一起出差，今天下午回来的，一整个下午我都感觉她有话要跟我说，眼神里都是大写的“憋”字，想必这会儿应该已经内伤了。

她从来不是心里能藏得住事儿的人，别说藏什么秘密藏一生，就算藏一分钟也是要她的命。偏偏那天她加班，我先走的，让她连路上跟我说话的机会都没有，等到这一刻，可真是难为她了。

雨桃跟吴爽的出差我怎么看都觉得是精心安排的。当时公司的潜规则是短途出差尽量不住宿，当天往返，尤其是男女异性，因为公司不允许办公室恋情，更不允许办公室奸情，觉得影响工作，在工作中带入私人感情会影响判断，恋爱会拉低智商。

这一点大家都明白，基本上如果同事间谈恋爱了，就必然会有一个人辞职。

吴爽带雨桃去见的是一个优质客户，在我们那儿，付款及时又不矫情的就算是优质客户。吴爽一脸慈爱地对雨桃说：“你先感受一下，我们从易到难，如果一下子就给你一个超级龟毛的客户，你还不吓破胆儿明天就辞职了啊！这年头儿招个合适的人太不容易，你不知道我忍受了多少个不靠谱的新人才等来你这么一个靠谱的，所以你得迅速成长，这样我也能轻松一点儿，懂吗？”

雨桃听到这番话后感动得要哭了。这是怎样的革命情谊，怎样的惺惺相惜，怎样的酒逢知己，她立马就成了吴爽的心腹，要为他赴汤蹈火在所不惜。

出差那天他们一起跟客户吃了晚饭，从餐厅出来吴爽撒娇：“我没吃饱，超想去撸个串儿，再喝两杯，那就完美了。”

雨桃天真地提问：“刚才跟客户不是喝了不少吗，还喝？”

吴爽娴熟地松开了领带，迅速从脖子上把领带摘下来塞进了他的GUCCI包包，又唰唰唰把袖扣等一把撸下来塞进了包里，捋起袖子，对雨桃顽皮一笑：“这样才是最好！”

雨桃眼珠子都快掉下来了，大概跟看到国民男友宋仲基拔枪的表情差不多。

因为眼前的吴爽，已经从一个西装革履的精致白领，摇身变成白衬衫的青涩少年，雨桃从未见过这样的吴爽，褪去了上司与下属所有的距离感，就像一个邻家大哥，用亲近又疲惫的目光看着你。

其实男人对于女人的最大诱惑，并不是在她面前一直端着，让她觉得遥不可及，而是他在别人面前高高在上，高处不胜寒，逼格满血，唯独在她面前像个孩子，卸下盔甲脆弱得需要保护。

女人天性里的母爱绝对一秒泛滥成灾。

吴爽的这一招儿，不动声色地用最好的方式显出了他与别人的不同，让雨桃的防线瞬间脱落崩塌，连他点的那份她从来不染指连看也不能看的烤脑花都感觉分外小清新，白皙如玉。

雨桃说她永远记得和吴爽的第一次亲吻，是孜然味儿的，所以后来每次路过烧烤摊儿都会泪流满面，因为那是吴爽的味道。而且每次撸串儿都要点一份脑花，她并不吃那玩意儿，就跟上供似的放在一边。

她说只要吴爽不死，就有机会，每一个余情未了的前任都应该做好随时返程的准备。

我嘲笑她："就算他死了，你也有跟他合葬的机会。"

雨桃跟吴爽的关系在公司除了我谁也不知道，我也被雨桃逼着发下了"如果跟别人说这件事儿就会每天胖10斤"的毒誓，陪着他们俩演戏。

吴爽的演技不去当演员都可惜了，我亲眼见到有一次因为雨桃做错了一个表格，吴爽当着全部门人的面，将雨桃骂了个狗血淋头。雨桃还算内心强大，一声没吭， 倒是新来的助理被吓得当场哭了，第二天就递了辞呈。

"我一向粗枝大叶，做错表格这种事儿估计分分钟都会发生，迟早要被吴总生吞活剥了，还是我自己走吧！"这是小助理的原话。我跟雨桃面面相觑，其实我们俩都心知肚明，吴爽发那么大的火，不过是为了掩饰自己跟雨桃的关系罢了，他对任何其他同事都没有这么狠过。

再说那顿骂当天晚上吴爽就还债了，雨桃第二天精神焕发地出现在办公室，就跟被大师开过光一样。

白白牺牲了一个小助理，那还是HR招了三个月好不容易才招到的呢。

如果有一天小助理知道了真相，大概赏个一丈红也不解气吧！

雨桃和吴爽的地下情一直持续了六个月，可在我看来雨桃奉若神祇的爱情其实不就是欲望的火花吗？并不是我暗恋吴爽嫉妒雨桃，而是作为雨桃的好朋友，作为看着他们的奸情一步一步发展到今天的见证人，我为雨桃觉得不值。

他们从不在外面吃饭，从不一起看电影，从不结伴逛街，从不压马路，杜绝一切户外活动和社交活动，理由是怕被熟人遇到。平常的约会大部分都是去雨桃住处，偶尔去吴爽那儿，吴爽也是非常小心，他会在雨桃进门时给她一个收纳盒，就像乘飞机过安检一样，让她把自己的所有东西放进收纳盒里，化妆品、发夹、发圈、手表等这些零碎的小东西都会给她一个密封袋放在一起封上口，以免遗忘在他家。

总之，他要求雨桃做到在每一次离开他家的时候，屋内没有任何女人的一切痕迹，包括气味。

“那你们在一起的时候都干什么呢？”

“睡觉啊！”

雨桃回答得那么直接，所以不管睡觉是怎么个睡法，我都不好意思再八卦了。

就这样一直到第六个月实习快结束的时候，发生了一件谁也没想到的事儿。客户投诉吴爽性贿赂，投诉邮件直接发给大BOSS，吴爽被第一时间隔离审查，虽然这些乱七八糟的事儿在平时都是公开的秘密，但一经摆上台面，却谁都受不了。

大家都知道吴爽这是被人摆了一道，一定是有人要搞他，也都大概知道那个人是谁，因为这次吴爽有机会升大区总监，而这个职位竞争激烈，谁是最大的赢家大家心知肚明。

雨桃从吴爽出事那一刻就一直保持沉默，我问她任何问题她都是三缄其口，一改平时碎嘴的八卦本性，就她那种一点儿秘密都藏不住的人能做到这一点，了解她的人一定佩服得五体投地。她在出事的第二天晚上给我发了一条留言："我一定会救他，他还有前程，我不帮他，真的没人能帮他了。"

我问她想怎么帮，她没有回我，打电话过去也是关机的。

雨桃第二天没来公司，问其他同事说出差了，打电话给她，语气匆忙，说回来再说，我再问，她粗暴地挂断了电话。

直到第四天，雨桃都没有回来，我每天不同时间段给她打电话，她都是摁掉不接，直到我收到公司群发的邮件，撤销吴爽的隔离，雨桃离职。

公司都在传，吴爽是被雨桃坑的，是雨桃为了拿下大客户私自勾搭客户，仗着自己有两分姿色就想上位，事情哪有那么容易，这回不仅搬起石头砸了自己的脚，还害了吴爽。

人多的地方话传得快，更何况桃色新闻什么的最容易传播了。圈子就这么大，没几天业内几乎尽人皆知，从茶水间出来的同事脸上都能看出花头来，比贺岁片还好看。他们知道我跟雨桃关系好，成群结队旁敲侧击找我打探，可惜，我知道得还没他们多——除了雨桃和吴爽的恋情，但那个是不能说的秘密。

雨桃再没来公司，我去她家找她，她正窝在沙发里看喜剧片，笑得花枝乱颤。

“为什么要这么做，你知不知道这样以后都不可能在这一行找到下家了！”

“我本来就入行不深，现在换行业也来得及啊。”

“那个吴爽给你下了什么药了！”

“当然是毒药，戒不了，我只是个小职员，什么都没有，怕什么，可是他不一样，他不能输，你懂的！”

我当然懂。女人痴情起来，没有逻辑；女人恶毒起来，泯灭人性。雨桃不仅洗清了吴爽的“冤屈”，还让那个背后黑手浮出了水面，吴爽不但少了一个敌人，还成功引起了大BOSS的注意，因祸得福，大区总监的位置自自然然落到他的手里，他从此成了拿年薪的人。

吴爽给雨桃的卡上打了三万块钱，雨桃收了，一脸幸福地对我说：

“愿意给你钱花的男人，怎么可能不是真爱？”

雨桃离职之后跟吴爽的恋情仍没有曝光，跟以前有劣迹的女下属谈恋爱，对吴爽来说是多大的污点，雨桃明白，甘愿做他背后的女人。

雨桃去了一家私企当总助，老板是个老色鬼，见雨桃长得漂亮，老是明目张胆地挑逗她，单独留她下来加班，单独带她去陪客户，单独送她回家。雨桃要辞职他不让，扣着她的人事关系，雨桃不去上班，他成倍地扣她工资，扣得雨桃连房租都交不起。雨桃千方百计找到了他老婆，却发现人家老婆也早就有了自己的男朋友，夫妻俩各玩各的潇洒得很，根本不管对方。

雨桃没辙了，这年头儿不怕不要命的，就怕不要脸的，人做到这份儿上，你还真得罪不起。

吴爽那阵子被外派到总部培训，雨桃一直没告诉他这件事儿，到后来有一次他周末回来去雨桃那儿，才听说了一些。吴爽给了雨桃一万块钱，让她先把房租交了，暂时不要去上班，让他想想办法。

雨桃不想给他添麻烦，吴爽的魅力又开始光芒普照，他抱着雨桃说："我现在养得起你，你就让我养几天，感受一下有老婆有家庭有责任的生活会不会不同，行不行？"

雨桃就差没有当场落下泪了，这几乎就是求婚嘛，那一刻雨桃真的认为，她和吴爽，就要这样一辈子了。

之后吴爽真的帮她搞定了那个色狼老板，每个人都有弱点，那样的人怎么可能不偷税漏税？他找税务局的朋友查了他，一查一个准。公司面临被查封，哪里还有心思风花雪月，雨桃趁兵荒马乱的时候辞了职，重获了自由。

吴爽在她心里的位置，又上升了一大步。可她并不知道，距离他们分手的时光，也正大步向前走着，一刻也不停留。

雨桃离职的日子里，我在公司听过关于吴爽的各种绯闻，以前他在的时候没人敢说，他升职调离之后留下了太多传说。从那些绯闻女主角脸上黯淡的目光来看，大部分传言可能都是真的，因为她们不再直接受他管辖，天高皇帝远，等于失去了一座靠山，县官不如现管，说的就是这个道理。

吴爽跟雨桃说公司要调他去新加坡，可能要待五年，甚至更长时间，还没等雨桃开口，他就断送了雨桃任何等待或者跟他一起去的念头。他很直接地对她说："我们分手吧，我不可能带你一起去，我一日不离职，我们的关系就不能公开，而我这五年里肯定不会离职，我也不可能让你等我五年，因为我根本不知道，是不是五年。"

他又给她三万块钱，让她对自己好一点，别太累，工作如果不喜欢，就换。

雨桃深夜来敲我的门，在我的床上号啕大哭，不是埋怨他，而是念他的好。他那么好，却不能据为己有，这种痛苦，才是挖心挖肺地痛。

那时我也因为一些原因从公司辞职了，雨桃等于切断了跟吴爽的最后一丝联系，虽然我仍跟前同事保持着联系，偶尔聊聊，或者约个饭，但真的只是偶尔，一年一两次那种，加上也并不一定每次都说到吴爽，所以很长时间都没有吴爽的消息，也没有雨桃的，她说想换个城市重新开始，便退掉了房子带着行李消失了。

我知道雨桃去新加坡旅行过，也知道她谈过一场从相亲开始的恋爱，小伙子对她言听计从，当她是亲生闺女一般，她觉得还不起这份厚爱，更不想给自己找个爹，分手了。再后来，雨桃杳无音信，再出现的时候就是她在火车站给我打电话，让我一定要过去，如果不去，可能再也见不到她了。

我吓得连滚带爬跑到火车站，她在门口的广场上席地而坐，看见我咧开嘴笑了，一把抓住我像逮猎物似的："你陪我去一趟吴爽的老家吧，我知道只有你能陪我去。"

我不知道她哪里来的自信我一定会陪她去，但最后她赢了。买不到票，只有硬座，二十多个小时，绿皮火车，我在答应她之后的每一秒都想退缩，可是她紧紧挽着我的胳膊，让我实在没有勇气挣脱她。

雨桃说："我真的放不下他啊，我什么也不想干，就想去看看他长大的地方，我实在心里慌得要命，做什么都做不好，只有与他有关的事儿，才有力量去做。"

我在绿皮硬座上坐也不是躺也不是站也不是，觉得自己真是脑袋被门夹了，明明可以在家做PPT也好，写稿子也好，啥也不干也好，都比现在的处境要好上一百倍。好在一路风景不错，青山绿水，不停地穿过山洞，明明灭灭，轰轰隆隆。卖汽水瓜子的一遍又一遍穿过，只是叫卖声被旁边斗地主的欢呼声覆盖了，车厢挤得就像沙丁鱼罐头，逃都没法逃，偶尔有小孩子撕心裂肺地哭喊。

雨桃就这样一路死死拽着我，生怕我跑了似的。

吴爽跟雨桃说过他的老家，是一个要先坐二十多个小时火车然后换大巴再换公共汽车再叫人骑三轮车或者摩托车来接的地方，全程要耗费三十多个小时。

当我和雨桃出现在吴爽家的村口时，村民好奇与漠然以及警惕的表情让我心生悔意。我为什么没有在上车时就告诉雨桃，吴爽根本没有被调去新加坡，他到新加坡不过是一个月的时间而已，不是五年也不是更长，他早就回来了，现在跟一个做投资的海归女孩儿谈恋爱，就快要结婚了。

这些都是前同事们告诉我的，他们有人都收到结婚请柬了。

可我看着雨桃昏暗又天真的脸，实在没有勇气跟她说出任何一句不好的话。

我们在吴爽家乡的县城住了两晚，去了吴爽的小学、中学以及已经不存在的幼儿园旧址，感觉就跟参观名人故居一样。雨桃带着拔掉莫言祖屋上萝卜的虔诚，在每一个地方拍照留念。

村里人说吴爽家几年前就搬到县城去了，有个有出息的儿子在县城买了房，全家人都不种地了，在县城当城里人呢。

雨桃骄傲地说："你看，吴爽在哪里都那么优秀，光芒挡也挡不住。所以，他应该跟一个优秀的女人结婚，他配得上。"

原来，雨桃什么都知道了。

吴爽跟雨桃说过一个故事：他人生中最重要的变化发生在爷爷去世的时候，他爷爷是跟邻居争地时被打成重伤致死的。很久以前在他们那里，这点儿战争根本算不得什么，人命没什么了不起。大部分人命如草芥，死了就死了，反正人总是会死的。

他至今记得爷爷临死前跟他说过的话，没有什么人之初性本善，人生下来就是自私的，别人欺负你只有一个原因，那就是你比他弱，所以，当你变得更强大了，你就是对的。

吴爽就是用这个故事让雨桃彻底原谅了他。可是我不知道要怎么让雨桃明白，即便你被别人狠狠伤害过，也不能转变成你伤害别人的正当理由。这不过是一条生存的食物链，不是物质进化的化学链。

但一个好故事的力量是明显的，雨桃被感动了，即便吴爽欺骗了她，她还是为他想好了理由：并不是他不爱自己了，他是没有办法，被逼无奈，他需要更好的生活，他走到现在，好不容易拥有了那么多，失去不起。

从吴爽家回来的时候，我们终于幸运地买到了卧铺，躺在上铺看着下铺的雨桃，她睡得很沉，好像许久没有睡过一样。我听见她轻微的鼾声，怎么也睡不着，不知道她心里到底放下了没有，到底要用怎样的态度去经营自己以后的人生。

但似乎是我想多了。

回来后的雨桃又消失了一阵子，听说她认识了一个留学生，谈了一场轰轰烈烈的恋爱。几个月之后她红光满面地跑来我家，说才下飞机，钥匙找不到了，要在我家睡一晚。我看着她活蹦乱跳的样子，想着以前那个雨桃又回来了。很久很久以前，她第一次把吴爽给睡了之后，就是这样的表情。大概这次是真的走出来了。

我们倒在沙发上嗑着瓜子聊天，说到以前的公司，说到吴爽，我不经大脑脱口而出："你说吴爽睡过多少个新人啊？"

这句话出口我就后悔了，狠狠掐了一把自己的大腿。果然，雨桃整整有十分钟没说话。后来她突然开口说：“睡和睡是不一样的，一种是有感情的睡，一种是纯粹用下半身的睡。”

我问她：“那你觉得你们是哪种？”

她叹了一口气：“大概是第二种吧！”

说完她背过身去，我突然不知道该如何往下接了，本来笃定她一定会说当然是第一种的，那我才可以顺理成章地黑一黑她啊。

“可是，我对他，自始至终都是第一种啊，就算知道他从一开始就没有真心爱过我，也是第一种。从此以后，对任何人，都不行了。”

雨桃的声音有点儿沙沙的，不知道是不是哭了。可我真的突然有点儿想哭。她窝在沙发里背对着我，瘦弱的肩膀偶尔轻轻抖动一下。这些年，在她心里，还是爱大于恨的，不知道对于她来说，哪一样更幸福。

雨桃说得对，有些人，你明明知道他所有的龌龊，却默默在心里粉饰了真相，爱不是放肆，爱是宁愿让自己变蠢，爱情里的任何聪明都是不够爱。

我什么都没再说了，第一次觉得或许雨桃才是对的。当我们看透了曾经深爱的人，不愿再去为他做任何蠢事的时候，大概就是不那么爱了吧！

在此之前，他所有的欺骗你心知肚明，仍为他找足借口去相信、去原谅，不过是因为还爱着而已。

# 03　在磨人的爱情里，你不是唯一的傻瓜

爱上一个人一定会变蠢，谈恋爱要什么智商，喜欢又不是分析来的，想对他好也不是权衡利弊来的，都是藏在身体里最原始的冲动，要什么理由！

年轻时喜欢一个人，想把自己认为最好的东西都给他，想把他改造成自己心里的样子，给他很多意见觉得是对他好，不管他需要不需要；希望他时刻把自己放在第一位，其他女生在他心里只能是浮云；计较谁给谁打电话比较多，为每次为什么都是我先找你而不是你先找我失望愤怒；我们疯狂地做着傻事在对方面前刷着存在感，很久以后只觉得那些事幼稚得连自己都想笑……

在爱情里，你我都不是唯一的傻瓜。爱上一个人一定会变蠢，谈恋爱要什么智商，喜欢又不是分析来的，想对他好也不是权衡利弊来的，都是藏在身体里最原始的冲动，要什么理由！明明彼此没有任何关系，在一秒钟之前可能还是陌生人，在一秒钟之后看到他可能就会心跳加快，像双胞胎一样感受到他的快乐和悲伤，把他当成比自己还重要的人。失去之后，跟自己说一百遍“忘记他吧”，却发现忘记这件事儿就像飞机晚点：你越着急，它越不慌不忙，等你在心里放弃了等待，它才会载你去另一个没有他的地方。

那些年遇见的傻瓜很多，包括自己。那些还留在记忆里的傻瓜们的爱情故事，每每想起都觉得那是青春里最珍贵的回忆——因为爱过！
我们爱过，才在这世上留下灿烂的痕迹。

## 1

大学的时候，学校在一个风景很好的景区旁边，大概谈恋爱这件事儿跟氛围也是有关系的，春花秋月、月朦胧鸟朦胧的，容易春心萌动，又都闲着没什么事儿干，有点儿饱暖思淫欲的感觉。但后来也知道了，有时候人兽性大发并不需要什么环境，再忙也不耽误劈腿。

当时震惊我们的第一段爱情是隔壁班的一个小美人儿和教官的故事。那会儿还没有宋仲基欧巴什么事儿，穿着制服的教官成为刚刚从高考的桎梏里面解放出来的少女们第一批接触到的纯爷们儿，加上他们班的教官是我们那届最帅的一个，不出点儿啥事儿都难。

那个小美人儿是刚进校就荣誉当选的校花，才开学没几天，至少有大几十号男生打上了她的主意，明恋的、暗恋的、攻击的、防守的，反正只要她出现的地方，感觉荷尔蒙都特别旺盛，小伙子们一拨一拨往上凑。

那会儿手机还没有现在这么普及，通信基本靠写信和宿舍仅有的那部固定电话，要不然就是校园里的公用电话，不像现在，偷偷加个微信，关注个微博啥的可以悄悄进行。宿舍的电话一响，几乎跟庆祝节日一样欢腾，特别是时间长了，知道了谁是谁的绯闻男女友，连声音都能听得出来。

小美人儿和她的教官就是这么暴露的，她弄到他的电话号码，在宿舍打电话给他，全宿舍都知道了。当然，大家也没什么恶意，除了嫉妒就是满满的一颗八卦之心。

他们俩勾搭上的起因是小美人儿来大姨妈的时候站队列，天气又热，还穿着厚厚的迷彩服，小美人儿从小体弱多病，是家里的小公主，哪里受得了这个罪，才站了两天就“扑通”一声晕倒了。

在此备注，如果说后来的拔枪是撩妹技能，那么晕倒则是扑倒帅哥的重要手段。

教官是用公主抱把小美人儿抱到学校医务室的。那会儿我们看到都羡慕得口水直流，那下蹲的姿势、那宽阔的后背、那有力的臂膀、那奔跑的步伐……直怪自己体质太好都快被太阳烤焦了也不晕倒，倒是越来越黑，连仅有的一点儿竞争力都被掩盖了。

从那次之后，小美人儿看教官的眼神就不一样了，与他对视一眼都火光四射。其实教官也就是二十出头的小男生，比我们大不了几岁，英雄难过美人关，一来二往，两人就爱得死去活来了。

教官严禁跟学生谈恋爱，大家都知道的，大概是有竞争对手捣乱，或者是流言蜚语传得太厉害，他们俩的事情很快就包不住了。我记得学校特地开了大会，含沙射影讲了这件事儿，可能是觉得影响不好，倒也没有说得很透。只知道教官受了处分，之后没几个月，他便复员了。

小美人儿照样在学校好好地上着学，此事对她其实没什么影响，只是被叫过去谈了几次话而已。那时她家里开着好几间工厂，是做皮具生意的。她把教官带回去见了父母，把他安排在自家的工厂里面，教官长得帅，人又机灵，在工厂很快就是得力干将了。那会儿小美人儿的宿舍有人做雅芳，我们晚上经常会去玩，顺便去看下货，也跟着那个卖东西的妹子学化妆。每天去的时候她基本都是保持一个姿势，靠着墙，把电话拖到床上，在被窝里打电话，时不时撒娇发嗲，咯咯直笑。我们回到宿舍便以学她为乐趣，感觉她一个人谈恋爱，整个宿舍一学期的乐子都有了。

因为教官不在学校，我们对于他们的恋爱进展也只能靠八卦猜测以及小美人儿跟我们聊天的只言片语，还有断断续续听来的电话去推断，唯一亲眼所见的一次，也是他们的爱情快要走到尽头的那次。

那是我们最后一次见到帅气的教官，别误会，他还在这个世界上，只是再无缘分遇见而已。

教官是收到江湖邀请函来的。我们上上届的一个学长，平时就是那种特别能装的人，长得丑但全靠气场，每次看到他都有一种《智取威虎山》的即视感，走到哪儿都带着一帮小跟班儿。他追小美人儿追了一年多，是从开学第一天就开始的，教官不在的日子里他几乎就是她的全职保镖，赶也赶不跑，骂也骂不走。后来小美人儿改变战术，费尽心思使唤他虐他，但这货估计是真爱，不管怎样都乐颠颠的。

有一个帅哥在家等着你，还有一个扛把子时刻宠着你，对于一个花样少女来说是不是虚荣心爆棚了？小美人儿大概也是慢慢接受了丑学长吧，那时我们议论最多的就是他们如果接吻，小美人儿怎么下得去嘴，跟帅哥教官肯定不是一个口味啊！
后来想想，我们操的心也是够多余的。

教官是被学长的电话叫来的，那阵子学长忙着办出国的事，小美人儿家里也是希望她以后可以出国的，但教官对出国这件事儿非常反对。而且，在厂里时间长了，总觉得自己就像入赘一样，大概在部队里待过的人性子都刚烈吧，发生过几次不愉快，小美人儿就抱怨他不能忍。寄人篱下总也要低点儿头的嘛，于是两个人总是吵。
决战那天很多人围观，雄性物种总是喜欢用武力解决问题，好向雌性物种显示自己的威武雄壮，事实上打架教官是赢了的，但赢了的教官对小美人儿提出了分手。
教官擦着脸上的伤痕离开的背影一直到毕业都被我们津津乐道，不知道有多少女生想要扑上去给他安慰，帮他包扎伤口，听说口水对伤口有杀菌作用，这个偏方是一定要尝试的。
但他宽阔凄冷的身影最终是孤独离开的。
后来小美人儿和学长也没有在一起，学长出国了，小美人儿还没毕业。偶尔我们再去她宿舍玩的时候会跟她聊到教官，她说跟他再无联系，不知道他去了哪里，现在过得怎么样。每次说起他的时候，她的眼神是空洞的，像是把所有的想念都放进去了。
毕业之后在人人网上看到小美人儿结婚的消息，她的老公竟然也是个军人，不知道是巧合，还是她对教官的怀念。

## 2

除了小美人儿和教官，那时还有另一对特别扎眼的情侣。男生是个高高的瘦子，女生是个高高的胖子，但她胖得不难看，通常是很可爱的打扮，卷卷的头发扎着蝴蝶结，穿有红色蕾丝花边的黑色的裙子，占了脸小的便宜，看上去倒也舒服。

男生总是在我们宿舍楼下等她，几乎全宿舍楼的人去阳台晾衣服时都看到过他像个电线杆似的杵在电线杆旁边，有时候恰好能看见女生蹦跳着从宿舍楼里跑出来向他扑过去，几乎让他栽一个趔趄。

他们是计算机科学系的，所以我们总是用“计科班”的那一对儿来称呼他们，还给他们取了昵称，男生叫瘦瘦，女生叫胖儿。

胖儿是宿舍姐们儿刘莎的老乡，她们偶尔因为家里有车来接可以蹭个车一起回家有联络，我们也就八卦到了一些关于他们的信息。

是胖儿追的瘦瘦。

哇！这简直是一部励志片。因为瘦瘦细看还挺帅啊！在理工学校女少男多还大部分都长得跟公式差不多的情况下，瘦瘦清秀的小脸儿和两个浅浅的酒窝已经算是人间极品了。

而胖姑娘没有春天的说法也被胖儿的勇敢打破了。

江南城市的春天与初夏都美得惨绝人寰，校园里柳絮飘飘春花摇曳，连阳台上挂着的各色床单都像一幅思春的画面。傍晚的时候学校有广播台，会播放流行音乐，有声音绵软的女主播和会让耳朵怀孕的男主播。伴着夕阳和暖烘烘的柔光我们去开水房打水，去食堂排队，去图书馆占位子，去外面的“堕落街”吃黑暗料理……

不管我们去干什么，都会遇见瘦瘦杵在我们楼下等着他心爱的姑娘，胖儿连滚带爬扑进他瘦弱的怀里，既滑稽又温暖。

我们经常会无聊地躺在床上打赌，赌他们什么时候会分手。那会儿没事儿就在校园里面溜达的固定搭配有好几对，郎才女貌的也有；珠圆玉润的也有；匪夷所思的也有；看着像随意凑数的也有。胖瘦搭配因为体型的亮点被关注颇多，我们不止一次打赌他们迟早会分手，因为听说瘦瘦班上还有另外一个女生也喜欢他，喊他大哥，大家都懂得，什么哥哥妹妹的关系最容易出事儿了。

防火防盗防闺密防妹妹，这条定律是值得女人终生铭记的。

胖儿并不是那种工于心计的姑娘，甚至连正当防卫都不会。当我们看到瘦瘦跟妹妹在楼下争吵的时候，最后一幕简直是百分之百的撒手锏——妹妹踮起脚尖朝瘦瘦脸上狠狠亲了一口。室友在阳台背单词，手上一本半斤重的字典吓得掉到了一楼，幸好没砸到人，边跑下去捡还边嘟囔：“这胆儿也太大了，活该我们没有男朋友啊！”

大家都猜测着他们离分手不远了，任你胖儿再单纯可爱也抵不上野花乱扑啊！

但那之后没多久恰逢“非典”，胖儿他们班的一部分人刚好出去实习，躲开了封校隔离，而瘦瘦因为感冒咳嗽，被留在学校，且关进了医务室。

那段日子我们谁也不能出校门，对于学校之外的任何东西都羡慕得要命，学校里面哪怕是一只苍蝇我们都想跟它一起飞出去。就在那个非常时期，胖儿回来了。在所有出去的实习生里面，只有她一个人回校了。其他人都选择了回家或者去别的地方，反正学校是坚决不会回的。

于是我们又看到医务室的窗外每天有个胖子站着，两个人隔着窗子打手语，胖儿把作业啊书啊什么的都随身带着，全天在窗外陪着他。瘦瘦被隔离了一个星期，胖儿陪了他一个星期。

等妹妹回到学校，发现大势已去。

之后他们感情一直很好，没多久妹妹找了男友，新男友上任，每天站在距离瘦瘦不远的地方等妹妹，两人还时常一起抽烟聊天，我们都好奇他们聊的啥。

你幸福吗？

我姓王啊！

……

以上纯属虚构。

胖儿后来有阵子减肥，女孩儿嘛，没有不爱美的，何况她是真的胖，男朋友那么瘦可能心理压力也蛮大的，于是开始了她的减肥生涯。最常用的减肥方法就是节食，不吃呗，也饿不死。我们在食堂里再也看不到他们了，每次都是瘦瘦一个人，胖儿不陪他吃饭了，想想也是，不让人吃还让人陪着，也太残忍了。

胖儿不吃饭的日子大概持续了不到一个月，有一天刘莎回来说胖儿今天晕倒啦，一会儿我买点儿吃的去看看她。

你看，我就说没事儿要学会晕倒吧，不管胖瘦，听上去都让人好心疼。

晚上刘莎回来之后我们才知道，原来是胖儿节食太狠了，这次室友过生日请大家出去吃饭，嗨过头了喝了点酒，结果胃穿孔。

那次之后瘦瘦再也不让胖儿减肥了，食堂又多了他们的身影，而且很多时候都是在二楼开小灶。瘦瘦把两人所有的生活费都用来喂养胖儿，胖儿果然轻轻松松又圆了一圈，但从此过着幸福的生活。

中间还有一段插曲是快毕业的时候我们才知道的，之前瘦瘦为了让自己胖一点，好让胖儿没那么大压力，拼命吃东西想增肥，结果吃到上吐下泻，不仅没胖，反而瘦了一圈。

人生和人生，是多么欲哭无泪。

在爱情里，你干过的那些傻事儿都会变成纪念簿，无论结局如何，都会记录在案，载入历届恋爱史册。

那次挫折之后，两人终于消停了，临近毕业，也没劲折腾了。每天手拉手作为全校情侣楷模在校园里当活动展示，也够羡煞旁人的。

再后来我们毕业找工作，毕业就分手的魔咒也没找上他们。这对胖瘦组合一起去了广州创业。那会儿不像现在，赶上全民创业的浪潮。在好多年前，大学毕业就创业还是一件惊为天人的事情，他们也算是引领了潮流风向标。

再次和他们有联系是因为微商横行，刘莎把胖儿的微信推给我，说她已经有自己的独立品牌了，几乎每个月都去日韩，可以找她带东西。我突然发现女人和女人之间最密切的联系好像只能靠代购来维持了，这个发现简直颠覆人类对于友谊的定义。代购是可以让原本不熟的女人迅速产生友谊的最有效催化剂。

已经很多年没见过面，我几乎记不起她的样子了，但看到她朋友圈的自拍却还是一下子被带回到了学生时代，想起她在女生宿舍楼下扑向瘦瘦时憨态可掬的样子。

她仍是胖，有些人的胖大概是天生的，是身体的福分与赐予。瘦瘦倒是好像如愿宽了一点儿，脸上有肉了，竟然还有了一点儿双下巴，颇有中年发福的趋势，现在他们终于越来越般配，连笑容都是一样的。

感谢岁月，把他们的爱情打磨得这么好。

## 3

之前提起的，在校园里招摇过市的情侣还有很多，像胖瘦组合这样圆满的可能一百对里面只有一对成功案例吧。曾经的爱人们以各种姿势反目成仇，男朋友和女朋友在熟人里面不停地排列组合，在我们糊里糊涂的青春里就像黄段子，说的时候哈哈一笑，过后又觉得难以启齿。

一起上高数大课机电专业那个叫豆豆的女生和叫南瓜的男生分手的时

候，几乎全宿舍楼的女生都跑去安慰豆豆了，其实也是八卦精神在身体里茁壮成长，都想亲自去听听男朋友劈腿闺密的故事。

对，豆豆的剧情说起来没什么新意又令人发指，男朋友跟闺密滚起了床单，而自己是最后一个知道的。

女生们组团去慰问她，或真心或好奇或好玩地打听其中可能隐藏的蛛丝马迹，豆豆先是祥林嫂般地跟每个来询问的人讲了一遍："我真傻，真的，单知道春天是没有狼的，哦不，单知道闺密是最好的朋友，谁知道也是喂不熟的白眼儿狼……"

后来豆豆不愿意讲了，每天蒙着被子在宿舍里睡大觉，前男友的现女友就住在斜对面宿舍，再躲也难免遇见，总是会遇见的。先前好得跟一个人似的，有一点儿屁事就要彼此分享，现在成了心里最深的伤口，被好朋友捅的刀伤，总比敌人的要锋利百倍。

豆豆跟我们说，失恋最痛苦的不是你投入了多少感情，而是需要克服两个长期在一起的人养成的所有习惯。明明在很长一段日子里，睁开眼是他，下了楼是他，吃饭的时候对面坐着的是他，帮你打饭买菜的是他，下晚自习饿了陪你吃夜宵的是他，你哭了笑了冷了热了生病了不开心了在你身边的都是他，可现在他突然不见了，你不能再找他为你做任何事儿。那种已经长在身上的习惯一旦要瞬间改变，就好像是在伤口上涂药，疼得撕心裂肺。不仅要面对失去，还要面对别人同情的目光，在这场雌雄争春的战争里你是失败的那只，旁人看你时脸上的表情就跟看两只小狗抢一根骨头，最终一只赢了，另一只眼巴巴地在旁边趴着咽口水一般。

豆豆就是没抢到的那只。她做过很多女生都会做的反抗和努力。我们看见她在树林里和前男友吵架，抱着他哭成了泪人儿，挖苦打骂，崩溃的台词句句直戳心窝。她拿着一学期的生活费要跟他去开房，去旅行，去浪迹天涯，离开这里，摆脱眼前既定的她不愿接受的事实，去哪里都好，只要还是跟他在一起，跟爱情在一起。

这些都被拒绝了。

绝望时的挽留，比任何时刻都要真诚，但比任何时刻都没用。

那个秋天，整个学校的人都见证了豆豆如何去挽留一段已经不复存在的爱情。她去广播站给他读了一封自己写的信，我记得读了整整半个小时。秋天的黄昏阳光很好，所有的人都停下了手里的事情聆听她这段真诚的告白。

我至今还能回忆起那天的画面：天空是粉红色的，篮球场上的男孩子们停下了扣篮，抱着球站在篮筐下；下去打水的女生拎着热水壶站在小道上，风是轻柔的，香樟树是摇曳的；宿管阿姨也从她的“笼子”里走出来站在操场旁边的林荫道上；连热吻的恋人都停了下来……

那个黄昏静止的画面，成为豆豆的爱情最后的挣扎。

我不知道那个叫南瓜的男生当时是什么反应，心里是感动还是虚荣，是厌倦还是丢脸，总之他并没有被这封信改变心意，他与豆豆的闺密，从此过上了幸福的生活。

一开始我们对于这种抢闺密男朋友的事情是嗤之以鼻的，义务组团诅咒他们早日分手，但时间长了之后大家都习惯了，谁跟谁谈恋爱关我们屁事，也都开始慢慢接受。

那些曾经跟豆豆一起玩过的南瓜的朋友，也纷纷转变了阵营。其实也不是刻意怎样，不过是豆豆脱离了他们的圈子，新加入的那个人自然就取代了豆豆的位置。豆豆常常看到她在自习教室里跟南瓜的小伙伴们打牌嗑瓜子看电视剧聊八卦，偶尔他们看到豆豆尴尬地嘿嘿一笑，她也咧开嘴回应一个更大的微笑，宽慰他们不必放在心上。

后来南瓜的一个室友有一次跟豆豆分在一组做实验，一边装模拟电路一边聊天，他说其实南瓜那时候挺喜欢你的，但是你总那么咄咄逼人，有时候一点儿面子都不给他，男人嘛，多少都希望女朋友温柔一些。

豆豆笑着说："没关系，这么久了，我早就接受了他不再喜欢我的事实，谢谢你安慰我，变成前任的女人都喜欢听到别人说前任喜欢的还是自己吧，我心里也是开心的，但这已经不重要了。"

南瓜的室友瞠目结舌，豆豆这样的姑娘，这么清醒，难怪日子过不下去。对恋爱和婚姻中的男人来说，女人当然是越糊涂越好啊，你当好傻白甜，爱情也会浪漫很多，整天跟那些毒舌网红一样，谁能受得了。

当然，那会儿还没有网红这个词，没有朋友圈也没有微博，大概只有QQ空间吧，只是不久之后，豆豆发现南瓜已经把自己从QQ好友列表里面删除了。他们的QQ号是个情侣号，她背得出来，却也懒得再去加回来，去问"为什么要把我删掉，难道我还会纠缠你不成"，这个真的有必要吗？

豆豆狠狠地扛过了那段刚失恋时不习惯的日子，也许是因为看到南瓜再也没有回头的希望，才不得不扛的吧！她倒是在心里挺感谢南瓜的，分手分得彻底的人，光明磊落，是条汉子！

那段日子豆豆常来我们宿舍，因为跟另一个室友想开网店，那会儿网店刚刚兴起，我们连支付宝是什么都不懂，也不敢在网上买东西。我在网上买的第一样东西是一条裙子，豆豆帮我买的。她还帮刘莎买了包包，帮隔壁宿舍买了抱枕、保温杯、小饰品、鞋子……她拼命让自己忙碌起来，以便可以更快地忘记那个混蛋。

豆豆顺利地跟南瓜再无联系，日子久了，在路上遇见也会点头微笑，不再剑拔弩张，恨不得扑上去将他撕成碎片了。那个曾经深深爱过的人，终有一天成了擦肩而过的陌生人。

爱情大概是这世界上最不靠谱儿的关系吧，曾经好得如胶似漆的两个人，一旦分了手，连陌生人都不如。这种亲密之后的冷漠才是心里最薄凉的一处秘密花园，很多年后想起来几乎恍若隔世，连自己都不信，如果可以搭乘时光机回到当初，一定无法接受同样的两个人可以在短暂的人生里同时拥有合二为一与永不相见两种状态。

豆豆后来也交了新的男朋友。毕业之后南瓜出了国，跟豆豆的前闺密异地不到一年就分了手，但那会儿大家都忙着自己的事儿，腾不出空来管别人的闲事了。感觉毕业五年之内是同学之间最容易失去联系的一个阶段，一切都没有定数，又是新鲜的社会，又是新鲜的人物关系，大家奔跑着去感受江湖，谁有空去怀旧！反倒是毕业的时间越久，越能想起聚个会，看看大家的改变。

毕业八年的那场聚会我们见到了豆豆。我们那一届有三个班是同一天办聚会的，大家穿着统一的T恤一起照相。豆豆看到我们笑呵呵地扑上来，跟着我们跑去当年住的宿舍，我们说起她念过的那封信。我至今记得里面的那句话：

"我曾那么认真地爱过你，像对待自己的生命一样认真地爱过你，但一切回头再看，都成了傻瓜的独舞，你走了，无人能让我心甘情愿地再傻一次。"

豆豆听得目瞪口呆："这真的是我说的吗？酸得掉牙啊，我还真特别勇敢，这种词儿都敢读。要是现在啊，打死我也不可能，我那时候一定是疯了。"

所以说，青春只有一次啊！

我们问她关于南瓜的事儿——南瓜也来参加聚会了，豆豆还跟他聊了两句。说起南瓜的双胞胎女儿，豆豆羡慕得要命，说南瓜现在成了超级奶爸，伺候吃喝屎尿屁耐心得要命。南瓜当年玩起游戏打起麻将可是命都不要啊，男人要转型，还真是一点苗头都看不出呢！

他终于也没有跟那个人在一起，真是大团圆的结局！我们说。

豆豆怪我们太毒舌，殊不知她自己更毒，潘金莲是用砒霜毒死人，她用的是凛冽果断的人生观。

他们在不在一起才不关我的事儿，我忙死了，要伺候客户，要做SPA，要美甲，要跟老公生猴子，要带爸妈去参加夕阳红老年团，要养猫，要环游世界……就算一整天都没事儿干，我还可以睡懒觉啊，吃吃睡睡像猪一样生活才是我的毕生目标好吗，哪有空去管什么前任是不是跟他的前任在一起呢！愿他们过得好，就像希望世界和平一样，是礼貌真诚的人类善良的本能。代表全人类祝福你们，却不必惦念你们。

真的，那个神采奕奕的、倒霉的、被同时劈腿与背叛的傻瓜，还好好地生活着，并没被爱情伤到筋骨。

## 4

楠子是我见过的第一个得过抑郁症的姑娘，之前总觉得抑郁症这个病玄乎又文艺，就像贾宝玉的玉一样，大概不是人人都能得的。后来认识了楠子，才知道只要是被冠上“病”这个字，就是痛苦不堪的。

楠子在大四下学期退了学，如果不是真的没法再坚持，谁都不会放弃辛苦读了三年半的大学什么都不要了。毕竟对于我们这些普普通通的学生来说，毕业证书还是一项重要的不动产。

她那时候整夜失眠，夜里塞着耳机，偶尔睡着会被哭醒，不敢从窗户朝外看，不敢坐外部透明的电梯，不敢靠近阳台，不敢坐地铁，甚至不敢过桥，她害怕自己不知道什么时候就一下子跳下去了，连自己都来不及阻拦。

后来她遇到了笨拙男生荞。那是在她鼓起勇气一个人出去旅行的时候，他们在晚上十一点多同时到达一间青旅，本以为不是周末肯定有床位，结果全部满房。老板说："要不你们就在大厅打地铺吧，不收你们钱了，反正一楼的公共区域大得很，你们自便。"

那一夜他们俩都没怎么睡，一直聊一直聊，说到小时候被老爸追打摔掉了两颗门牙；说到前一任老板抠门许诺年终奖很大很大哟，结果每人发了两百块红包；说到初中时暗恋一个男生，往他的书包里放蚯蚓，把男生吓晕之后突然发现他竟然这么胆小，立马改变了心意喜欢上那个一起挖蚯蚓的男孩儿；说到成年后曾经爱上大自己14岁的男人，被父母禁足，强制休学，整整一年断了跟外界的所有联系；说到从第一次独自旅行被人骗去了所有的路费，到现在变成资深驴友，哪怕一分钱路费都没有也照样能走更远……反正一夜聊到了他们自己的所有历史，包括楠子的抑郁症。

楠子说那种感觉已经跟随自己很久了，就是开心不起来啊，总觉得怎么样都没关系，不是淡定也不是心大，而是觉得无所谓，生无可恋。荞在黑暗里似懂非懂地思考，显然他不能理解那是一种什么样的体验，怎么会什么都没关系呢，比如这会儿跟谁躺在一起聊天，就很有关系啊，不是随意组合的两个人都可以聊这么多的，难道楠子跟谁都能说这么多吗，这哪是抑郁啊症，明显是话痨嘛！

楠子好像知道他在想什么似的，叹了口气，声音很轻，像做错事一样："我已经三年多没有一次说过这么多话了。"

那晚过后两人成了伙伴儿，荞带她去普吉潜水，去十渡蹦极，去一切可以作死的地方。起初楠子是极力抗拒的，有一次在江西荞要带她走到铁索桥中间看透明的桥身，下面是万丈深渊，楠子抱着栏杆死都不撒手，荞在前面拖着她，她一屁股坐在地上大哭不止，引得众人围观，后来还有人报警了。就这样荞也没有放过她，人群散去一直牵着她的手，走完了全程。

后来这样的事情慢慢成了习惯，楠子之后跟我们说这并不是什么以毒攻毒，主要是有人陪伴，心里踏实起来，觉得生活开始有盼头了。

希望，对于人生多么重要！

整整两年，他们俩都是绑定状态。在我们都觉得他们一定会走到一起的时候，却传来了楠子结婚的消息。新郎不是荞，那会儿荞还在东南亚转着圈儿潜水，楠子的婚礼，他并没有到场。

楠子嫁给了父母极力撮合的老同事的儿子，银行职员，家境优越，知根知底，对于家人来说，没有什么比这样的安排更合适、更稳定了。

婚宴摆了101桌，酒席上有澳洲龙虾，楠子的婚纱照花了20万，新郎搂着她的肩："你喜欢就好。"

楠子笑嘻嘻的："我无所谓，你安排就好，我只管享福。"

婚后我们小聚的时候问楠子："你真的一点儿也不喜欢荞吗，你们俩真的只是纯洁的男女关系？”

楠子一口干掉了杯中酒：“喜欢啊，怎么不喜欢，从小到大，没有人像荞那样陪伴过我。我从小父母就不在身边，干什么都是一个人，只有荞，让我知道原来人活着可以完全依赖另一个人活下去。”

“那你还嫁给了别人？”

“他的心在全世界，而我只想在一方小池子里躲藏一生。你们不懂，并不是你喜欢一个人，就一定要跟他在一起。”

那时我们不明白，觉得楠子就是一种作而已。如果相爱的人在一起不是最好的结局，那什么才是？

婚后的楠子很幸福，没人看得出她曾经得过抑郁症，当然，很多人都没有见过抑郁症长什么样儿，觉得只是一种内心矫情的病，只有楠子知道，很多次她离死亡是多么近。

后来有很长一段时间我们都忙碌着各自的生活和工作，并不常联系。

直到很久之后，有一天下午，楠子打电话喊我们一起吃饭，我们到的时候包间里还坐着一个皮肤黝黑的男生，楠子坐在他对面跟我们介绍：“这是荞，我的救命恩人。”

荞哈哈哈笑得爽朗，我们也哈哈哈笑得暧昧，直呼百闻不如一见，久闻大名如雷贯耳。

荞被我们哈哈得有些不好意思：“楠子跟你们说起过我吗？”

我们异口同声：“对对对，救命恩人不能忘。”

那顿饭吃得还挺愉快，荞这些年去过了三十多个国家，国内更不用说了，好多犄角旮旯我们连听都没听过的小村庄他都去住过。说起在外面的见闻，他其实是内敛自制的，不像很多旅行者，一打开话匣子就再也收不住，不管你说什么话题他都能用“我在某某地方的时候”来回答。荞是我们问他才说，我们不问，他也绝口不提。

那天我们吃完饭又去旁边的小酒吧一直聊到深夜，相谈甚欢。我终于知道为什么楠子会说他的心在全世界了，这样的荞，处处都好，但不是楠子想要的安稳人生。

她不可能跟他用一生颠沛流离，而他也不会为她安定在某一座城。

我们加了荞的微信，很少聊天，只是为了可以在朋友圈就看见更广阔的世界，荞偶尔问我，楠子还好吧?

是啊，楠子很好。

现在的她过着宁静安稳的生活，每天跟家人在一起，偶尔出来跟我们聚餐，脸上绽放着幸福的笑容。

她说荞过得很好，她也是，这就是爱情最好的结局。

我们沉默了很久都没有说话。

相爱的人永远相爱，才是最好的结局。

# 04 人生若只如初见，怕什么移情别恋

任你再悲伤，都改变不了任何事情。你看，你失恋是天大的事儿，可那只是你的天，还有那么多人都在玩，在欢笑。阳光、冰雪、树木，每一样都还是原来的样子。只有你的心，让你的天塌了。

阿轩和晓爱是我朋友圈里最恩爱的一对。

那次是我跟林湘都遭遇事业瓶颈期：一个写不出稿子，一个画不出稿子，一气之下结伴去玩儿，打着要去找灵感的旗号，其实到最后还是屁都没找到，仍然逼到交稿前一天才搞定的。

那一趟唯一的收获是在游船上认识了阿轩和晓爱。当时阿轩非常不好意思地跟我商量，能不能跟他们换个位子，他老婆晕船。

我和林湘面面相觑，咱屁股底下坐的是那种阿婆手摇的小船，船桨吱吱呀呀地响，速度还没我跑得快，而且没风没浪，有啥可晕的。

但还是跟他们换到了船头。

我们就此攀谈起来。

晓爱是那种，怎么说呢，长得很大女人，魁梧粗壮型的。用我一个东北朋友的话来形容，就是看上去很皮实，但一开口又完全不一样，就好像韩红用张含韵的声音和语调跟你说话一样，会不会觉得有点儿怪?

不过时间长了也就习惯了，接受了大女人的小声音，主要是晓爱人不错，特别热心，听说我们在一家店买东西被宰了，其实也算不上被宰，景区嘛，经过就得少层皮。就是我们跟她买了一样的东西却多出了一倍的价钱，晓爱竟然拍拍胸脯，直接拉着我们浩浩荡荡杀进那家店，活活把多收的钱要了回来。

当时我们一行四人，除了我和林湘还有两个男同伴，都对晓爱崇拜不已，一口一个侠女姐叫得亲热，阿轩在旁边咧着嘴傻笑。

相比晓爱来说，阿轩就内敛得多了，长得瘦小，人也文静，不怎么听到他说话，倒是晓爱不停地叽叽歪歪，像电视购物的导购小姐，而他就默默地看着她，含笑不语。

爱八卦的林湘当时就跟我说："他俩感情一定很好，你看晓爱说话的时候，阿轩盯着她眼睛都不眨一下，不管她说什么他都听得津津有味，你只有暗恋一个人的时候才能做到这样吧？"

暗恋的时候也不一定能做到啊，想起上学的时候暗恋一个男老师，很帅，教物理的，可是上他的课照样能睡着。

林湘撇撇嘴当场拆穿："你那根本不是爱情，就是垂涎人家美色而已。"

阿轩一定不是垂涎晓爱的美色，晓爱并不漂亮，浑身上下都是成熟厚重的贤妻气息，反而阿轩大眼睛长睫毛，眼神深邃，安静的时候有点儿忧郁小王子的感觉。

他将晓爱揽在怀里的时候，你能感觉到晓爱快要漫出来了。

爱意和身躯都要漫出来了。

晓爱比阿轩大两岁，两人从小学开始就是同学，直到大学才终于分开。晓爱成绩好，上了当时南京排名前三的学校。阿轩拼了老命才上了一个连名字都没听过的学校，而且是在一个偏僻的山坳里面，前不着村后不着店，美其名曰军事化管理。

然而至此晓爱和阿轩还只是在“认识”的阶段，就是同一个教室里面第一排学生和最后一排学生的距离。晓爱形容那时的阿轩用词是“干瘪”，一年说不上一句话，相互都是彼此的不存在。

但阿轩自己才不承认干瘪，号称那时已经是教室最后一排里面最雪白粉嫩的学渣了。

那会儿干瘪的阿轩还偷偷有着一个小女朋友文文，是比他大一届的学姐，看来阿轩从小就有驾驭大女人的潜质，有些能力与生俱来。

文文是阿轩的初恋，他所有的心思都在她身上，年少的爱情最掏心掏肺，那个用心喜欢的人比自己的生命都重要，想把自己见到的最好的东西都给她还怕不够。

阿轩说自己高三的时候已经完全脱胎换骨，从王宝强变成了易烊千玺。但晓爱对阿轩的高能转变完全没有捕捉到，她坐第一排，而阿轩就从来没从前门进过教室，这种有着明显分水岭的分布让多少同学就真的只是“同学”而已。

彼此完全不熟悉，不同的圈子，不同的生活，没有交集。

阿轩在高考结束的那个夏天给文文做了一件轰动全校的事儿。因为要去不同的城市上学，文文提出了分手，阿轩为了挽回她，买了几百只不同颜色的气球，每只气球上面都写着“文文你要幸福”，绑在学校任何一个可以系绳子的地方，整个学校被装点成了婚纱照拍摄基地。文文从校门口走到教室，一路都是羡慕的人群和嫉妒的目光，虽然她嘴上说着“阿轩你疯了吧”，但嘴角却是上扬的。

谁被人喜欢着还不高兴呢！即便不是自己喜欢的人，虚荣心也得到了强烈的满足，虽然没有什么，但要知道，虚荣心在很大程度上其实是一种生理需求，人人都有。

据说那天很多女生都是拿着一大捧气球回家的，文文自己一个没拿。剩下的气球有的被校工、宿管老师、门卫大叔等人拿回家逗孩子去了；有的被割断了线飞上了天空；有的被戳爆了；有的仍然孤独地在那儿挂着，挣脱不掉……

即便这样隆重而豪华的表白也并没有上演有情人终成眷属的大团圆结局，文文只对阿轩说了三个字："别傻了。"

之后文文去了武汉读书，阿轩莫名地开始喜欢吃鸭脖子，在淘宝上买很多，分给宿舍的同学吃，说是别人给的特产。到他那个山沟只有邮政，他还要跑很远去取，却不厌其烦，屁颠儿屁颠儿的；假期只要一有人说要去武汉看樱花，他就要求全程陪同，做好攻略带着他们一起去；他熟悉武汉的每一条有名的街巷，比正儿八经的武汉人都熟悉，他时刻准备着在武汉的某个角落遇见文文，假装是毫无预谋的邂逅，像歌里唱的一样，淡定地说声"好久不见"……不过他去过那么多次武汉，却从没有碰到过文文，当然，他也从来不敢跟她说。

年轻时就是这么幼稚，只要能刷出存在感，什么事儿都做得出来。

阿轩像一人分饰两角一样，按照自己的需求扮演了执着的自己和假想中的文文。

直到后来，文文跟男朋友来阿轩的家具城买家具，不知道是不是要结婚，千方百计从别的同学那儿要来阿轩的电话，让阿轩给个折扣。

阿轩给她打了五折，赔本儿卖，也要把这个面子争回来。但没想到的是，文文回去之后逢人便说同学是开家具城的，找他买可以打五折，吓得阿轩看到她的电话就觉得头皮发麻，却又从不拒绝，只笑着说好。

幸好之后文文结婚，远嫁到别的城市，五折事件才慢慢淡去了。

后来的过往晓爱也是好久之后才听到一些，她连前面那些尽人皆知的八卦都没听过。

晓爱高考之后就随家人去新西兰的亲戚家度假，毕业典礼和散伙饭都没去参加，回来之后没多久就去南京准备入学了，所以阿轩惊天动地的爱情她全然不知。在她的印象中，阿轩仍然不过是个干瘪的小男生罢了。

直到晓爱大学毕业，在上海找了工作，有一次回老家想买张书桌，就去家具城转转，还是阿轩先认出了她。彼时阿轩已经毕业多年，开始接手家里的生意，这间家具城就是他家开的，在下面的县城还有几家分店，生意做得风生水起。

晓爱没认出阿轩是因为他已经完全不是自己记忆里的干瘪男生了，摇身变成了家居杂志里面的匠人形象，浅蓝色的衬衫，卡其色的帆布围裙，旧牛仔裤，黑框眼镜，围兜里面插着三支铅笔，对，三支，晓爱至今仍记得清晰，两长一短，两黄一红。

也不知道为什么，那次遇见阿轩时的场景深深地刻在她的脑子里，就像是第一次见面的陌生人一样，她无法将之前印象中的干瘪少年与眼前文质彬彬的匠人重合起来，系统替换不了，只能作为一个新的文件来储存。

在晓爱的印象中，这是一个全新的阿轩。

晓爱没挑到自己喜欢的书桌，因为她的房间形状有点儿奇怪，正常尺寸的书桌都放不进去，阿轩笑着对晓爱说：“要是你信得过我，我给你定做一张吧。”

晓爱得意地拍拍他的肩膀：“嘿，我就等着你这句话呢！”

阿轩这才发现掉进了晓爱的陷阱，但也是从这次他们开始熟络的。去晓爱家看房子，量尺寸，挑木材，带晓爱去选样子，画好设计图给她看……阿轩做起事情来认真得不像他那个年龄的人，对专业的态度更让晓爱觉得近乎变态。

为了一个桌脚，半夜把人喊起来去郊区工厂这种事儿谁能受得了，晓爱最后恨不得书桌不要了，只求他放过自己。

但那张书桌放进房间的一瞬间，整个世界都亮了，对，就是这么美。阿轩双手抱在胸前扬扬得意地对她挑眉毛，直接用效果堵住了她的嘴。

他们的关系就是从这张书桌开始的，后来阿轩才告诉她，为了她那张书桌，从木材到钉子都是他亲手买来的。那时候买他阿轩亲自设计制作的那么一张书桌得四万多块钱，他已是业内小有名气的设计师，而晓爱并不知道。

晓爱倒是从那时发现原来阿轩这么健谈，说起他的工作来滔滔不绝。他不只是继承家业的纨绔子弟那么简单，还负责设计制作，拜了很有名的日本设计师，那几年在山里的学校跟着老匠人学习，砍树、刨木头、钉钉子……他把左手伸给晓爱看，笑着说，那时候手上都是血疱，现在变成老茧了。

晓爱也不知道为什么，不由自主地把手伸过去摸了摸，又拉到近前仔细看了看。阿轩的手好不好看已经不记得了，只记得手心的温度，暖暖的，晓爱的心脏莫名“咚”的一下，也许并不是心动，而是因为阿轩少掉的一截手指。

阿轩的一截手指是被电锯锯掉的，平时工作就戴着手套，或者半握着，小手指本来就不引人注意，他不说，很少有人知道。

晓爱说：“那你告诉我做什么，别以为你是残疾人我就不欺负你。”

阿轩只是笑：“你怎么还跟上学时一样，人家不是说女大十八变嘛！”

晓爱翻个白眼儿：“你知道我上学时啥样儿啊，你知道我坐第几排第几个吗？”

阿轩坏笑：“我当然知道啊，那时候我们在宿舍都叫你孙二甜，就是声音很甜的孙二娘。”

晓爱哭笑不得，她都不知道自己还有这么一个江湖名号。

如果不是跟阿轩的重逢，大概永远都不会知道吧。

之后晓爱仍然一直在上海工作，阿轩到上海看过几次艺术展览，每次来之前都会发一条朋友圈。他平时一般不发朋友圈，要发也是转发一些专业方面的内容，所以次数多了晓爱这么大大咧咧的人也觉得他好像故意要让自己知道似的。

她心里藏不住话，在阿轩第四次来上海约了吃晚饭的时候直接就问了："你每次来上海之前都发条朋友圈，故意给我看的吧，是要把那张书桌的钱吃回来吗？"

阿轩喜欢乳鸽，咬着鸽子腿头也不抬："请我吃顿饭怎么的，咱一年也见不了几次。"

晓爱觉得他语气很怪，带着娇嗔似的，突然就不知道该怎么往下接了。之后气氛就始终保持着怪怪的，饭后阿轩说去衡山路，晓爱拿起电话准备喊几个喜欢逛酒吧的朋友一起来热闹一下，阿轩一把拉住她："别了，就我们俩！"不容置疑的口气，在晓爱印象中阿轩还从来没有这样过呢。

一条衡山路走完都没有进任何一家酒吧，走时晓爱当场发飙，最后直接招手拦车："老娘回去睡觉了，你爱干啥干啥去，累死我了。"丢下折腾了一晚上的阿轩决然而去。

阿轩还是在回去的火车上给晓爱发的短信。

"我给你造个家吧，每一样东西我都亲手做，你只管住进来，行不行？"

晓爱第一遍没看懂：“什么意思，要送我房子？”

阿轩解释说：“不是房子，是家。”

“有什么区别？”

“当然有区别啊，房子里面不一定有人，家里面有自己的亲人啊！”

“这又是什么意思，要结拜吗？”

哈哈哈，我们听到这一段都快笑抽了。如果你真的认识晓爱，便会知道那时候她一定不是装的，有时候她就是那样，脑子少根筋，天真得很。

但这次的结局却是圆满的，晓爱终于弄懂阿轩的意思之后，一口就答应了。

阿轩高兴疯了：“怎么答应得那么爽快？”

晓爱说：“我想换全套家具，你都自己做行吗？”

“‘交易’成功。”

“什么时候动心的呢？”

“就是那次，我店里有个老阿姨定做了一张餐桌，她无理取闹挑毛病不肯付尾款，因为是定做的我又不能再卖给别人。那天刚好你在，跟老阿姨一顿理论，差点儿没把人家心脏病气犯了。”

“可是那次尾款并没有要回来呀，我还自己掏钱打车把她给送回家了！”

“但我觉得你很可爱啊！”

本来晓爱还在为自己的魅力沾沾自喜，一下子都不知道该欢喜还是忧伤了。

他们在一起的第一个冬天，冷得昏天黑地。晓爱觉得自己空有一身脂肪也不扛冷，跟阿轩在电话里抱怨了几句，紧接着周末就收到了一台暖气机，大早上工人咣咣咣敲门，晓爱从被窝里钻出来，一开门吓了一跳，以为送错货了。

那天晚上，晓爱的屋子就温暖如春了，可晓爱还在电话里抱怨："你疯了啊，我是租的房子啊，而且是跟别人合租的，你花这么多钱，到时候搬家多麻烦啊！"

阿轩在电话那头呵呵地笑："你不冷就好啦，搬家的时候再说嘛！"

晓爱的室友倒是连连夸赞阿轩，穿着裤头儿在屋子里欢天喜地，商量着要买个充气泳池。

这段异地恋谈得热火朝天，晓爱不是没有考虑过换工作回家乡，但还不是时候，现在正是她事业的上升期，放弃就太可惜了。阿轩完全没有逼着她回去，他不逼她做任何事儿，只是在她需要的时候尽自己的能力给她最需要的东西。

文文回来的时候是晓爱和阿轩谈恋爱的第二年，她跟老公离了婚，因为老公赌博，把家里的房子都抵押了。文文哭着跑回娘家，也没有马上找阿轩，有一次带亲戚来阿轩店里看家具，才婉转地跟他说了，自己现在单身。

文文还跟以前一样，只是更清瘦了些，也不如以前那么热情，亲戚看家具的时候她只是在旁边默默坐着看手机，不像以前那样小鸟儿似的欢腾了。后来文文亲戚订的家具阿轩给打了五折，赔了两万多块。

他跟晓爱说这件事儿，晓爱说："那是你家的钱，你爱怎样怎样，我管不着。"

阿轩悻悻的，后来再没有提起这事儿。

文文再次打通阿轩的电话，是在她亲戚订的家具全部送过去之后，天南地北地聊了很多，阿轩说你有空就到店里来玩儿，本来是句客气话，没想到文文真的第二天就出现在店门口了。阿轩带着她到处看了看，说了一些过去的人和事，最后她安静地坐在店里一张别人定制的床上，一直没说话。过了许久，她用大家都能听得到的声音问："阿轩，你有没有想过有一天会娶我？"

当时大概有三四个店员在旁边，都转过头来看着她。

阿轩正在削铅笔，差点削掉另一根手指。

"上学的时候，我们不是很好吗？现在，仍然可以回到过去，中间的这一段，切掉就好啦！"

阿轩没说话。

文文走过来，站在他面前："我仍然记得那年暑假你买的气球，如果那时候我不想那么多，结局会不会不一样？"

当然会吧，阿轩想。肯定不一样啊，至少那个时候，他规划的未来里，是有她的。

他没有说出来，这些事儿，在他心里，已经过去了。

但好像在文文那里并没有过去，没几天就来了几拨人说媒，大概是文文家那边的关系，直接去了阿轩家。其实阿轩爸妈对文文还挺满意的，人长得好，又是学金融的，家庭背景也不错，虽然离过婚但没有小孩，跟谈恋爱分手没有什么区别，他们倒是开明。
反而对于晓爱一直是迟疑的，异地恋不说，长相也不说，单觉得晓爱太强势，性格像男孩子，简单粗暴，并不适合做生意的人家。

没多久晓爱也听说了文文的事儿，她问出那句话时那么多人在，大概也是这个用意。晓爱的火暴脾气一上来，直接杀到阿轩家工厂，扛着电锯追杀他，好几个工人一起上来才把晓爱摁住。
场面这么大，阿轩家一听说儿子差点儿没命，再也不许他同晓爱来往。而晓爱家本来就觉得他家太险恶，做生意的心眼儿多，家境又这么悬殊，以后全家都被人攥在手里，这回更是彻底有理由劝她断了。
阿轩跟文文正式复合了，成为同学群里的一段佳话，那段时间光同学聚会就参加了N次，都是恭喜他们的，没人关心晓爱，本身都觉得晓爱和阿轩根本就是不同的人。
那段日子晓爱申请调去哈尔滨分公司帮忙，离得更远，就彻底断了联系。

一直到家人把阿轩和文文订婚的日子都定好了，原来的同学才告诉了晓爱。晓爱轰轰烈烈独自一个人找了家KTV嚎了一个通宵，第二天请假睡了一天，第三天周末，自己去冰雪大世界玩了一趟。脸被冻得没有知觉的时候，她突然想明白了，任你再悲伤，都改变不了什么。你看，你失恋是天大的事儿，可那只是你的天，还有那么多人都在玩，在欢笑。阳光、冰雪、树木，每一样都还是原来的样子。

只有你的心，让你的天塌了。

晓爱拍拍身上的雪，麻利地回家睡觉去了。

可其实，阿轩并没有她想象的那么幸福，那一年经营不好，加上父亲的合伙人突遭意外，公司资金周转不过来，一连关了好几家店，又开始裁员，一时间流言蜚语传得沸沸扬扬。

阿轩和文文的事儿也就这么搁浅了，之后还是阿轩爸爸力挽狂澜，关掉绝大多数店，只留一家，阿轩也从有家族企业的富二代兼制作总监变成了一个木匠。

这期间还有一件重要的事儿就是，在关店这件事儿上，阿轩爸爸和文文意见不合。文文觉得老爷子古板，老爷子觉得文文年轻不懂事，最后一拍两散，文文跟表哥一起去广州创业了。

晓爱妈妈把这件事儿告诉晓爱的时候笑得快岔气了："你看看那家人，我就说吧，幸好你没嫁过去……"

晓爱听她妈讲了两小时故事，问了一句："那现在阿轩是不是挺难的？"

"当然难啊，这一跤摔的，伤筋动骨咯！"

晓爱从哈尔滨飞回来的时候还是大清早，她站在阿轩家楼下咣咣咣敲门，阿轩还在睡，就一家店，他也懒得去，生意不好，很久都没有开过单了，他破罐子破摔，反正还有两套房子，靠着房租也饿不死。看见晓爱站在门口阿轩呆住了，晓爱上来就是两个大嘴巴，打得阿轩都蒙了。

她拎着他去了店里，当着店员的面狠狠把他训了一顿，励志鸡汤一句没讲，而是直接拿起桌上的工具刀："你是不是个男人，是男人的话就打起精神工作，要不然就对不起你裤裆里的东西，让我直接割了算了！"

旁人看着都在笑，阿轩却哭了，像小时候耍赖皮一样，哭得撕心裂肺的。

而另一个要哭的人是晓爱她妈，晓爱要跟阿轩重新开始，在他身边和他一起让家具店重振雄风，并且不打算回去了，她已经辞了职。

她妈快要哭昏过去了，骂她骂得狗血淋头："当年他家最好的时候我都不同意，现在变成这番光景，你是瞎了吗？再说，他可是移情别恋把你给甩了的，你是不是光长肉没长脑仁儿……"

后来，晓爱妈妈把她锁在家里，不许她出门了。

再后来，晓爱妈妈托人给她做媒了，来应聘的男士还挺多，对晓爱这样的体格儿还挺满意，据说屁股大能生儿子。

晓爱妈妈一会儿好好劝一下，你看看你多大了，怎么一点儿都不会为自己打算，一会儿破口大骂一阵，那个小残废你到底看上他什么了！

到最白热化的程度，晓爱不肯出去约会，妈妈拿着安眠药逼她："你要不去，我就把这么多全吞了，看你还能跟那个小残废在一起……"

晓爱二话没说，跑到厨房拿起菜刀，手起刀落，剁下自己的一截小手指，疼得半昏在地板上，咬着牙说："我跟他，一人缺一截，天生一对，你们谁反对，我用一截手指赌我以后的人生！”

晓爱妈妈真的当场昏过去了，她晕血。

所以，我们认识晓爱的时候，她也是少一截手指的。

我问她：“不是可以接上的吗，你怎么没有拿着手指赶紧跑去医院接呀？”

晓爱喝着阿婆茶，大大咧咧地告诉我们：“当时太冲动用力过猛，手指掉进下水道了，还把下水道给堵了。第二天我妈找人来修理的时候事先没跟人说，人家掏出一截手指直接吓昏了过去。我们家那几天，真是鸡飞狗跳。”

但，现在好了。

后来的一切都是我们能够想象到的，晓爱和阿轩努力经营着最后一家店，已经做得小有成绩了。他们结了婚，阿轩家人对晓爱特别特别好，就跟亲生女儿一样，并不单纯是感激，更多的是尊重，遇见这样的女孩子，真的是前世修来的福分。

晓爱和阿轩还没结婚之前文文也打过电话给阿轩，问还有没有可能。

阿轩说：“太晚了啊，我已经喜欢上别人了，她对我很重要，我希望她幸福，这辈子都要她幸福。”

文文再也没有打过来。

晓爱常常对阿轩说：“我可能就是你的那截手指变的吧，所以注定离不开你。”

“那你有没有后悔过为我失去一截手指？”

“怎么可能不后悔，当时就是吵架吵昏了头，一时冲动，冷静下来悔得肠子都青啦。不过过了几天一称，竟然瘦了，哈哈哈哈哈……”

我们听得目瞪口呆，果然是侠女姐，真是没心没肺啊！

而阿轩神经大条起来也绝对不输晓爱，晓爱有一年生日，他卖掉了一套房子，给她去欧洲血拼，还跟她说卖了没后路，就会努力工作，把店做好啦！

我们一起玩的时候，晓爱中途去上厕所，阿轩举着热乎乎的饼在门口等，见晓爱出来连忙跑上前去：“老婆老婆你快咬一口，你不吃我不敢吃的。”

我和林湘对视一眼，羡慕得眼泪都快流出来了。

晓爱和阿轩，单看哪一个不傻？所以别去计较那么多了，一定要找到那个爱你的傻子，跟你一起面对所有好的坏的人生。

# 05 离开你的世界很难，但不是不可能

“他舍不得孩子”，终究比“他没那么喜欢我”要好接受得多。这大概是所有失败的小三儿听过的最善良的抛弃理由了。

刘韵见到我们开口的第一句话就是："我现在就是你们说的小三儿，那天我看你转了一篇绿茶婊的文章在朋友圈，还真就对号入座了，你们一定打心眼儿里瞧不起我吧！"

我还没说话，非要跟我一起去听八卦的林湘就脱口而出："是。"

我用胳膊肘捅捅她，她不满地坐到旁边去了。

那天我们约在鼓楼的漫咖啡，因为林湘想喝棉花糖热巧克力。我一直都不太能理解这是什么逻辑，为什么我约的朋友要就着林湘的喜好，就好像刘韵之前跟我说，为什么自己最讨厌小三儿却偏偏成了那样的人。

我该怎么回答？我跟她说，我认识好多姑娘，没谈恋爱之前都下定决心要找个子高的男孩儿当男朋友，结果都嫁给了矮子！

人们常常说想什么来什么，别忘了还有一句是，怕什么来什么。

其实还有一句是：人生哪里有那么多理由，尤其是爱情，哪怕是自己认为的爱情。

漫咖啡灯光昏暗，刘韵吸着烟，我们坐在楼上，她戴着一只很闪的戒指，时常有光亮从她脸上划过，厚厚的粉底还是能看出皮肤不好，大约是缺觉。像刘韵那样的姑娘，用她自己的话说，想转正的小三儿，是永远都睡不好觉的。没转正的时候忙着排兵布阵，转正之后怕别人挖墙脚，这一生，若非心比脸大，怎么可能有好觉？
我也知道她一向睡得晚，经常深更半夜还在刷朋友圈，句子写得矫情哀怨，一看就知道是特地发给某人看的，盼着对方能点个赞也好。
刘韵什么时候变成这样的呢？

我认识刘韵的时候她还是个上中学的小姑娘，她堂姐刘莎跟我是同学，也是闺密，跟合体了一样成天在一起玩。刘莎来找我玩的时候偶尔会带着刘韵，我们一起逛街，一起吃喝玩乐。因为当刘韵是小孩子，处处护着她，她乖巧嘴甜，长得也清纯可爱。都说爱笑的姑娘运气不会太差，好看又爱笑的更是。
刘韵家境不差，从小就是优越的小公主，比刘莎家还要好很多，有时刘莎还会特别羡慕她。我记得那时候电脑还是件稀罕物，刘莎有一次跟我嘟囔，她爹都舍不得给她买电脑呢，刘韵那小屁孩儿都有手提的了。
那会儿有一部笔记本电脑简直比出门拎着爱马仕还要底气十足。刘韵考了个年级第一，笔记本电脑是她老爹给的奖励。你想，一个长得漂亮成绩还好的姑娘，在学校该是多少少年心目中的女神啊。我情不自禁地在心里有个画面，是关于刘韵男朋友的样子：一定是长得像她的男神杨洋那样的花样少年，还得是集霸道总裁和温柔暖男于一体的高富帅，个子一定在183厘米以上，少一厘米都是委屈，在此之外的都配不上刘韵。

我曾这么跟刘莎说的时候，她批评我母爱泛滥："人家的闺女你操的哪门子心？是你自己想找那样的人吧！”

刘韵的男朋友朱墨非我见过，并不是她特地领给我看的，是在外面吃饭碰到的。在新街口的蓝蛙，他们点了招牌汉堡。当时我不知道朱墨非已婚，后来跟刘莎说才知道的，惊呆了：“这胆儿也太大了点吧，刘韵在那么招眼的地方不怕被他老婆撞见啊？”

刘莎从鼻子里哼出来：“那个人家住自在城，都快到安徽了，他老婆一般不进城。再说，看见了不刚好，省得还要特地找时间约战，我估计刘韵巴不得呢，等这一天等很久了吧。”

朱墨非是刘韵在健身房认识的，刘韵办了张健身卡，大概过了两三个月才第一次过去，结果跑到门口发现健身房已经倒闭了，连客服电话都打不通，正在想到底是自认倒霉还是报警，就遇到了同样被坑的队友朱墨非。朱墨非说还有很多会员都在帮忙想办法，而且也已经报警了。知道不是自己一个人被坑，刘韵的心情马上好多了，给朱墨非留了电话，有种找到了组织的安全感。

当然，最后钱没找回来，还把自己给搭进去了。

朱墨非并不是我心目中刘韵男朋友的理想样子，首先不高，肯定没有一米八，也不算好看，脸长，表情硬朗，看第一眼就会直接给人不好相处的感觉，不知道是不是这样的人如果有一天突然对你温柔一下就会特别受用。

朱墨非给刘韵介绍了新的健身中心，那段日子刘韵特别想练出马甲线，穿比基尼去马尔代夫，朱墨非也在向着八块腹肌的目标努力，两人成了盟友，相互监督，迈开腿、管住嘴，如果有人贪吃，就用能想到的最恶毒语言辱骂对方。

朱墨非在刘韵骂他的时候忍不住笑场了：“为什么我们要对自己这么狠啊！有没有马甲线比快乐更重要吗？”

刘韵一个愣神儿：“是啊，为什么要这样，不能快意恩仇的人生有什么意思！”

两人一拍即合，换上衣服出去撸串儿了，一箱啤酒下肚，人生什么烦恼都变得不那么重要了。也是在那晚，朱墨非跟刘韵滚了床单。

朱墨非倒算坦诚，在脱衣服之前就直接跟她说：“我可是不能娶你啊！”

但有谁能在洪水决堤的前一秒关闸息流，白素贞水漫金山不也是因为没刹得住车嘛！都是成年人，睡一下要什么三贞九烈，不就是我请你吃个饭你请我看个电影的小事儿嘛！

所以直到现在刘韵都没分得清，到底是因为睡了他而爱上他，还是因为爱上他而睡了他。这件事像先有鸡还是先有蛋一样，在刘韵的世界里变成了无解的题。

朱墨非早婚，老婆是青梅竹马的恋人，21岁就有了女儿铃铛。小家伙真的像一枚小铃铛一样，讲起话来声音清脆响亮。

刘韵说，铃铛叫爸爸的时候朱墨非整个人都融化了，脸上的表情马上从平时的不动声色变得温柔无比。如果说每个人内心都有一块最柔软的地方，那朱墨非的那块，并不是她刘韵，而是铃铛。
她不服气。

后来我想，她之所以这么认为，是因为所有人都觉得她不该去跟一个小孩子争，即便争了，大人若提前认输或是弃权，还能落个善良的名声。“他舍不得孩子”，终究比“他没那么喜欢我”要好接受得多。
这大概是所有失败的小三儿听过的最善良的抛弃理由了。
不知道刘韵有没有问过，你第一次睡我的时候怎么没有舍不得孩子，你千山万水从香港追到台北又追到京都的时候怎么没有舍不得孩子，你出差去厦门半夜三更跑去海边打电话给我听海浪声的时候怎么没有舍不得孩子……
她就是在他的那么多情不自禁里面，越来越不可自拔。
朱墨非为她做的最浪漫的事儿，是《左耳》上映的时候包下电影院的一个厅，就因为刘韵曾经跟他说过那是她学生时代看的第一部言情小说。这点我证明，刘韵是模范生，我们都是在课堂上看完了整套的琼瑶、席绢、亦舒、张小娴，她连辛夷坞是谁都不知道。

朱墨非为她做的最虔诚的事儿，是请了一个星期假陪她去台北听五月天的演唱会，陪她坐着拥挤的火车去十分车站放天灯。他给她在十分幸福的牌子前面照了相，但没有合影，而且，用的是她的手机，他没有留下那张照片。刘韵理解，那是证据，是不能带回家的。

朱墨非为她做的最疯狂的事儿，是有一次因为一点儿小事吵架，刘韵任性地一个人跑出去旅行，他到处都找不到她，最后从刘莎那里知道了一点儿线索，买了机票追过去。可偏偏那么不凑巧，他到香港的时候她已经到了台北，他追到台北的时候她已经到了京都，最后他在东京的迪士尼乐园里面堵到她，把她紧紧抱在怀里……本来这个浪漫的情人节不需要任何转折了，但朱墨非在灰姑娘城堡前一脸温柔地说："我得带小铃铛来一次，她一定高兴疯了，这是她最喜欢的灰姑娘的故事。"

刘韵看着朱墨非满脸的幸福和想念，突然第一次觉得悲凉和恐慌，如果现在不把他收了，一定有一天，他会离开自己，再无瓜葛。

也是从那之后刘韵启动了逼宫转正的模式，朱墨非听到她问"你什么时候离婚"的时候眼珠子都快迸出来了，青筋暴突："你疯了吧！"

"是你疯了才是，这么久你只用下半身了？我可是用心了！"

朱墨非第一次愤怒地夺门而出，从此变了一个样子，而他们俩的关系，也调了个个儿，变成了刘韵不停地进攻，朱墨非被动地防守。

刘莎有一次跟我说过，圣诞节她们姐妹相约去香港玩儿，她以为真的只有她们俩，结果到晚上回酒店，刘韵才说朱墨非就住在隔壁的隔壁。刘莎当场翻脸，对她怒吼："你玩得也太过分了，拿我当你的挡箭牌，以后你们东窗事发还以为是我拉的皮条呢！"

那次刘莎坚决不允许刘韵去朱墨非的房间，她自己去敲朱墨非的门，让他订明天一早的机票赶紧滚回去。

朱墨非对着刘莎一脸无奈：“你以为我愿意这样吗？我根本不想来啊！你想不到刘韵现在有多狠，只要我一不按她说的做，她就要打电话给我老婆，你帮我劝劝她，我认识她的时候，她真的不是这样的。我以为我们会有美好的回忆，她这样会毁掉我们之间所有的美好！”

刘莎冷着脸说：“我认识她比你早，在认识你之前，她确实不这样。而且，从你们的奸情开始的那一秒，就注定没有美好！”

但后来三个人还是一起去吃夜宵了，刘莎想劝他们，结果还没有开口，就因为刘韵逼着朱墨非打电话回家报平安吵了起来，刘韵三秒钟落下泪来，无声哭泣让人肝肠寸断，旁边的人觉得氛围诡异，都奇怪地望着他们那桌。朱墨非被迫无奈打了电话，说自己在香港出差，问小铃铛怎么样，下次一定带小铃铛去海洋公园，又说了一些别的。刘韵点头示意可以挂了，朱墨非才愤愤地挂掉电话，拂袖走了。

刘韵在他跨出茶餐厅大门的一瞬间眼泪秒干，没事儿人一样，将面前的一碗鱼蛋粉吃得精光。

刘莎恨不得为她的演技鼓掌，惊叹道：“你什么时候练成了这么好的演技，吓到我了。”

刘韵擦擦嘴：“你也可以，如果你遇到那个想得到又得不到的人，什么事儿都干得出来！”

刘莎摇摇头：“那么想得到，可能只是因为得不到吧，我不信你有多爱他。”

刘韵也摇摇头："我也不信，但我已经走火入魔，回不了头了。"
那次因为有刘莎打圆场，第二天朱墨非就被放了回去。刘莎死活留着刘韵在香港待了两个星期，时刻看着她，不让她给朱墨非打电话发微信，带着她到处玩到处吃到处买，希望能够转移她的注意力。
后来刘韵在太平山顶俯瞰整个香港时，突然蹲下来哭得不能自已。

"我真的控制不了自己，每次看到他从床上爬起来穿衣服回家都想冲到门口去拦着他，听到他提小铃铛都心如刀绞，看到他老婆打电话来问他回不回去吃饭，不管之前多心平气和都像踩了地雷。一想到他还会跟另一个女人同睡一张床，亲吻她爱抚她就觉得太恶心了，他们还生了个孩子，他们三个人才是同盟，他的社会关系亲戚关系里面并没有我，我根本走不进他的世界。每次想到这个，我都歇斯底里，刘莎，我就是害怕失去他。"

刘莎站在山顶陪着她哭了一个小时，这个城市里那么多人每天有那么多故事，每个人都在经历失去，或者已经失去，谁都不想成为被孤立的那一个，可是人生不就是一场不断失去的旅途吗？你若不想放手，原本不是你的东西就不要拿啊！
刘韵的这段恋爱根本停不下来了。朱墨非越来越少接触她，不接她的电话，不回她的微信，她便假装客户在周末给他打电话，对着听筒对他大吼："你怎么搞的，那批货还没出来，我们领导都急疯了，赶紧给我去工厂盯着，今天货好不了你们一分钱都别想拿到，信不信我投诉你，让老板炒你鱿鱼……”

有几次她清楚地听见对面传来女人惊恐的声音：“你这什么客户，怎么那么凶啊，大周末的也不让人休息……”

然后听见朱墨非回答：“更年期老妇女都是这样的，别理她，晚点再去！”

女人嗔怪的声音：“哎呀，你电话挂了没有，别给人家听见，是老女人吗，听声音也不老啊……”

刘韵还想再听，朱墨非把电话挂了。

她对这样的恶作剧越玩越上瘾，后来还在网上买了变声器，隔段时间换个声音打过去，免得对方起疑。

我听得匪夷所思：“你们小三儿都这样吗？都快成职业间谍了。”

刘韵苦笑：“你不知道吧，我做得最后悔的一件事儿，是我们一起去攀岩，我把他推下去了。当然，因为有保护措施，所以他没事儿，后来我也跟他道歉了，说是开玩笑的，知道有保护措施才敢那么逗他。其实，那一瞬间我的心里真的是怀着杀意的。”

“这些话我从来没有跟别人说过，这是第一次，应该也是最后一次，你不要告诉别人，如果一定要说，请给这个桥段编一个背景，至少，不要让别人知道是我。”

刘韵狠狠吸了一口她的万宝路，又狠狠地吐了出来，如果往事可以就这样烟消云散该有多好。

刘韵和朱墨非的事情到最后还是东窗事发了。

不久之后的那个春节，朱墨非带着全家去香港迪士尼，除了他们一家三口，还有两边的老人，一家七口。他之前特地约了刘韵出来叮嘱她，用很低的姿态："结婚这么多年，从来没有一大家子出去好好玩过，这次你千万别给我出什么幺蛾子，让我们全家人好好过个节，行吗？算我求你。"

刘韵当时答应了，可是朱墨非走的那个晚上她忍不住查了他的航班，脑子里想象他们全家人在一起欢天喜地的画面，就像有一万只蚂蚁啃噬骨头，痛不欲生夜不能寐。第二天一大早买了票飞去香港，跟着朱墨非发的朋友圈找到他们，一路跟着。

在赤柱的海滩她把他们跟丢了，正拿着手机到处找，突然发现一个女人站在她面前，竟然是朱墨非的老婆。虽然她们从来没有打过照面，但她看过她的照片，那张脸早已深深刻在了心里，成为她做噩梦都能梦到的人。

"你别跟了，如果你真的为他好，就别在这种情况下跟他纠缠。你也看到了，我们这次出来，又有老人又有孩子，父母和孩子都是他最在乎的人，就算你当着大家的面摊牌，他也不会站在你这边，好自为之吧！"

女人说完这几句话径自离开，不远的地方那一家人正在快乐地看海，每个人头上都戴着一条橙色的头巾，上面画着一片绿色的树叶，那是小铃铛亲手画给全家人的旅行LOGO，她画了好几个晚上，说这样不管走到哪里，一眼就能在人群里把对方认出来，就不会走丢了。

朱墨非为了把小铃铛的这个设计做出来，动了很多脑筋，在淘宝上翻天覆地地找，最后终于找到一家满意的小店，把小铃铛的设计做成了头巾，成为全家人幸福的旗帜。

眼前的朱墨非把小铃铛扛在了肩膀上，小铃铛的妈妈跟在后面，连头也没有回。她不担心刘韵会跟上来，她知道她一定没有勇气跟上来。而且，她赌她心里清楚得很，如果在这种情况下摊牌，她便彻底输了。

天下没有这么笨的小三儿，更没有那么笨的老婆。她从来没有揭穿自己的丈夫，装作什么都不知道的样子，体贴他关心他照顾孩子照顾家，也是为了不失去。

而她比刘韵高明也要辛苦得多。她一定早就在心里权衡过了，爱情和家，哪一样更重要，或者她真的比刘韵更了解朱墨非，知道他所有的软肋和缺点。

刘韵突然想到，自己在跟朱墨非耳鬓厮磨、翻云覆雨的时候，那个女人带着孩子在这城市的另一个角落，是怎样的心情，怎样的仇恨，怎样的杀意！能在知道丈夫出轨后却什么也不做的人，才更爱吧！

刘韵独自一个人回了家，正赶上正月里家庭聚会，各种亲戚给她介绍对象，她很快跟一个海归博士生相处了起来，但正月结束的时候就分开了。她说不合适，不想耽误人家。

我突然想起以前的刘韵，那时她还是个花季少女，留着郭采洁那样的短发，一个大大的微笑感觉整个人像一朵盛开的鲜花，很多小男生给她写情书，她都装在一个小铁盒子里。周末我跟她堂姐去她家玩，她便把我们带进她的房间，一封一封地读给我们听。

我还记得她家那个有窗的阁楼，她穿着粉色的米菲兔子睡衣，读到"你是我的呼吸，如果没有你，我将窒息而死"的时候，我们都笑趴在她的榻榻米上。

我问她："你给人家回信了吗？"

她说："回了呀，每一封留了名字的我都会回。"

"那你写的什么？"

"让他好好学习，如果他考上一本的大学，我就考虑。"

还真是正能量的姑娘。"那你真的会考虑吗？"

"考虑个屁啊，很多写信来的人我虽然知道名字，但连他们长啥样儿，方圆胖瘦都不知道好吗？我这么说，不过是鼓励一下他们而已。"

每当想起这个，我就无法把歇斯底里给地下男友打电话的女人跟当年那个阳光灿烂永远都是晴天的小姑娘联系在一起。

好的爱情应该让人快乐，让人柔和，让人内心充盈向上。

"你为什么要这么做呢？明明那么漂亮，明明可以选的人那么多，为什么要去争夺一个不属于自己的人呢？"林湘问。

刘韵看了她一眼，伸手把她的那杯棉花糖热巧克力干掉了，然后舔了舔嘴唇答非所问："其实我在健身，不能喝这个的，我的私教在追我，所以我不打算再去他那儿上课了。"

我想，大概就是因为别人都是可以轻易得到的，才让那个永远无法得到的朱墨非在她的生命里显得格外重要吧！

她从香港回来整整三个月，忍住没有通过任何方式联系朱墨非，而朱墨非也没有通过任何方式联系她。

六个月后她删除了朱墨非所有的联系方式，逼着自己忘记他的电话号码，竟然在第二天醒来时发现手机屏幕上又输入过了。后来她换了微信，换了手机，换了号码，换了邮箱，搬了家，还是偶尔会在午夜被噩梦惊醒，从床上坐起来号啕大哭。

但终于可以不想着去找他了，开始慢慢习惯生活里没有朱墨非。

又过了没多久，刘韵在网上报了时长一个月的打坐班，在一座寺院里，什么都不允许带，连换洗衣物都由寺院提供，到第七天的时候刘韵翻墙逃了回来，喊我们一起吃火锅，吃完火锅又去吃酸菜鱼当作消夜，接着去烧烤。我、林湘和刘莎都快吐了，看着她狼吞虎咽的样子，都不知道该说什么。

刘韵一边往嘴里塞羊肉串一边说："我真的想通了，这七天真真正正想通了。当你完全放空的时候，灵魂可以离开自己，我的灵魂去看过朱墨非了，我看见他带着小铃铛幸福得要命，我听见他在心里说为了小铃铛他可以去死。我还知道，他一定不会为了我放弃眼前拥有的一切，我才是他最可以轻易舍弃的人。真的，我的灵魂飞出去，遇见他的灵魂了……”
她说得那么玄乎，我和刘莎根本就理解不了。

倒是林湘一边啃着烤鸡爪一边嘟囔：“也不一定是为了孩子，你看我爸也很爱我的，可离婚的时候头也不回，他跟他那小三儿都结婚十年了，恩爱得很，当年我爸可是为了她净身出户的呢……”

我狠狠捅了捅林湘，她才控制住了还要举例验证的冲动。好在刘韵还沉浸在她放空时的梦境里，并没有在意林湘说的话。
刘莎摸着自己撑到要爆的胃一边让她慢点吃，一边悄悄用手机给我发微信：“刘韵该不会是脑子出问题了吧？”
我回她：“应该不会，可能只是饿晕了。”

我不动声色地收起手机：“刘韵，我们玩一个游戏吧，我每次说两样东西，你要在一秒之内迅速回答我，不思考，下意识的，行吗？”
刘韵边嚼着羊肉串边点头。
“羊肉还是牛肉？”
“羊肉。”
“孜然还是辣椒？”
“孜然。”
“杨洋还是李易峰？”
“杨洋。”

“颜值还是才华？”

“颜值。”

“鲳鳊鱼还是朱墨非？”

“鲳鳊鱼。”

…………

我们都不说话了，远远传来流浪歌手的吉他声。

刘韵大喊：“老板，再来两条烤鲳鳊鱼，多放孜然。”

你看，当你彻底从心里放下了那个人，就会发现，这个世界原来并不是只属于那个人的了。

# 06 如果实在讨厌被安排，那就请逃跑吧

玩抓娃娃机的人，有几个是真的想要里面的娃娃呢？

在上大学之前，我的生活基本也是被安排好的，比如上幼儿园的时候有老师关照，上中学考试成绩自己还不知道呢，父母已经知道了，再后来，跟谁同桌，让哪个老师给你补课，可以跟谁交朋友，除了校服之外穿什么颜色的衣服，剪什么款式的发型，放假的每一天干什么事儿，几点起床几点睡觉，可以读什么课外书，念大学报什么专业……直到去外地上大学，因为天高皇帝远，每个月还有一笔生活费可以自己自由支配，才终于可以安排自己的生活了。但因为从来没有拥有过这样的权利，不仅没有让自己过得特别好，反而是从零开始一路碰壁，又用了很多年来摸索和悔悟，去寻找自己到底想要的是什么。

我们很多人的生活大概都是这样的吧，年幼时被妥当安排，因为父母家人心疼，想要让你少走点儿弯路。站在他们的肩膀上，绕过那些他们吃过的亏，好像这样就能让你在20岁的时候得到他们40岁时所有的阅历。

其实，人生像打怪升级又不像打怪升级。像的是，这一辈子我们都在不断攻关；不像的是，不可以有别人帮你代练，所有的痛苦与失去，成功与喜悦，珍惜与错过，都得亲身去经历，才能刻在骨子里，举一反三。

所以听说李茶失踪的时候，那些认识他的人是又震惊又佩服，又惋惜又兴奋。

如果一个人躲起来不想让你找到，那就意味着你很难找到他了。
雪糕第一次见到李茶的时候就觉得这个人怪怪的，总是对自己的来历闭口不谈，他说老家是湖北一个小城，他是在那儿长大的。雪糕的小姨刚好就是那儿的人，小时候她经常去玩，几乎初中以前的所有寒暑假都是在那儿度过的。听李茶说那是他的家乡，觉得格外亲切就多问了几句，可他回答得颇为躲闪，一眼就知道不愿意多说。

即便后来很熟了也仍然一样，他进公司三年，全公司没有一个人知道他三年前的任何信息。朋友在一起聊天大部分会说自己的家庭啊，学校啊，以前的朋友啊，可李茶从未谈起，别人说的时候他总是笑着聆听，不问问题不打岔不评论，就算你指名道姓问到他头上，也是一个马虎眼儿打发过去了。
李茶不会是逃犯吧？

这年头儿多的是雪糕那样看了几集柯南就当自己是侦探的人。
她无聊到在网上输入他的名字一页一页地翻过去，翻了几十页，没有一条有用信息。再输入他提及的小城每一所学校的名字，校友里也没有找到任何一个叫李茶的人。甚至从人事部同事那里套到了李茶简历上填的大学，也没有查到任何信息。
这个时代，一个做市场推广的人，不玩任何社交应用，本身就是极其不正常的。

后来雪糕以跟客户沟通更方便为由逼着李茶开了微博和微信，他也从来不主动加别人，更没有任何工作以外的人。
李茶就像一个包裹严密的鸡蛋，雪糕这只苍蝇怎么也找不到可以叮的缝儿。但这却是雪糕认定李茶有秘密的依据，如果不是有秘密，谁会费尽心机把自己保护得这么好？长到二十多岁，不留一点儿痕迹也不是那么容易的事儿，尤其是在网络这么发达的年代。

雪糕严重的被迫害妄想症让李茶成了她的心病，万一他是个坏人呢，比如曾经杀了人，比如逃债，比如变态杀人狂……要不然就是逃情债，可是如果只为了躲一个女人的爱情，好像根本没有必要做得这么彻底。
那么还有一个可能就是，为了躲男人？电影《断背山》里那样的故事，哇，那就太浪漫感人了。

雪糕开始测试李茶，频繁带他出去应酬，有时候不是他的客户也带着他一起去，引得公司其他员工都在背后议论，雪糕主管是不是看上李茶了。雪糕不解释也不避讳，该如何如何，就是想看看李茶怎样反应。可李茶藏得更深，该他的工作一样不落，分内分外都做得极其漂亮，连大老板都夸他好用，搞得雪糕彻底忍不住了。
有一次他们一起出差，回来的时候飞机晚点，雪糕趁机问李茶："李茶，你到底是谁？"
李茶一愣："什么到底是谁？"
"你的真实身份。"

李茶哈哈大笑："什么真实身份啊，你当我是大老板的儿子扮成普通员工卧底的吗？如果我是的话，就一定给你升职，你肯定比隔壁那个大夜叉要有内涵得多啊！"
李茶说的是大客户部的主管，全公司都知道雪糕跟她是竞争对手，到时候大区总监的位子就是她们俩其中一个的。
雪糕被李茶一句戳中靶心只得笑笑，但很快就回归正题："你知道我说的是什么，别人蒙在鼓里，你可骗不过我，你是不是在逃情债？看看你这张脸，我跟大师学过看相，你这是桃花面！"

李茶笑而不语，半晌才回她："你有没有男朋友，没有的话考虑一下我吧，你是看脸还是看才华，还是看感觉？"
雪糕心里一动，但也知道他是开玩笑，要不就是美男计，因为被自己猜到他的秘密故意笼络她。她做了个不信的表情，却万万没想到，李茶突然伸手抓住她的脸，深深吻了下去。

雪糕都忘了反抗，只是任他吻了。他看着她红扑扑的脸，很欠揍地笑了：“这算不算我盖了章？”

“盖你妹！”雪糕狠狠地擦擦嘴，“臭小子你占我便宜，我可不吃你这套！”

李茶仍然笑得让人猜不透，雪糕的心都要从嗓子眼儿跳出来了，却强装镇定，拼命表现得把李茶的这记深吻当成一个玩笑，跟年会上与同事的拥抱没什么差别。

虽然她常常会想起这个吻，想起李茶的坏笑，想起当时那个瞬间整个人像通了电一样的战栗，但每次都会告诉自己，是个玩笑，没什么。

李茶第一次露出马脚，是有一次跟客户喝多了酒，大家在一起聊天。客户说想送儿子去澳洲读书，可是那小子死活不愿意去，在家要死要活的，连学都不去上了，现在每天见到他连话都不说一句，跟哑巴似的。

客户说：“你说说这些孩子，我辛辛苦苦为了谁？给他创造这么好的条件，他还不领情，非要去北京跟朋友组什么乐队。你说现在是个人就在玩音乐，有几个能红的？明明都给他安排好了，他还对自己的人生不满。你说有多少孩子指望父母把他们送出去，都没这个机会呢！”

雪糕和李茶都没说话，客户的助理连声附和：“就是就是，孩子嘛，不懂事，慢慢说，他会明白的。”

李茶突然开口了："陈总，你有没有问过他，愿不愿意去澳洲，他做什么最快乐，他对自己的人生有什么打算？你看，那毕竟是他的人生，你都给他安排了，他不就是个傀儡吗？"

本来这几句话也没什么，但李茶的表情很不对，跟喝多了酒似的，可是那天他并没有喝多少，陈总立马不高兴了，雪糕连连打圆场岔开话题才糊弄过去。

虽然李茶去洗手间回来之后又谈笑风生，但雪糕总觉得没那么简单，李茶一向是不动声色的人，不会轻易那样疾言厉色。

就在那次之后没几天，李茶突然打电话给雪糕求助："你能不能帮我个忙，明天可能会有人来公司找我，你就说我已经离职了，其他什么也不要跟她说，行不行？拜托了。"

雪糕一口就答应了，连原因都没有问，她知道即便问了他也不会跟她说真话，倒是无比期待到底是个什么人会来找他，还要让她说那样的谎。

第二天那个人果然出现了，是个年轻女子。雪糕已经吩咐了前台，如果有人找李茶，什么都不要说，马上通知她。

雪糕带着女子到楼下的咖啡厅，要了一杯红茶。

女子叫叶澜，"我是李茶的女朋友。"她说。

雪糕脑子"嗡"的一下就炸裂了，果然李茶是逃情债的，自己猜得没错。

“你怀孕了？还是你们领证了？他骗你钱了？”雪糕挑衅地问。

“都没有。”叶澜摇摇头。

“那你找他干什么，现在什么年代了，恋爱分手不是很正常吗？”

“不是分手，是逃跑，李茶逃跑了。”

“逃婚？”

“不是逃婚，是逃跑！”叶澜看了雪糕一眼，大概觉得她的眼神太过关切和好奇，打住不说了，一口干掉杯中的红茶，拎起包包要走。雪糕一把拉住她：“他逃跑之前，你们分手没有？”

她把逃跑两个字加重了音，显得并不相信。叶澜当然听出来了，用胜利的口吻对她说：“没有。”

雪糕松了手，拿起手机：“那我们留个电话，李茶原来是我的下属，我要是有了他的任何消息，可以通知你。”

叶澜倒是马上答应了，两人交换了电话和微信，道了别。

雪糕看着叶澜走出去的背影心里小鹿乱撞，这是她接触到的除了同事之外唯一一个跟李茶有关系的人了，好像李茶那只鸡蛋终于裂开了一条缝儿。

但李茶好像并不紧张，至少没有雪糕想象的那么紧张。雪糕一直以为他怎么着也会打个电话问一下情况，结果他倒好，把年假都请了，一个星期都没来上班，最后还是雪糕主动约的他。

“你为什么从家里逃跑，你跟叶澜到底是什么关系，你们谈过恋爱吗，分手了没有，她为什么还来找你，你到底是什么人……”

李茶抿着茶，等雪糕的十万个为什么问完，才慢悠悠地说：“因为和叶澜是家里的包办婚姻，我不想一辈子跟一个不喜欢的人睡在一张床上，也不想耽误她，所以就拒绝了。谁知道她不服气，非要搞定我，其实也不是有多喜欢我，千金小姐，一辈子没输过，不能接受而已，我想事情过去了就好了，谁知道她这么锲而不舍……”

雪糕盯着他，他并不躲闪，反而迎上她的目光，突然空气变得热辣辣的。

雪糕突然想起那个吻，走了神。之后她就再也无法集中精力了，之前想了很多问题要追问他，最后一个也没有问出口，只说了一些无关痛痒的八卦和工作上的事儿。

那晚雪糕跟李茶喝了很多酒，李茶送她回家，一直送到她家小区门口。她问他要不要上楼坐坐，她在心里脑补了N种干柴烈火的画面，但是，李茶拒绝了。

雪糕看着他离开的背影真的是恼羞成怒，掏出手机拨通了叶澜的电话：“你要是告诉我李茶的秘密，我就告诉你李茶在哪里！”

她还发了一张李茶的背影照片，这是她刚刚拍的，证明她没有骗叶澜。

雪糕敲开李茶家的门时李茶还在酣睡，才早上六点钟。他不知道，雪糕一夜都没有睡。

“你知不知道你走了之后你妈哭着挨家挨户打电话问，有没有看见我们家李志文，有没有跟你家孩子在一起，最后一次看到他是什么时候，这是被人挖了祖坟吗？单位已经给他发了升职OFFER，明天就要开员工会宣布了，他这时候玩失踪，简直是疯了啊……李茶，哦，不，李志文，你还真是不走寻常路啊！”

李茶冷冷地看着她：“你这是干什么！”

“我不干什么，就想知道你到底是谁！”

“为什么就盯着我，要查我那么多事！”

“因为全公司就你一个能看的男人。”

“难怪漂亮女人要成为红颜祸水。”

“不不，你也没那么好看，只不过是公司其他男人都太丑而已。”

…………

雪糕坐在李茶家的大沙发上，这是她第一次走进他的家，工业风的单身LOFT，他一个人住，收拾得干净整洁。

雪糕终于知道李茶本名叫李志文，出生于一个富庶的江南城市，父亲是法院院长，母亲管理着三十多个工厂，名副其实的女强人。在他26岁之前，他的人生，除了大小便，没有一件事儿是能够自己做主的。

那些穿什么款式的衣服参加家庭聚会，寒假去哪里玩，只能看什么电视节目之类的约束都不值一提，李茶对人生绝望的，是高中那年他跟班上一个妹子暗生情愫，但并没有任何实质性的接触，最多就是一个深情的对望罢了，连手都没有牵过。在升高三的那个暑假之后，再开学听同学说那个妹子转学了，并且搬了家，没人知道她全家人去了哪里。

他想起之前有一天晚上家里三个人吃饭，妈妈偶然提起了那个女同学的名字，说之前联谊晚会上看她唱歌唱得不错，他已经不记得当时自己是怎么回答的，但他知道，女同学的失踪，绝对跟他妈有关。
他托同学找了很久都没有任何消息，之后第二年他便在家人的安排下去了英国读书，其实他想考传媒大学，他的梦想是当记者，但他在英国读的是金融，因为家人想让他读金融。

几年之后他回国，已经有安排好的银行职位等着他。他参加同学聚会，也许是特别敏感吧，觉得大家的聊天内容都好像夹杂着嘲讽：“李志文，你真好，什么都不用烦，光是拼爹就顶我们好多个，你看看我们，上班累得跟狗一样，还不是连个房子首付都没攒齐……”

可李茶却丝毫不觉得自己的人生有任何值得艳羡的地方，他羡慕当年的邻桌小胖跟青梅竹马的姑娘结婚了；羡慕班长放弃了自己的医学专业开了一间料理店每天研究最爱的美食；羡慕曾经不修边幅的女同学读了服装设计；甚至羡慕以穷游为大部分生活状态的背包客男同学——住青旅、睡帐篷、坐绿皮火车、免费搭车。李茶的每次旅行，都是星级酒店，全程有人接待，因为只能去有熟人在的城市或国家，像接待外宾一样，把一场个人旅行变成商务会晤。只有在英国的那几年，他跟同学有过几次短途旅行，但后来因为同时攻读好几个学位，学业太重，根本没时间旅行。

还有一件让李茶最为震惊的事儿：当年失踪的女生，高考失利，很早便结了婚，老公第二年在上班路上遭遇渣土车被碾成了肉泥，她现在独自一人带着孩子，生活得很苦。
他要了她的电话，却始终没有勇气打给她。他知道，就是那次转学，彻底改变了她的命运，而罪魁祸首，就是自己。

之后的几年，李茶一直在银行工作，虽然是从基层员工开始的，但领导对他特别好，所有的同事都知道他不是普通职员，有极力拉拢的，也有不屑一顾背地里说他坏话的。他从来不争不抢，跟大家的关系看上去都很融洽，但这种融洽谁都明白，不过是表面功夫而已，他从未获得过任何人的真心，包括叶澜。

叶澜是父亲的朋友介绍的，长相不算出众但气质完胜，如果非要用一个词来形容她，那就是“得体”。每一个动作，每一句话，每一个微笑都很得体。
李茶跟她第一次约会是去看芭蕾，结束后她笑着对李茶说：“你刚才陪我忍受了几小时，那你喜欢干什么，我也陪你，去抓娃娃还是打台球？”

后来熟了一些她对李茶坦白，抓娃娃和打台球是在她的世界里知道的所有的男生游戏方式。李茶苦笑，如果打台球勉强算的话，那抓娃娃是个什么鬼？

她说："看到好多男生抓娃娃抓得很起劲啊！"
那他旁边肯定站着一个女人。
叶澜恍然大悟的样子。她在工作上是个很优秀的女人，但远离生活，从小因为家境优越，家人怕她早恋被男生骗，几乎要将她禁欲了。李茶是叶澜长这么大第一次正大光明地接触的男人，不是工作或学习关系的。

李茶就这样成了叶澜的初恋。她对他挺满意的，温柔沉稳，绅士，有礼貌，有时候小幽默，还有点儿小狡猾，懂得揣摩人心，关键是长得也不难看。但李茶对于婚期似乎毫无兴趣，每次一提到，就说不急，恋爱还没好好享受，这么快就进坟墓，怎么保鲜？
他跟叶澜说："二人世界也就那么几年，一结婚肯定又催要小孩，所以我们要站在同一条战线上，一直保持热恋，不能妥协啊！"
叶澜把这看成了李茶的浪漫，加上她自己也忙得很，结婚对于她来说不是眼前最渴望的事儿，于是就一直这么拖着。直到李茶突然失踪，叶澜才知道，他并不是不想结婚，而是早就计划了逃亡，不过这个计划中并没有她。

李茶失踪是在银行宣布他升职之后的第二天。周一应该有员工大会，会上要宣布李茶升职的事儿，然而那天直到十点李茶都没有去单位，之前他从不迟到。

周末的时候，他跟家人说带叶澜出去短途旅行，也确实是旅行了，行程结束之后他把叶澜送回了家，从此不知去向。

家人查了所有的机场、火车站、汽车站，都没有发现他的踪迹。李茶后来告诉雪糕，他是坐公共汽车走的，每一个城市，从一辆公共汽车换到另外一辆，最后来到这座小城。当然，公共汽车不可能无缝换乘，尤其是跨市的时候，有时候需要走很远很远的路，好在他这么多年一直坚持做运动，就当是徒步旅行了。

李茶什么行李都没有带，除了钱，因为有钱什么都能买到。他早就为自己做好了全套的假身份证明，包括新身份的银行卡，他花了大价钱，重新塑造了一个自己。

“为什么这么做？”

“没为什么，就想过自己的人生。”

“那你在这么个小公司不觉得屈才吗？你明明可以有更好的生活！”

“自由就是最好的生活。”

雪糕盯着他的眼睛问：“包括自由地去爱一个人吗？”

李茶丝毫不躲避她的目光，肯定地回答：“包括。”

叶澜跟李茶是在雪糕家里见面的，三个人坐成一个三角形，两个女人凌厉的目光几乎把李茶射穿了。

他先开口对叶澜说："你这么千方百计找到我就是为了要个说法吧，可是我给不了你说法。"

叶澜挑挑眉："我要说法干什么，能吃还是能穿，我就是想为我自己找到你。"

雪糕默默地听着，心里突然"咯噔"一下，有种不祥的预感。

叶澜目光锐利地看着李茶："你有没有爱过我？说实话。如果我知道你说了谎，你下半生都没好日子过！"

李茶虽然没有听清是"下半生"还是"下半身"，还是下意识蜷缩了双腿。

他舔了舔嘴唇说："爱过。"

雪糕扫了他一眼。

空气中夹杂着复杂的情愫，仿佛一不小心就会爆炸似的。

叶澜理理衣服，气定神闲地看着李茶说："两年前我就辞职了，跟家人说已经找到了你，我们结了婚，想过一段浪迹天涯的日子，让他们不用找了，我们玩累了自然就会回去的，也许还会带个孙子回去。这两年我一直在找你，我知道我一定会找到的。"

这回轮到李茶惊讶了："你到底想做什么？"

"不想做什么啊，跟你一起过正常的日子，你不用东躲西藏了，从此，也没有人会安排你的人生，你想干什么就干什么！当然，我也是！"

雪糕终于忍不住了："李茶，你可要想清楚，她来，可不就是要安排你的人生的！”
叶澜笑：“我看你才是吧！”
李茶看着两个快要打起来的女人，感叹人生想要重新开始是多么难。

李茶最后还是选了叶澜，因为在叶澜面前他可以没有秘密，也不需要再向任何人解释这段逃亡的经历了。一个男人，这辈子遇见几个喜欢你的女人并不难，但肯为你设想好一切并忘记自己的女人，应该都是限量版吧！
李茶问叶澜：“你喜欢我什么呢？”
那一刻叶澜正在做曲奇。他们买下了一座偏远小城的一栋民居，因为喜欢在阳台上就能看到山，但并不会永远住在这里，因为他们答应雪糕，要回去跟她一起创业，有钱有人有脑子有才华，不创业干什么？
雪糕问叶澜：“你不怕我惦记李茶？”
叶澜摇摇头：“你对李茶更多的是好奇吧，现在他已经没有秘密，不过是一个为了摆脱别人安排的生活而逃跑的普通男人而已。你的兴趣，就好像玩抓娃娃机的人，有几个是真的想要里面的娃娃呢？”
这段对话李茶并不知道，女人和女人之间，有些话也是不能当着男人说的。
跟李茶一起过上二人世界的叶澜爱上了烘焙，此时的她握着裱花袋专心致志地挤出一朵一朵小花来，没有说话，怕分心。李茶也不打扰，饶有兴味地看着她干活。人类真是机智，想出这样的主意，裱花袋和裱花嘴的完美配合，让曲奇有了灵动的纹路，真像花朵呢。

小小的托盘很快就满了，叶澜转身将“小花”们放进烤箱。

其实她也有个秘密李茶和雪糕都不知道，她跟家人说的并不是与李茶一起浪迹天涯，而是，李茶已经死了。

李茶后来的故事谁也不知道了，他更爱雪糕还是叶澜，谁也不知道。

雪糕和叶澜到底谁更爱他，也无从追究。也许很多爱情结果都是没有答案的吧！

就像，你们觉得，这个故事是谁讲给我听的，是雪糕，是叶澜，还是那个逃跑的李茶？

# 07 距离彻底say goodbye，还差一场离婚旅行

两人一旦开始一起生活，就不只是爱情的事儿了，你蹲马桶的姿势，牙膏从哪头挤，洗衣机洗衣服到底要不要装洗衣袋，哥们儿来聚会谁做饭谁收拾残局，信用卡刷爆了账单归谁……

爱情和婚姻有多不同，也许真的要坐着拖拉机去吃一顿从未想象过的黑暗料理才会明白。当春节全国人民都在被这顿饭刷屏的时候，碎碎和杰安正在经历一场鸡飞狗跳的闪婚闪离。

导火线也是因为一顿饭，内容远远不如尽人皆知的那顿年夜饭复杂，就是杰安给碎碎做了个韭黄炒肉丝，把生姜切碎了放进去，碎碎不吃生姜，最怕把生姜嚼在嘴里，每次有生姜都会挑出来，但杰安切得太细，生姜又跟韭黄长得太像，碎碎怎么挑都还是有漏网之鱼。在第N次嚼到生姜之后，两人终于轰轰烈烈地吵了一架，将之前积压的所有不满和委屈用最恶毒的语言甩给了对方。

“明明知道我不爱吃生姜还放这么多，你故意的吧！”

“老子辛辛苦苦做饭给你吃，你不爱吃自己动手啊！”

“结婚前是谁指天发誓说包了所有家务，让我十指不沾阳春水的？”

“我说你就信啊，你要是真的爱我不会心疼我抢着干活吗？我累死累活的时候你都在干什么？”

“我闲着了吗？我又不是全职太太，谁没工作啊，谁不累啊，说得好像是你养我一样！”

这是他们最后一次歇斯底里动刀动枪地争吵，那天晚上终于决定离婚了，还约好一起发了朋友圈让大家见证，一个月后恢复单身，谁不离谁是小狗！

为什么是一个月后？

因为当初他们结婚的时候说好的，如果哪天过不下去了要离婚，就要重新走一遍两人在一起时去过的所有地方。

幸好他们从恋爱到结婚的时间总共也不超过半年，去过的地方也不多，就是上海啊北京啊大理啊西藏啊新疆啊尼泊尔啊巴黎啊什么的……

我掰着手指头数的时候林湘呸我一脸："这叫不多啊，怎么才叫多啊，去西天走一趟九九八十一难才叫多吗？人家走了几年，你这才多久？"

热恋的时候总归是想跟恋人去旅行的，十指紧扣走过每一条陌生的街道，是对恋情最好的描述，尤其是刚刚好上的时候，刚好可以名正言顺地开房啊！

喂，你纯洁一点儿！

我还没说完嘛。等日子久了，一定开始相互嫌弃，走一路吵一路，以后求着你去你也不想去了。

杰安和碎碎从恋爱到闪婚闪离都是以吵架为背景音乐的，跟他们去吃饭要有强大的内心，说不定好好地烫着火锅突然就直接炸毛了扭头走人，你要有克服尴尬自己继续吃随他们去的定力。

这世界上有些人是属炮仗的，一点就着，他们俩就算。

杰安和碎碎是在一次大型活动上认识的，那次杰安是执行方主管，碎碎是杰安同事请来的礼仪小姐。活动连续三天，最后一天的晚宴之后跟碎碎她们几个礼仪结账，碎碎的表情显然是想了很久才鼓起勇气的，其实杰安一直看到碎碎的情绪不太对劲儿，很怕她有什么事情影响活动安排，却也没好意思问。现在碎碎主动找上来，杰安也想跟她叮嘱几句，毕竟以后还要合作，有些事儿该说还是要说的，却没想到碎碎一开口杰安整个脑子就炸掉了。

碎碎说："张总，其实我本来不想说的，但想想还是说了吧，因为下次我不想再来了。"

杰安赶紧问为什么。碎碎咬咬牙，低着头说："昨天晚上，你们那个杨总，就是秃顶那个，把我往他房间里面拉，对我毛手毛脚的，幸好我跑得快，要不然真不知道会发生什么事儿。我们也不是第一次合作了，这样真的让我很为难。"

杰安觉得后背直发凉，所有参加活动的人都住在同一家酒店，房间靠房间，这种事儿如果碎碎当场发作让客户知道了，整个公司的形象就会大打折扣，弄不好以后的合作都成问题。杨总那个人杰安是知道的，一向好色，之前因为类似的事情被处理过，好了一阵，想不到现在又发作了。这件事儿杰安是感激碎碎的，谢谢她顾全大局没有当场翻脸把事情闹大。杰安想在劳务费里加一些给碎碎，被碎碎拒绝了。

"我告诉你只是想让你知道有这事儿，以后再找别的礼仪也要尊重人家，给你们提个醒，没别的意思。"

杰安对碎碎满是愧疚，活动结束后马上跟老板反映这事儿，杨总被辞退了。后来杰安不管是自己部门的活动还是其他部门的活动，需要礼仪的话一定先推荐碎碎，算是报恩也算是弥补，一来二往就这么很快熟了。年轻的男女，容易擦出火花也是正常的事儿，他们都谈不上谁追谁，就是一次一起出差，半夜活动结束饿得不行，叫了肯德基的全家桶坐在酒店门口的马路牙子上吃，吃着吃着杰安亲了碎碎，碎碎满手是油，说怕弄脏杰安的衬衫没有推开他，可是却热烈地回应了。

他们总说："那个吻，是可乐味儿的。"

还有那天的夜空，满天繁星，也只有在小城市才能看到那样久违的星空。汽车尾气的味道混着吮指原味鸡的味道，酒店门头白昼似的霓虹，路上的醉汉，都格外可爱，好像自带了浪漫的音乐，如爱情电影一般成了一幅幅剪影留在他们的记忆里。

之后他们就成了一对热恋的情侣，一起出差也一起旅行，穿情侣装晒自拍，甜如蜜浓得化也化不开。没多久又让我们所有人大跌眼镜，他们俩在朋友圈齐齐晒出了结婚照。

身边的单身狗们口诛笔伐，这么快就合法了虐谁呢！不管在一起是一个月还是十年，有勇气去领证的，都是真爱。

结婚之后杰安退掉了自己租的房子搬去跟碎碎一起住了，战争就是从那时候开始的。两人一旦开始一起生活，就不只是爱情的事儿了，你蹲马桶的姿势，牙膏从哪头挤，洗衣机洗衣服到底要不要装洗衣袋，哥们儿来聚会谁做饭谁收拾残局，信用卡刷爆了账单归谁……需要通过吵架来协调的事情太多了，二十多年养成的习惯，哪有说改就改的。

记得有一次，我们大概四五个人一起吃火锅，杰安要吃猪脑，碎碎说："看见猪脑就恶心，求求你别点了。"杰安说："自从跟你在一起我就再也没吃过猪脑了，到时候上来我喊你闭眼睛，等我煮熟你再睁开不就行了。"

碎碎直接回答："不行，我看不见不等于猪脑不存在，你不吃会死吗？"

杰安不甘示弱："我吃了你也不会死啊！"

掐了整整十分钟，我们吓得一口没敢吃，最后碎碎拂袖而走，我们赶紧让杰安去追，也没什么胃口再吃了，下了点儿面条赶紧吃完走人。

后来慢慢习惯他们两口子的作风，次数多了都知道后面会如何发展，就好像看过几十遍的电视剧，任你剧情再精彩，心潮也不会再如从前般起伏，反正结果都会被哄好的。我们都可以在他们的唇枪舌剑中各忙各的，各吃各的，有时候换了场子还能继续，不受任何干扰。

他们也可以旁若无人地自己进入剧情，其实很多事儿都是谁让一步就能解决的。比如杰安总是加班到半夜回来不带钥匙，碎碎是那种睡眠不好被吵醒就很难入睡的人；比如碎碎的职业接触的人比较多，杰安也知道，但就是不爽有些一看就不怀好意的人碎碎也不拉黑，碎碎的理由是不理就是了，拉黑干什么，不用搞得那么僵，圈子那么小以后万一碰面很尴尬；比如杰安的工作性质决定了他电话太多，有时候一起吃个饭杰安讲了两个小时电话，碎碎脑仁都要爆掉了，感觉跟一个没法关掉的收音机在过日子，播的节目还无趣，又不是警察，有什么话不能上班时间说，可在杰安的角度，这是工作啊……

总之，没有磨合好就直接进入婚姻的爱情会遇到的问题他们全部遇到了，又都不是隐忍的人，最大的心结就是你根本不在乎我，要不然怎么不能为我改变一点点？

一旦有了这种怀疑，两人的关系就开始动摇了，就好像从来没人想过他们会那么快结婚一样，也没人想过他们会这么快离婚。

那条微信发出去之后他们的电话就再也打不通了。后来我们才知道，他们的离婚旅行就是一场以牙还牙的治愈之旅，走出去的每一步都像是往回走似的。

任何被冠以“最后”的事情都会让人带着特别的情绪，最后的旅行当然也一样，从启程就开始带着悲怆，在心里暗暗提醒自己，要表现得好一点儿，给这场感情画上一个圆满的句号。所以破天荒没有因为坐高铁还是坐飞机吵架，也没有因为有人赖床错过航班而指责对方，这场旅途的开始有着和谐的氛围。

在鼓浪屿的一间餐厅里，碎碎找到了当初杰安写下的小卡片，居然还挂在一堆卡片中间，看上去像很长时间没有人清理了，有些卡片的页脚已经卷起，看上去并不那么美好，食物也难吃得很，真不知道之前怎么会觉得这里又美好又浪漫，恨不得永远不离开。

心境不一样，果然世界都是不一样的。

杰安的那张卡片上写着：愿永远可以牵着碎碎的手，在很老很老的时候再回到这里，你还是我的女神，我的小公主，没人可以取代你在我心里的位置。

写的时候杰安没有给她看，估计也是觉得肉麻，写这种词的一看就是无知少年，不懂什么是永远，把永远当成下一秒就到。但碎碎还是看哭了，不是因为杰安苍白的留言有多感人，而是因为即将失去。没有永远了，至少，他跟她没有了。

写这张卡片的时候心里满满的爱到底去了哪里？人还是那两人，地方还是那个地方，心情却沉重得如同上新坟。

杰安牵着碎碎的手在环海路散步，谁都不说话，一直走到住的民宿，主人热情地招呼他们，给他们准备了自制的青柠茶，杰安笑着说："谢谢，但是我太太不能喝冰的，她胃不好。"

碎碎站在后面垂着手，主人去给她换了热牛奶："你先生真温柔。"

碎碎眼圈一红，赶紧喝了一口牛奶才把眼泪咽下去。也不是因为感动，杰安一直是这样的，在生活上，他还算是个细心的男人，只是偶尔任性，杠上了完全不懂得包容，他不高兴的时候，让他退一步都像要让他去死。

在厦门的那几天，碎碎彻底知道了什么是失去。就是那个人所有的好你都没资格拥有了，在不必忍受他所有的坏毛病的同时，那些曾经让你心动的瞬间，也都一起消失不见。

分手是把双刃剑，不只是拿走痛苦和愤怒，也是株连快乐和温暖的。

有同样认知的不只是碎碎，杰安看着站在海边迎风而立的"准前妻"，她穿着一条藏青色的阔腿裤、白衬衫，长发随意地拢在脑后，孤单的身影在一望无际的大海边像一只离群的水鸟。以后她被人欺负了也自有别人保护她，她的美自有别人欣赏，会有更好的人去爱她，半夜醒来时她不在怀里，柔软的手指不再抠着他的肚脐眼……尽管不用再忍受她的坏脾气和莫名其妙的骄傲与矫情，可她的温柔与美好也一样跟自己无关了。

他们是一言不发到达尼泊尔的，路上遇到一对小情侣，聊了起来。小情侣上次地震的时候在尼泊尔相遇相识相知，这次来就像还愿一样，为了感谢那场地震让他们在一起，女孩儿红着脸说："我从来没想过，在房子倒下来的一瞬间，他会用自己的身体护住我，虽然我们俩都没被砸到，但我认定他了。"

男孩儿红着脸望着她，眼睛亮亮的。你看，当你喜欢一个人的时候，从你看他时眼睛里的光亮就能看得出来，无法掩饰的。

跟小情侣分开之后碎碎问杰安："如果我们遇到地震，你也会用身体保护我吗？"

杰安说："不知道，没有发生的事儿，我不好说。"

碎碎愣了一下，突然问："那之前杨总都被辞退了，你怎么还特地飞过去打他一顿？"

这回是杰安愣了："你怎么知道？"

"我当然知道啊，圈子里我又不是只认识你一个，你说，要是杨总告你一状，你工作都没了，这么多年你混到主管也不容易吧！"

"那会儿年少无知一时冲动，现在肯定不会了。"

碎碎扔下一个嘲笑的表情，好像是说，你以为你现在就不年少无知了吗？

杰安跟在后面不好意思地笑，要是往日，他一定要反驳的。

他俩在尼泊尔就待了三天，碎碎的一个网友刚好在拉萨，两人神交好久都没见过面，这次碎碎一定要去见他。要是以前，这件事儿一定是没的商量，必须要大吵一场的，见网友什么的，开玩笑吗不是，多大了还见网友？但这次杰安欣然答应，难得的，反正拉萨就在行程里面，早几天晚几天有什么关系。

那就马上飞拉萨，可碎碎一下飞机就觉得不舒服，后半夜开始发烧，杰安用了酒店老板教的土方法，第二天碎碎还真就退烧了，吃了点儿午饭迫不及待约了网友见面，在八角街的一间小店里，碎碎和她的男神终于成功会师。

那个男生算是个网红，以旅行为生的那种，拍照写游戏写软文做微商接广告，胜在长得帅，穿着打扮也很洋气，搞得自己跟明星一样，难怪粉丝里面95%都是女生，还有5%可能是GAY。

这是杰安的原话，当着碎碎的面说的，碎碎狠狠给了他一个花式白眼儿，你那是嫉妒！

碎碎跟网红要了杯酥油茶，两人一直聊一直聊。杰安被碎碎安排在角落的位置不许打扰也不许偷听，手机都玩得没电了，微博微信刷得没新内容可再刷了，那两人还没聊完，一点儿结束的意思都没有。碎碎的小脸通红，不知道是兴奋还是又发烧，杰安坐立不安。

后来终于给他逮着一个发作的机会，网红居然从碎碎对面坐到了碎碎身边，拿着相机大概是给碎碎看照片吧，一只手就撑在碎碎屁股旁边，动作亲昵极了。

这搁谁能忍得了啊，他杰安可是打飞的也要把贱人打一顿的大侠。

杰安冲上去拉起碎碎就走，碎碎的小脸通红，杰安手一探，滚烫滚烫的，一个公主抱直接抱回了酒店。杰安带着碎碎在拉萨的医院住了两天，医生批准了就马上坐飞机飞回来，又带着碎碎去医院检查，直到碎碎恢复健康。

杰安回来之后才跟碎碎说："你不知道我有多害怕，夜里你咳嗽一声我都吓出一身汗来。网上搜到很多高烧挂掉的例子，很怕你不会好，跟生病比起来，我倒是愿意你每天精神抖擞地跟我吵闹，如果哪天你不在我身边，才是最可怕的事儿。"

碎碎一个白眼儿翻过去："说得跟临终遗言似的，能有点儿吉利的台词吗？"

杰安怒了："我这么真诚你不要得理不饶人好不好？""我怎么得理不饶人了，你自己听听你那话说的，就跟追悼会的悼词似的！"

听说后来是护士过来才劝开的。

不过我们没多久就在朋友圈刷到了碎碎和杰安的更新，距离上次发的那条恢复单身的刚好一个月，这次的内容只有三个字：汪汪汪。

# 08　就算与全世界为敌，也不要和你分离

爱情真是神奇啊，心里有爱，有深深爱着的人，可以让自己获得多大的力量，让从前想都不敢想的事情，变成信手拈来的能力。旁人看着轻巧，个中艰辛，只有自己知道。

乔花是个脾气古怪的姑娘，比如我们一起上拼布课的时候，因为教室小，难免会挤在一起，相互碰到身体。每次不小心碰到她，她就会像弹簧一样弹开好远，有好几次吓得我们差点儿把针插在自己手上。

后来次数多了，都会特别注意，碰到什么都行，就是一定不要碰到她。

乔花很安静，四小时的课可以从头到尾不说一句话，但你问她什么，她知道的也会友好地回答，只是从不主动。她像个怕被猎杀的小兔子，时刻保持着警惕，拒人于千里之外。

她又是我们拼布班同期学员里面手艺最好最刻苦认真的那个，来上拼布班的多半是学着玩儿，想自己做点儿东西，要么送给爱人，要么送给家人，所以这种热情很难一直保持。只有乔花，不仅能够按时完成所有的作业，也是作业做得最好的，还会自己做很多东西拿来给老师指导，老师直夸她创意好有天赋，是块做手工的料。

有一次林湘意外得了几块很好的布料，她觉得自己手艺不好恐怕糟蹋了，便送给了乔花。乔花喜欢得不得了，给我们俩各做了一个小拎包，好看到不行，每次拎出去都会有人问在哪里买的。

也是因为这个契机，我们可以跟乔花走得近一点儿。她话很少，有一次难得一起吃饭，还是我们连哄带骗求着她的，她一脸歉意地对我们说：“我是个无趣的人对吧，你们愿意带我玩真是难为你们了！”

这是我们认识她以来听到她说的最主动的一句话，我私下里也跟林湘讨论过，觉得她可能是性格上有缺陷，要么就是经历过什么，她一定有我们走不进去的内心世界。其实她也是愿意交朋友的，只是不知道要怎么跟别人相处罢了。

在这个世界上，没有完全不需要别人的人，她的不需要，很大一部分原因，一定是因为害怕。

嗯，我们知道的是她只有唯一的一个朋友——安阳，是她很好的男性朋友——对，不是男朋友，他们都当着面对我们澄清过。安阳经常去接她，在教室楼下的商场里等着，给她买好肉串儿奶茶蛋挞，而且，我们也有份儿。

安阳是做通信的，具体干啥倒是也跟我们说过，不过太复杂我们没有听懂。当然，我们并不关心他是做什么的，只关心他收入怎样，如果工资高，那我们整天蹭吃蹭喝就会安心一点儿。

安阳真的很善解人意，在跟他说了以后不要买我们那份儿时，他笑笑：“你们吃的这点儿我还是能承受的，不用担心，虽然我买不起别墅豪车，光吃点儿垃圾食品可吃不穷我。”

后来混熟了我们也慢慢知道，安阳的年薪大概在20万元，如果摊上好一点儿的项目可能更多，而且他是那种很不讲究的男生，衣服直接优衣库搞定，鞋子淘宝，住着单位公寓，吃饭单位食堂，唯一的花费大概就是喜欢出去玩，但又是背包客的习惯，出门住青旅，而且经常加班，也不会出去太多次。

我们都看得出来他喜欢乔花。他也跟我们大方承认。他说乔花这些年没有什么朋友，难得你们能跟她处得来，谢谢你们。
他这谢莫名其妙。没朋友不奇怪，满大街都是没朋友的人，可是，你这么“正常”的一个人，怎么成为她唯一的朋友的？
他笑着不肯回答，只说跟她从小一起长大，小学就是同班同学了，还住在同一条巷子里，捂也捂熟了。

我们给安阳出主意，你喜欢她就勇敢去追啊，这么默默守候算怎么回事，等到别人先下手，你可就只有哭的份儿了！没看见那些电视剧里演的，一般默默守护的都是男二号，到最后鸡飞蛋打。
安阳一脸为难的样子，看得出来他们之间没那么简单，赶紧用一个玩笑扯开了话题。
在我们的印象中，安阳从来没有对乔花发过火，都是言听计从呵护备至的，只有一次例外，也算是见识到了，温顺的人一旦发飙，比常年火暴脾气的更可怕。

那次乔花、林湘和我相约去看一个手工作品展览，回来的时候正是两三点钟，太阳大到令人眩晕。我们都不想走到地铁站去，门口就是公共汽车站台，便一起搭了公共汽车。车上人很多，特别挤，我旁边一个女孩儿几乎全身都贴在我身上了，脸上的表情极其痛苦，再看她旁边有一个男人，一直神情怪异地盯着窗外，低头一看，他半个身子都贴在女孩儿身上了，还时不时很轻地发出很恶心的声音。

大夏天咸猪手最多，女孩儿都快哭了，我们对这种事儿只在新闻里看过，偶尔遇到也都是远远跑开或者提前下车，不敢吭声。我们对女孩儿使个眼色，让出一点儿空间让她可以稍微离色狼远一点儿，女孩儿一边朝我们这边躲一边准备下车了。我跟林湘拉着乔花，也准备挨过下一站就提前下车。

可是谁也没想到，平时默不作声难得听她说句话的乔花却突然站出来了，她举着手机大声说："这个人非礼女生，我拍到了，就是他，现在我要打110报警，有没有愿意做证的？不要让他跑掉！"

最靠近我们的两个男乘客反应机敏，一把将色狼按住，车子刚好到站，下去了一大批人，大概是不想管闲事。车厢里没那么挤了，除了我们和那个女孩儿之外，又有三个乘客表示也看到了，愿意做证。最后司机把公共汽车直接开进了最近的公安局，把色狼交给了警察，公共汽车带着一车人驶回原路，大家一起鼓起掌来。

林湘激动极了，拉着乔花不放，兴奋得不行："这还是我长这么大第一次经历这么刺激的事情呢，算不算见义勇为？乔花你好棒！"

乔花红着脸，低下头小声说："其实我也很怕的，谢谢你们愿意跟我一起站出来。"

我们都是又紧张又兴奋，从来没有想过自己也可以这么勇敢地站出来！乔花这么勇敢，我们倒觉得很羞愧。

这件事儿让我们对乔花更多了一些敬佩，也多了一点儿好奇，不过乔花跟我们说，这件事儿千万不可以告诉安阳。可是大嘴巴林湘还是没忍住，不久之后见到安阳不小心说漏了嘴。

安阳当时脸都青了，在大街上就大发雷霆，冲着我们大叫："你们怎么不阻止她，万一被人报复怎么办，谁让你们去报警的，让人家姑娘下车不就得了吗？谁让你管闲事的，为什么吃多大亏都不知道长记性……"

大家吓得一句话也不敢说，安阳咆哮了整整十分钟。大街上人来人往都诧异地看着我们，三个女人一个男人，吵得昏天黑地，男人情绪激动，女人完全被吓到。

安阳那次是真的生气了，之后有一个月都不太愿意理我们，不管我们怎么讨好他，他都是一副不太高兴的样子。从来没有见过安阳那样，一直都是温柔的暖男，突然这么暴戾真是够吓人的。

我跟林湘说这两人还真是挺般配的，都属于特别有爆发力的那种，他俩一定有事儿，一定有什么秘密是没有告诉我们的。

林湘幽幽地说："我现在对他俩的事儿一点儿都没兴趣了，真怕突然有一天他俩默默把对方杀了，你说会不会？我真觉得有可能。"

其实那次之后乔花特地跟我们道过歉，我问她："为什么安阳会对这件事儿这么大反应，他平时也是个热心的人啊，并不是那种胆小怕事的男生，是不是有什么缘由？”

乔花否认：“他就那样，脾气大起来不分青红皂白，你们别在意，过阵子就好了。”

此后我们有很长一段时间没见到乔花，拼布课的课程结束，我们都不太去了，听说乔花一开始还是经常会拿着作品去向老师请教，后来也去得少了。她不用微信微博，只有电话号码，我又是没事儿坚决不会打电话的人，就这么几乎断了联系。

再一次听到乔花的消息，是拼布课的年终聚会，老师告诉我们的，她还很奇怪，我们是班上跟乔花走得最近的人，却还不知道。

“乔花不是有个男朋友吗，就是经常来接她的那个！”

“不是男朋友啦……”林湘不合时宜地打断纠正道。

老师没理她继续说：“那个男的，犯事儿了，打人，打得挺严重的，被抓了，你们都不知道的吗？就是前段时间的事儿，是我当警察的同学亲手抓的，说他女朋友是我拼布班的学生，我这才知道的，打了乔花电话，没接也没回，我也找不到她了，想帮忙都帮不上。”

我和林湘第二天就找到了乔花，她在地铁站附近的一栋写字楼里开了一间很小的手工店铺。曾经看房子的时候问过我们意见，还从来没去看过，也不知道后来她租下了没有，抱着试试看的念头找过去的，竟真的在那里找到了她。

乔花看到我们来，马上就知道我们要问什么，她凄然一笑说：“其实告诉你们也没啥，是我害了安阳，如果不是我，他的人生一定不是这样的。”

那天乔花告诉了我们所有的故事，已经很多年过去了，她讲起那段往事还是直哆嗦。

乔花跟安阳从小就是邻居，一起光着屁股长大的那种，感情特别好。那时候乔花还是个热情洋溢活蹦乱跳的少女，野孩子类型的，可以跟安阳他们一起撒尿和玩泥巴的。乔花发育早，初三那年已经长成亭亭玉立的大姑娘。有一天放学晚，回家的时候天都黑了，路过一条小巷子的时候，没有灯，听见有小女孩儿呼叫的声音。乔花那时都不知道什么叫害怕，打着手电，随手捡了路边半块砖头跑过去，竟然发现是邻居家的光棍儿大叔，他把巷尾杂货店家才九岁的小女儿彤彤压在身下，彤彤哭成了泪人儿。

乔花拿着砖头大喊大叫，路边隐隐有灯光闪过，大叔心里紧张，丢下彤彤和乔花跑了。

彤彤央求乔花，不要把这件事儿跟任何人说，如果被妈妈知道了，一定会打死她的。

乔花当然知道，彤彤的妈妈是后妈，整天对她不是打就是骂，生怕没有借口惩罚她，如果让她知道了这件事儿，一定什么难听的话都讲得出来。乔花虽然年纪小，这些大人的事儿心里一清二楚，她答应彤彤不跟任何人说这件事儿，可是她没想过，自己会因此成为下一个目标。光棍儿大叔摸清了乔花上学和放学的规律，在一个下着大雾的清早，从后面把乔花迷晕，拖进了附近的工地里。乔花醒来的时候身上都是血，她清楚地知道发生了什么，还知道要保护证据，没有擦掉任何血迹，用校服外套包住下半身去报了警。

光棍儿大叔很快被抓住，但因为精神鉴定报告证明他有精神疾病，加上他是个酒鬼，长期处于宿醉状态，当时只被限制自由，关进了精神病院，却也没有更重的惩罚。乔花的家乡是个小镇，人们对于法律原本就没有任何概念，连去哪里请律师都不知道，反而因为太多闲言碎语让乔花根本不可能像往常一样去上学。

几个月之后，他们全家都搬走了，没有告诉任何人，包括安阳。

安阳聪明，从老师那里弄到了乔花的新学校地址，知道他们搬去了大城市，虽然不能去看她，但每天他都会给她写信，对，每天。有时是上课的时候写，有时是放学回家写完作业写，有时是在学校旁边的奶茶店里写，用来写信的纸也是随手拿到什么就用什么，有时明显是从草稿纸上撕下来的，也折得好好的，放进信封给乔花寄过去。

安阳的信从不署名，但乔花知道是他。那段黑暗的日子，乔花一边去做心理辅导，一边继续上学，安阳的信是她的青春期最温柔的守护。新同学都觉得乔花是个安静内向的女生，没人知道她曾经也是个能笑能闹的假小子。她成绩尚可但不出挑，永远躲在角落里不会参加任何集体活动，她独来独往没有朋友，高中三年，活得像个影子，可能班上大部分同学都不记得她长的什么样子吧！

也是从那件事儿开始，乔花非常不能接受与别人有任何身体接触，从来不去公共浴室洗澡，也不住校，连公共交通工具都很少坐，自己骑自行车或者小电驴。她像个影子，努力避开人群生活。

高考结束之后安阳来找乔花，看着变成安静少女的乔花，她故作轻松的笑容在他看来无比凄凉又饱含愤怒，因为他知道，那个人早早就被放出来了，活得好好的，至少，比彤彤和乔花活得都要好。

18岁的安阳在心里悄悄酝酿着报复行动，要狠狠揍那个人一顿才能解恨，不，最好要杀掉他，让他痛不欲生，生不如死才好。可他就是个一无所有的光棍儿，众叛亲离，人生中已经没有什么要失去的了。好在他自己也是个作死的家伙，还没等安阳安排好报复他的计划，他就因为偷窃又被抓了起来。

后来，安阳考上了大学，跟乔花到了同一座城市，但那座城市多么大啊，从安阳的学校到乔花的学校，坐公共汽车要两个小时。安阳每周末都会过来找她，坐公共汽车穿越几乎整个城市，来陪着她。

他不止一次向她表白过，她都拒绝了。学校里也有很多男生向她表白过，都被她斩钉截铁地拒绝了。她自己知道，从那件事之后，她根本没法跟任何人有肢体接触，即便是安阳，但凡他靠得近一些，她都无法呼吸，身上像有千万只虫子啃咬。

她很努力地去适应，咬着牙去公共浴室，去坐很挤的公共汽车，去学跳舞……但每一次都以失败告终。她铁青的脸色都会让别人以为她有病，要把她送进医院。

安阳因为乔花选修了心理学，认识了一个很厉害的心理学老师，开始了每周带着乔花去做心理疏导的日子。他们每个月都坐很远的车去老师家，那个老师特别好，并不一定每次都治疗，而是给乔花看很多东西，讲很多故事，有时带她出去看电影，有时去KTV，总之，她不觉得那是老师、是医生，而是新认识的朋友。

这样整整一年，有一次从心理老师那里出来，回学校的路上，乔花突然伸出手挽住了安阳。

接着，她在温暖的初冬的傍晚，给了安阳一个大大的拥抱。

安阳被乔花挽着动都不敢动，生怕惊扰了她。他傻傻地站着，夕阳就在他正前方，耳边车流汹涌，不远处小贩叫卖的声音声声入耳，油炸臭豆腐的味道幽远地钻进鼻孔，汽车经过扬起的灰尘都变得那么可爱，像是调皮的精灵，在眼前欢快飞舞，旁边广场上有人跳舞，很大声的音乐肆无忌惮地钻进耳朵……这是安阳在这座城市感觉到的最好听的交响曲，见过的最美丽的黄昏。

这样寻常的小动作，只有安阳知道，乔花克服了多大的心理障碍。他被和煦的阳光照得眼泪都流下来了，热乎乎地淌在脸颊上，迎着风，空气里都是幸福的分子。

这是乔花所能做到的最大进步。只有对安阳，对其他任何人都不可以。这也是乔花不肯跟安阳在一起的原因之一，她不愿意让自己绑着安阳，让他成为自己的救命稻草。她怕自己对他的依赖造成他的压力，总有一天，他也会崩溃的。

他是那么好的男孩子，不该承受这些。

所以他们的关系一直就是我们后来看到的样子，若即若离，若隐若现。安阳谈过一次恋爱，不到三个月就分手了。他心里把乔花藏得太深，无法再把注意力分给其他人。

我终于明白为什么之前乔花在公共汽车上举报色狼那件事儿让安阳发那么大脾气，他太害怕她重蹈覆辙，经历跟之前一样的伤害，他太害怕了。反而是乔花，勇敢地走出了新的一步，我们不知道她的过往时对她是崇拜，现在知道了这些，对她是敬佩。

看上去那么柔弱的乔花，内心已经建成一座坚实的堡垒。

而安阳，是那个要为她伸张正义的佐罗。

虽然很多年过去了，但他从来没有忘记过这份仇恨。

他知道那个人又被放出来了，特地请了假，买了火车票连夜赶回家，把他从屋子里拖到大街上，把邻里街坊都喊出来，当着大家的面，狠狠地把他揍了一顿。

结果那家伙的仇人并不止安阳一个，好多人冲上来，加入了安阳的队伍。其中还有彤彤，彤彤已经长成了大姑娘，她的后妈几年前跟她爸爸离了婚，她父母又复了婚，对她极好，没有童年的孩子长大突然成了小公主会更加懂事，但她心里的那个秘密，只有她和乔花知道，而这次，她主动告诉了警察。

在安阳被带走之后，彤彤带着父母一起去报案，同时给安阳做证，证明那个大叔到底有多坏，所以即便打到他肋骨断裂也是他咎由自取，他那样的人，就应该早点死掉。这是彤彤的原话，把陪同她的爸妈都吓到了，他们从来没有见过乖巧的彤彤心里有这么多恨意，这么多年，她小小的心里背负了多大的秘密，以及那个没有灯光的夜里，来自猥琐大叔深深的恶意。

如果不是乔花，她都不知道自己现在会变成什么样子，也许，根本不在这个世界了吧！

对于坏人，受害者能亲手给予的惩罚都是太轻了，这世界本来就是不公平的，谁都没有动用私刑惩罚混蛋的权利。

安阳还是被抓起来了，大叔被送进了医院，全身绑着石膏。

乔花赶回去见了安阳一面，哭成了泪人儿，她对安阳说："其实在我心里，惩罚他并不重要，我们都能够回到正常的生活，才是最重要的。如果我知道你这么傻，一定会拦住你，死也不会让你去的。"

安阳为了这次发泄丢了太多东西，工作没了，入了监狱，等待审判。

乔花四处打听，请了最好的律师，花了所有的积蓄。

安阳托律师告诉她，他并不后悔，一点儿都不，如果让他再选一次，他还是会这样做的。

安阳的案子开庭的时候律师拿出了一百多名镇上邻居的联合签名请愿书，希望可以为安阳减轻罪名，最后安阳被判了两年。

宣判那天，乔花在法庭上对他喊："安阳，我会等你的，你快点出来，我们要旅行结婚，我要去新西兰！"

安阳被铐着手铐，没人看清他的脸，不知道他的表情，也不知道这段爱情走到这里，还会怎样走下去。

安阳不在的日子里乔花好像改变了很多，她竟然会主动打电话给我，让我和林湘陪她去日本买布料，看展览。这可能是她人生中第一次对除了安阳以外的人发出邀请吧！

她平静却坚定地对我们说："我希望安阳出来看到我的时候，我的改变会让他惊喜，我不能再躲在自己的世界靠他保护了，我得学着保护自己，这样才能让他放心。"

她送给我和林湘一人一个香包，随身携带的，她说那是祝福和感谢，谢谢我们陪着她，在安阳不在的日子里给她勇气。

其实我们根本没有做什么，都是靠她自己做到的，后来的她已经可以挽着我的胳膊去菜市场了，也可以在人很多的超市排队买了单，甚至可以去外滩看烟花……

乔花在人群里扭头找到我们时的灿烂微笑，是我见过的最坚强的笑容。

爱情真神奇啊，心里有爱，有深深爱着的人，可以让自己获得多大的力量，让从前想都不敢想的事情，变成信手拈来的能力。旁人看着轻巧，个中艰辛，只有自己知道。

乔花和安阳的婚礼只有很少人参加，在一个很小很小的教堂，乔花穿着我们亲手缝制的婚纱——原来拼布班的同学，七八个人都是第一次做，很粗陋，细看针脚都有错的，但心里却是无比愉悦。终于看到乔花挽着安阳的胳膊成为他的新娘了，那个从很小很小的时候就开始守护她的人，为她愿与全世界为敌的人，从此成为她的全世界。

# 09 找坏男人恋爱，和好男人结婚

要么陷在温柔乡里执子之手与子偕老，要么成为霸道总裁或者古惑仔心脏里的一滴血，只此一样，一生足矣。

这个标题是林湘的愿望。

每次这么说的时候，林湘都会认真地翻个白眼儿，指着我们挨个儿问，“你不是？你不是？你不是？你敢说不是？”

我们都在心里默默认同，但嘴上却特矫情地说不是，我们只要满足其中一项就很知足了，要么陷在温柔乡里执子之手与子偕老，要么成为霸道总裁或者古惑仔心脏里的一滴血，只此一样，一生足矣。

女人哪！

后来刘莎严肃地跟我们说真的认识一个成功案例，就是你们说的娶了好男人，爱了坏男人！

是“好男人娶了你，坏男人爱着你”！

哎呀！反正都一样。刘莎用她冒充的不拘小节掩盖她的破记性。

刘莎的小姨有个风骚的名字叫丹妮，嗯，别提到小姨就觉得是半老徐娘风韵犹存的那种。刘莎妈妈是姐妹中最大的一个，小姨丹妮出生的时候刘莎已经在她妈的肚子里了，所以她俩可能还共用过同一块尿片。但巨大的区别就是，丹妮是个美人儿，美得跟从画里走出来的一样。刘莎其实也不难看，主要是小姨太好看了，她们全家都是美人儿，她在家族里一点儿优势都没有。

“要不然你以为呢，长得跟凤姐一样你还想要霸道总裁，你当霸道总裁都跟导演一样瞎吗？”这是刘莎甩给我们的话，以此证明她小姨确实倾国倾城。

丹妮不仅是美女，而且还是那种特别吃得开的美女，什么叫特别吃得开？就是男女通吃。很多美女都是男人喜欢女人不屑，可丹妮不是，丹妮不但能让男人一秒变成温柔小家猫，而且连女人都能统统搞定。从幼儿园到大学毕业参加工作，每次生日会春游秋游郊游丹妮的女伴儿都比男孩儿多多了，她妈妈都曾经怀疑过她的性取向，担心女儿是不是有问题，要不然这么好看一姑娘怎么就没有男性朋友，而且竟然没有早恋，害得她家那么一堆对付早恋的绝招儿都没使得上。

其实丹妮并不是开窍晚，而是因为对男人的眼光高没有看得上的。她时刻记得她老爸对她说过的一句话，你现在在学校里面见到的男生就是沙漠里的一粒沙，宇宙中的一粒尘埃，等你以后见到更广阔的世界，才会知道什么是男人，才会为自己曾经的没见识脸红。

丹妮绝对不能让自己因为没见识犯这种低级错误。

此外还有一个重要原因，丹妮六岁时就被姑姑带到英国生活了两年，见到的都是卷福那样金发碧眼戴围巾穿笔挺风衣会起身为你扶椅子的绅士，当然，脸长和二逼另说。这个对男人眼光极高的丹妮对女人倒是不挑，爱吃爱玩爱八卦，并且热情大方，谁有事儿只要她能帮上的肯定第一个冲上去，她那些本子啊零食啊明星海报啊，也不知道是哪些男生送的，全散给了要好的姐们儿。

那样的丹妮，那会儿也算是个女中豪杰了吧。所以丹妮好好的风花雪月就这么被耽搁了，一直到28岁都没正经谈过对象。我们都以为好看的女人自然有很多男人追，事实上并不是，这个问题我不仅求证过不止一个好看的女人，而且还求证过部分男人，嗯，直男，他们的答案惊人一致。

“倒是得到过很多优待，也会有人对你很好，但真的并不是很多人追啊。”美女说。

“谁敢追啊，漂亮女人自然眼光也高，你又不是高富帅，肯定会被拒绝啊。”直男说。

好像真的是这样，好看的女人当然不缺喜欢她们的男人，但真正不怕死敢表白追求的倒是不多。丹妮就是这种好看的女人，小时候她收到的情书有一打，能对上号的寥寥无几，大部分连名字都不敢署。有让把回信塞在校门口树洞里的；有让夹在图书馆某本书第几页的；有让去小卖部见面的；有让去小树林的……你当人家是有多闲，每天不上学跟着你们环游世界呢吗？

丹妮也有过一个懵懂的初恋，高中的时候一起参加演讲比赛的邻校男生，长手长脚，写书法，读《诗经》，穿唐装，会说相声，会说书，会唱京剧。在大家都弹吉他、弹钢琴、唱摇滚、热爱流行音乐的年代，他实实在在像个老古董，却凭借这一点牢牢吸引了丹妮。

不过这段感情也没什么可八卦的，级别最高的细节也不过就是两人约着一起去看过一次戏，对，就是戏，不是电影。回来的路上男生摸了摸丹妮的头，像个小大人一样对她说："丫头，认识你真好！"

但不久之后男生全家都移民了，从此失去联系。丹妮也不是那种多愁善感的人，从小就懂得放下，至此不提了，只是偶尔会想起，有个小男生摸摸头，对自己说遇见你真好。

都说28岁是个坎儿，28岁之前还可以潜伏在少女的阵营里默不作声装死，一过28岁，立马被揪出来讨伐，无论你长得多漂亮，单身人士都是地主资本家，要被批斗的，颜值也救不了你。自然有人给丹妮介绍起了对象，丹妮是完全不会拒绝别人的那种，听说介绍男朋友就乐呵呵地去了。

那次不是丹妮第一次相亲，却是最没面子的一次。

男人看到她的第一眼就愣住了，大概从来没想过相亲还能遇上这么好看的，之前在心里盘算的一定是对方长得跟包子一样，也就是来走个过场而已，结果一抬头就惊艳了，吓得话都说不利索。寒暄了几句，男人说去上厕所，再也没回来。

丹妮还是第一次受到这种冷遇，什么情况，人家新闻里有说网恋见面因为长得丑打起来的，自己长得也不至于丑到那个程度吧，从小到大也是被叫着美女长大的人，而且也没有点什么特贵的菜，怎么就把人给吓跑了？

她咽不下这口气，跟介绍人要来电话打过去问，这才知道原来男生以为是遇到婚托儿才跑的。言下之意，正常情况下怎么可能有质量这么高的美女沦落到自己头上，走狗屎运也不可能。

丹妮听完倒是不生气了，笑得花枝乱颤，长这么大被夸的次数多了，这么高规格的另类表彰倒是没听过呢。她一时兴起想要逗逗他："那我再约你，你跑还是不跑啊？"

男生赶忙道歉："你就是拿枪拿刀撵我走我也不会再走了呀！"

丹妮那天也不知是心情好还是无聊，真的约了人家吃饭，地点让对方决定，省得以为是婚托儿带过去宰人。

男人叫秋声，长得有些书生气，憨憨的样子，戴着一副黑框眼镜，笑起来眯着眼睛，像加菲猫。

秋声订了一个很远的农家乐，开车去接丹妮，越开越荒无人烟，从柏油马路开到了水泥马路，幸好是白天，要不然丹妮要跳车了。

"第二次见面就带人去那么远的地方，脑子被驴踢了吧？"丹妮不高兴。

秋声一头的汗，舌头都打结了："是……是我以前跟同事去过的一个地方，环境特好，世外桃源一样的，我就想带你去看看，没……没别的意思，你要是不想去，我们马上掉头……"

"掉什么头啊，都到这儿了还掉屁头，再开回去我半路就饿死了。"

丹妮也不知道为什么，平时对谁都好脾气得要命，唯独对着这个人，尽管才第二次见面，却忍不住想要跟他抬杠，没法儿好好说话。

不知道这是不是缘分，有些人，你看着他就来气，但如果有一天看不着了，就很想叹气。

那段日子丹妮正在换工作，辞了职想休息一段时间，每天无所事事。

秋声自己跟朋友创业，时间比较自由，两人经常在一起。秋声带着丹妮去见客户，丹妮本来就是那种又热情又团结友爱的人，闲着没事干就帮着秋声到处跑客户，有美女出马竟然真的很管用，常常事半功倍。秋声每次半夜跟客户唱完歌喝完酒叫着代驾送丹妮回家的路上都感动得热泪盈眶，跟丹妮说过成百上千次以身相许，丹妮直接打着呼噜回答他：

“干了干了，杯子里还剩那么多你养鱼哪！”

韩正第一次见到丹妮就是在秋声还有合伙人的酒桌上，那次秋声本来是不想让丹妮去的，因为丹妮感冒了。几个合伙人几乎要跪求了，因为韩正是个很厉害的投资人，能不能拿到这笔钱，对于他们的项目能不能进行起着决定性的作用。

丹妮哑着嗓子拍拍胸脯：“好，我去，只要你们到时候不要怪我眼泪鼻涕的把人吓跑就行。”

就这样丹妮出现在了韩正的视野里。韩正大概就是国民老公王思聪那种类型的人吧，级别没那么高，精简版富二代，走到哪儿都是成团的姑娘往上扑，而他是个来者不拒的类型，当然，还是会看脸的，但凡有点儿姿色的，他都照单全收了，至今却无人能够驾驭，从来没有公开承认过谁是他的女朋友。

那天丹妮哑着嗓子抱着酒杯去给韩正敬酒的时候，韩正一把拿过她的酒杯一饮而尽，嗔怪说：“女人要爱惜自己，感冒了怎么能喝酒，你们这些大男人也真是，不要让女人给你们做苦力！”他又吩咐服务员煮红糖姜茶，又给丹妮点了小米粥——酒店没有小米粥，他差了助理去另一条街的潮汕粥店买了拿回来。

霸道总裁的套路真是炉火纯青，一看就是练家子，战斗力百分之百啊。

晚上秋声送丹妮回去的时候脸都跟锅灰一样了，他憋了一路，直到到丹妮家门口才忍不住了："那个韩正不是什么好人，你当心一点儿，不要给他骗了，他睡过的女人，可比我认识的女人还多！"

丹妮咯咯地笑："那是你认识的女人太少啦！"

秋声脸上的担心都要跟着肉嘟嘟的圆脸溢出来了，推了推眼镜，却又不知道说什么。丹妮看他好玩，拍拍他的肩膀安慰道："放心啦，我又不是18岁，也是见过世面的好吗？"

秋声这才颇不放心地走掉了。

丹妮确实不是18岁，18岁的女生爱情最大，28岁的丹妮考虑得更多。霸道总裁发起猛烈攻势，能活活把18岁女生吓死，但28岁的丹妮，波澜不惊。韩正送了包包，送了手表，送了玫瑰，送了车子，丹妮都一一拒绝了。

最后的一样撒手锏但凡是个女人都抵抗不了吧，他送了丹妮一片农场。农场里有漂亮的小木屋，满满的田园风情，就像清迈的那些农场酒店一样，养着牛羊，有一望无际的草坪，野花点缀，远处青山连绵，美得不像人间，你可以自己住，也可以营业招待客人。

韩正站在农场外最高的山顶上对丹妮说："如果你不收，我就不给他们那个项目投资了，你知道他们多需要那笔钱。"
丹妮收下了。

那晚他们一起住在农场里，丹妮一个人睡一间小木屋，韩正睡在隔壁，竟然没有任何冒犯，平静到天亮。他那样的人，经历过多少女人，当然知道如何拿捏得当，在适当的时候攻占城池。
不猴急的男人，才是成大事的男人。
秋声他们的项目因为那笔投资挽回了最后的生机，其他人都激动得把丹妮捧上了天，只有秋声那张脸，满是担忧。谁都知道他担心什么，也就是一声叹息而已，丹妮那样的女人，即便没有韩正，跟秋声的关系也不太大，仙女下嫁，人人都知道是神话。
神话和童话都是假的，小时候憧憬，长大之后都知道真相了。
秋声当然也知道，从此不再去找丹妮，只在丹妮找他的时候随叫随到，任何时候，包括丹妮跟朋友半夜从KTV出来，会发现秋声在门口等着，从丹妮发的朋友圈一家KTV一家KTV地问着找到的，因为他知道丹妮是喝多了会断片儿什么都不知道的那种，不仅会把自己身上所有的东西都送给别人，还有可能到了家门口也忘记进门，在台阶上坐着睡一夜。
他不放心。
不过，他能做的也只是不放心了。严格意义上来说根本不算是追求，他连一句喜欢你都不敢说出口，别人问，他都说因为丹妮帮了他太多，这是知恩图报。

韩正对丹妮的追求高调又紧密，丹妮的反应跟韩正之前对追他的那些女人的做法倒是惊人的相似，不主动不拒绝不负责，送什么也不要，都给退回去。她丹妮从小就是小公主，虽然肯定是比不上韩正家，但倒也没缺过什么，尤其是爱，全家人给了她满满的爱，让她足以面对每一个热情的男人，做到淡定从容。

有时候韩正会邀请她去一些很正式的场合，比如行业会议，比如他家投资的那些项目酒会，这些丹妮从不拒绝，可以结识人脉，学到东西。她还帮韩正做方案提建议，在工作上的交流反而比生活上更多。

丹妮与韩正其他女人的不同在于，纯漂亮想嫁入豪门的没她有文化，纯工作上的没她有风情，她两者兼具，加上从来没有谈过恋爱，反而占了大便宜。韩正笑话她长这么大连一场正经恋爱都没谈过，白白浪费了一张水性杨花的脸。

而男人大都是有情结的，希望自己是女人的第一个，尤其是这么个大美女的第一个，当然更是跃跃欲试。

谁也不知道丹妮的想法。旁人眼里，嫁给韩正是最好的安排，这么大年纪本来是竞争不过那些小姑娘的，现在人家不嫌弃你年纪大，给你一个嫁入豪门的机会，你还想怎么样？

刘莎在闲聊时跟我们抱怨："你们是不知道我家那些亲戚说起话来那么恶毒，我如果不早点儿把自己嫁了，又没长成小姨那张脸，心得多大才能听得了这些话不去自杀啊！"

人们对于婚姻与女人的看法，已经到了疯狂的饥渴状态，女人嫁出去了就是成功，嫁入豪门更是最大的成功。

而彼时丹妮还抵抗着作为一个女人人生中最大的诱惑，韩正在一家卫视的节目里当嘉宾，当众向丹妮求婚，戒指上的钻石目测有表情包里尔康的鼻孔那么大。

那段日子丹妮在日本旅学，韩正发视频给她看。

丹妮问："你喜欢我什么呢？"

韩正说："我喜欢你是你，没有任何一个你，会让我如此想要一个家。"

丹妮想了想，说："你让我再想想。"

丹妮身边所有人都是支持她嫁给韩正的，那些平日的姐妹比她还要兴奋，仿佛是集体的胜利一般。既然天下男人都不值得信任，现在阿猫阿狗都出轨了，那不如找个有钱的，离婚了还能分家产，也不枉奉献一回青春，况且韩正长得还不错啊，腿长脸小气质佳，又浪漫又大方，这种人去哪里找？你漂亮又如何，过几年就不漂亮啦，比你漂亮的一拨又一拨，下一拨长起来，就没你啥事儿了……

听起来就跟皇上选秀女一样。

丹妮笑："小时候我爸让我不要早恋，说长大之后可以遇到更优秀的人，这些年我遇到太多优秀的啦，可是找人结婚要找多优秀的干什么，又不是跟他合伙做生意，钱我自己也会赚，只希望我是他的唯一，不管到什么时候，我都是他最在乎的那个人。"

那个最在乎她的人显然不是韩正，韩正要在乎的事情太多了，他的家产，他的事业，他的股票，他的美女们，他的车和游艇，他的客户……

丹妮在去京都的路上撞车的时候，韩正刚好在北京参加一个投资大会，丹妮给他发了现场照片，韩正用语音跟她说："人没事儿就好，我现在就给你买机票，明天你直飞北京，我去机场接你。"

丹妮听得见语音背景里的音乐和人声喧哗，想是那边正在晚宴。她把同一张微信照片发了朋友圈，心里也是没底的，但就想矫情地赌一把。

秋声到京都的时候是第二天早上九点多，在丹妮入住的酒店大堂等她，知道她喜欢睡懒觉，他从不在早上十点前给她打电话。

车祸不严重，司机受了点儿轻伤，丹妮毫发无损，只是安全气囊弹出来了，丹妮是第一次遇到，被吓得不轻。不过秋声来了之后说带她去秋叶原买动漫周边产品，她马上忘记了车祸的阴影，屁颠儿屁颠儿跟着秋声去秋叶原了。

接着是北海道的小樽。秋声早年在日本待过一年多，会一点儿日语，其实来找丹妮之前他连夜做了攻略，又联系了还在日本的朋友。之前丹妮去的时候没有跟他说，他不便参与，现在既然来了，就当成了跟丹妮的二人旅行一样，丹妮终于从一个人的旅行变成了有人料理一切的小公主，每天只要跟着就行，秋声把所有的事情都安排得妥妥当当。

在小樽的时候秋声背对着丹妮给她发了一条微信："你有没有想过，我们可以做一辈子的旅行伴侣，以后你所有的旅行，我都承包了。"

丹妮回："你们又要开旅行社了吗？"
秋声仍然背对着她："不是旅行社，是人生的旅行，是永远跟我在一起，过一辈子！"

丹妮噔噔噔跑到他面前，对着他的脸："你喜欢我什么？是没跟漂亮姑娘谈过恋爱一时冲动吧！你养得起我吗？我要每个月买名牌包，每天做SPA，去高级餐厅，把你的钱都花光就跟人跑了，你怎么办？"
"只要你回来，我随时都在。"秋声说。
丹妮伸出手，秋声愣了愣，突然明白过来了，打开背包把钱包掏出来，所有的卡拿出来放到丹妮手上。
丹妮突然就笑了："你二啊！我是让你扶着我，地上都是雪要滑倒啦！"
秋声红着脸飞快地接过丹妮的胳膊，再也不放手。
丹妮和秋声回国之后就结婚了，没摆酒席没办婚礼，两人一起去了南极。

韩正对丹妮不知是因为没得到还是情有独钟，抑或是鲜有女人拒绝他心有不甘，又连追了好几个月。丹妮归还了他的庄园，给他介绍了一个颇有经验的酒店运营团队，把那个庄园做成了旅游地标。
丹妮跟韩正当面说过："你不适合做老公，但跟你合作很愉快，你对女人的眼光和你看项目的眼光实在是差太远了，可我恰恰相反。"
韩正始终用欣赏的眼光看她，虽然很快他又有了新的目标，是个网红，比丹妮年轻漂亮。她们打过照面，网红很会察言观色，对丹妮恭谦有加。

刘莎说："我问过小姨，你爱过韩正吗？"

她说："爱过啊，20岁出头的时候心里希望的就是遇到韩正那样的人，满足所有虚荣心，哪怕不能修成正果，他好好追我一回，人生就圆满了。"

"那为什么不答应他呢？"

"因为遇到他的时候我已经不是20出头了啊！"

丹妮始终不觉得自己嫁给秋声是"下嫁"，喜欢跟他抬杠但从不用高高在上的姿态压倒他，更没有因为秋声的经济实力远远不如韩正而变成黄脸婆，他们都有自己的事业，过着普通的中产阶级生活。其实丹妮很少买名牌包包，除了化妆品要用很好的之外，衣服包包什么的都喜欢自己动手，她是那种愿意把生活过得更有意思的女人，也是在各方面都很独立的女人，但并不影响秋声对她的爱。

她是秋声永远的小公主。这点我们都深信不疑。

我记得非常清楚的是有一次，刘莎带我们去丹妮家玩，因为没有提前打招呼，去的时候她家正在打扫卫生，丹妮见我们来就想快点儿弄完，刚拿起抹布秋声就冲过来大叫："说了不要你弄，你安心坐着不行吗？有我在那些事儿你碰都不要碰。"

我们都吓到了，秋声突然意识到什么，脸都红了，连忙打招呼把我们赶去外面的阳光房里面。

丹妮笑嘻嘻地也不说话，后来才开玩笑似的跟我们打趣："他就喜欢假扮霸道总裁，可惜颜值不够也只能在家里过过瘾了。"

可我们都看得出来，她言语里都是幸福。

这种幸福，不仅是丹妮选择的幸福，也是她苦心经营来的幸福，更是她清楚地知道自己想要的幸福。

那些在爱情中什么都想抓在手里的人，是不会理解也不会羡慕丹妮这种幸福的吧！

# 10 如果不想我太认真，你就应该早点儿滚蛋

谢谢你在我生命中出现的那些美好的日子，也谢谢你让我知道人生原来这般艰辛，更谢谢你让我不再是当初那个自己了。我曾认真地爱过你，此后还会更认真地去爱自己。

有一段时间特别流行“认真你就输了”，大家口头禅就是“不要太认真咯”。桃子姐特别不喜欢大家说这句话，每次听到有人说就一定会反驳：“你们到底是真的没有认真，还是害怕自己明明认真了却做得很烂，所以就用并没有认真来掩饰自己的无能？”

这段顺口溜一样的话要听很多次才能完全掌握其中的含义。其实桃子姐是想说，不要用没有认真做来为不通过的方案辩解，也不要用只是玩玩来为被分手的爱情撑面子，我们对自己的失败都是有责任的，我们应该认真地对待自己的人生。

但如果你不认真也不想我太认真，最好早点儿说。这是桃子姐每个月开晨会的时候最喜欢跟员工说的一句话，我问她由来。她说，那我给你讲个故事吧。

桃子姐认识那个人的时候，24岁，在人生最好的年华。嗯，她一直叫他“那个人”，没有说起过他的名字，听起来很暧昧，其实是因为她根本不知道他的真名是什么，他也曾经告诉过她一切，都被她自动默认为是假的。

24岁的桃子姐刚刚大学毕业，成了一枚光荣的北漂，甭管北漂需要多高的技能多少梦想，反正在家人眼里都不那么重要。“一个女孩子，不必去当总统”，这是桃子姐家人最喜欢说的一句话。

不知道从什么时候开始，亲戚朋友恨不得你一毕业就结婚。别怕没人管你，一旦到了适婚年龄，仿佛整个家族所有认识你的人都从角角落落里蹦出来了，开始紧张你的婚姻大事，觉得该是想这事儿的时候了。你若不想，就是罪过。

桃子姐情况又有点儿特殊，她长在一个单亲家庭，在她半岁的时候，因为家族重男轻女，妈妈不想让女儿受委屈，毅然跟爸爸离了婚，带着她离开了家。

桃子姐长大的这些年，妈妈吃了不少苦，为了能让桃子姐过上跟其他小朋友一样的幸福生活，妈妈什么工作都做过，跟男人一样承担着生活的重担。妈妈天生有做生意的头脑，又吃得了苦，多年之后事业也算风生水起。母女俩虽没有大富大贵，但妈妈从没有给过她苦日子过，算是捧在手心里长大的。

也许就是因为这个，桃子姐比其他同龄的女孩子更希望能够快点找到一个真正对自己好的人，让妈妈放心，她不想再让妈妈为自己的事操心了。这些年，妈妈为她牺牲的已经太多了。

这世上永远不缺爱好做媒的人，桃子姐长得乖巧性格也好，给她张罗找男朋友的人也多，又因为身边有在网上相识相爱走到一起的成功案例，找到对象的那部分虐狗人士都坚决相信不管通过什么方式，都有可能找到那个你想找的人。

桃子姐在大家的安排下在一个相亲网站注册了会员，当时并没有抱多大希望，只是想着给自己一个心理安慰，也给家人一个安慰，总归是“在找着呢”，如果真的找到了，也算是意外的收获吧！

“那个人”就是桃子姐在相亲网站认识的，刚注册的那段日子桃子姐收到很多人的资料，都没什么兴趣，这玩意儿就跟找工作应聘一样，你的简历毫无亮点，大概也没法吸引别人多看一眼。但有时候就是缘分，刚好在某一个时刻看到了，哪怕并没有什么突出的地方，却留下了印象。

“那个人”就属于这种。桃子姐清楚地记得那是个周末，窗外淅淅沥沥下着雨，她窝在家里看片子，想早点儿睡觉却怎么也睡不着，他就是个时候跑出来的。

刚开始只是很礼貌地聊聊天儿，后来他问了一句：“你在干什么？”

桃子姐平时最讨厌这种问题，那天却老老实实地回答了：“在家看片子呢！”

他说：“我也是呢，今天特别想看一部老片子，就翻出来看了，《真爱至上》。”

桃子姐吓了一跳，还以为遇见鬼了，她也正在看《真爱至上》啊！

就这样聊了起来，也只是聊聊而已。对于他的年龄职业等个人信息什么都没问，也根本没有想到过要问，还没有到那一步，问那么多干什么，感情的事，还是不要目的性那么强才更舒服一些。对于爱情，桃子姐一直是天真而纯洁的。

他们后来开始通电话。他的声音温和清澈，有点儿像小孩子，是她喜欢的那种。但那时候桃子姐对他并没有特别的感觉，只是把他当成一个聊得来的普通朋友。那段日子桃子姐工作不太顺利，妈妈常常跟她说不行回来帮我吧，我们母女俩这么多年都没饿死，将来也没问题的。

她倔强地不肯认输，这么多年被妈妈呵护着长大，她希望有一日，可以自己打拼出属于自己的小世界。

她偶然一次跟他说起这些，他说："你还这么年轻，多给自己一些可能性，我知道你心里一直有一股强大的力量，这种力量不灭，你是不会回头的，那就去做好了，就算失败又怎样呢？"

他的话说到了她的心坎儿里，人在失去方向的时候总想得到一些指引，"那个人"在那种情况下就是桃子姐的指引。他比她年纪大，比她有阅历，比她成熟睿智，比她更能把握自己的人生。

有些人出现在你的生命里就像习惯。每天早上醒来要躺在床上刷一遍朋友圈才能清醒，这就是习惯。"那个人"成了桃子姐的习惯。

习惯他每天发来的短信；习惯他常常说来北京看她；习惯跟他聊天；习惯把自己遇到的困难告诉他，听他理智地分析……他在生活里亦师亦友，他总是能够用几句话就解决困扰她已久的烦恼。她喜欢听他的建议，感觉他懂自己。

我们在这世上每天遇见那么多人，来来往往，停停走走，有几个是懂自己的？

桃子姐跟"那个人"就这么越来越熟悉了，他们互相加了微博。她看到他的更新才陆续知道一些关于他的信息，他在苏州自己开着公司，算是事业有成的有为青年，难怪一直可以给她中肯的建议，无论职场还是生活，都牢牢把握着主动权。

看着那样一个自信儒雅的他，不知怎的，她心里升起一些小小的自卑。他这样的男人，那么优秀，应该身边美女如云吧，我要用什么样的姿势站在他身边，才算刚刚好？

她不敢跟他提任何与爱情和婚姻有关的话题了，虽然在相亲网认识，大家都知道彼此是奔着谈恋爱去的，但这么久以来她和“那个人”从未明确聊过爱情的话题，从来没有问过“你考虑过我吗”“你觉得我怎么样”这种问题，纯粹是相敬如宾的那种了解。已经“认识”快一年了，按照相亲网的平均速度，早就更换过N茬儿对象了，而他们俩还处于不痛不痒的阶段，想想都为自己着急。

有一天闲来无事，桃子姐发现“那个人”更新了微博，参加一个酒会，有他跟别人的合照。桃子姐一张一张点进去，清一色的美女，蛇精一样的锥子脸，感觉每个人跟他同框都超级配，她无聊地把自己的脑袋P到他旁边，顿时像只泄了气的皮球。

其实桃子姐一点儿都不丑，但如果你喜欢上一个人，认为他特别优秀，用仰视的目光去仰望他，就会觉得自己跟一坨屎一样一无是处。连张爱玲那样的女子都能低到尘埃里，何况是一个普通姑娘呢！

桃子姐的不自信被爱情这枚放大镜放到最大，正好那些天她跟了一个美容院客户，刚从韩国引进的新技术，门口巨大的宣传牌看得人心动不已。桃子姐要整容的想法也就是在那一瞬间冲进脑子里的，在此之前她从来没有过无缘无故在身体上动刀的想法，觉得那些人真是太疯狂了，好好的没有生病就是天大的福气，还要去自己给自己补刀，这不是疯了吗？但在那一刻，她似乎秒懂了他们的心。

有时候，为了你想要的东西，或者人，你得付出一些，在身体上的努力，也是努力的一部分。

桃子姐做的第一项手术是隆鼻，她从小就被叫塌鼻子，鼻梁不够挺，看上去乖巧却无力，于是去隆了鼻。手术之前她没有跟任何人说，走进手术室的时候腿都是软的，她至今都想不起来自己是怎么走出手术室的，那段记忆对于她来说是空白的，间歇性失忆一般。

她从小连打针都要哭闹，怕得要命，敢做出这样的决定，连她自己都不信。

但真的是好看了一些，之后很多人见到她都说她好像有点儿不一样了，那时候微整形还不像现在这样普遍，她对谁都没有说，独自享受着这份美丽。之后又去拉了双眼皮，磨了脸，同学聚会的时候大家都说她是改变最大的一个，以前只是挺好看的，现在是惊艳。

她渐渐有了一些自信，敢跟他视频，敢在微博晒自拍。他不太夸奖她，也不在意她的变化，从未提起过。她不知道是他根本没在意还是什么，但在心里默默又给他加了分，他并不是注重外表的人。

只是觉得两人的关系有了进步，他常常言语暧昧，每天都有电话或者短信过来，从不间断，哪怕跟客户应酬到很晚，都会提前跟她说，让她先睡。

他会说你搬来苏州吧，虽然是小城市，但安逸，我们每天去钻巷子看小桥流水，你一定没有见过那样的生活。

他会说你想生几个孩子呢，我们都是独生子女，可以生两个啊，一男一女最好，两个女儿也好，两个儿子的话就要吃点儿苦了，不过能挣多少算多少吧，儿孙自有儿孙福，也不必想那么多，我们只要一起把他们养大就好，等我们老了，他们就是这个世界上最亲的人。

他说你不要在北京了，又不是要当明星，做什么北漂，我可以养你啊，虽然我也不是什么豪门，但有我一口吃的，绝不让你饿着。如果你喜欢工作，那就找一份轻松一点的活儿，或者开个小店，你不是一直想创业吗？那就创业，多小都行，做自己喜欢的事儿。

他说你什么都不用怕，有我在，我就是你的家。

……

他那么了解她，知道她想要的是什么。

从很小的时候开始，桃子姐就想拥有如他期许的未来，有属于自己的完整的家、深深爱着的人、亲爱的孩子，一家人幸福地在一起。这幅画面，不仅对桃子姐，大概对所有单亲家庭的孩子，都是最最无法抗拒的诱惑吧！

桃子姐就这么沦陷在“那个人”给予的所有美好里，从普通朋友到没他不行。习惯了每天收到他的问候，就好像他在身边，如果有一天没有他的消息，那一天就是灰暗不安的。她会担心他是不是出事儿了，是不是遇到什么困难了，恨不得马上飞到他身边去。

她的手机每天开着苏州的天气预报，微博关注着苏州的身边事，她看了很多关于苏州的介绍和攻略甚至城市结构，心里想着如果真的合适，那就去苏州好了，就像他说的，小城市安逸，过平淡安稳的生活，也好。

就这样过了好久，有一天“那个人”跟桃子姐说：“我要来北京出差了，我们见见，好好规划我们的未来，你愿意来见我吗？”

当然愿意啊！她多想告诉他，为了这一天，她做了多少努力，克服了多少害怕，就是为了有一天可以站在他面前，以他喜欢的方式。

为了这次见面，桃子姐准备了大半个月，衣服买了十几套，试妆试了几十种。有好几次她在心里退缩了，觉得跟他的这段际遇，像是一场梦，不像真的，要么就不要见好了，万一见了之后彻底失去呢？

但又不甘心，这么久以来两人在现实中最近的距离，不能因为怯懦而错过了。人生总应该有那么一次，为了爱情去冲动一下，就算没有结果，也不会遗憾。

“那个人”到的那天桃子姐去机场接他，这是他们第一次真正的见面，只是第一眼，桃子姐所有的纠结就烟消云散了。他就像是梦里走出来的人，从五官的摆放、脸上的表情、衬衫的颜色、发丝的方向、嘴角上扬的弧度……都与她心里的标尺完全重合了。

他是一个对的人，不管以后结果如何，来见他，是她做得最对的决定。

他比照片还要更好看一些，有温柔的目光，眼睛会笑，弯成一座桥。她都不敢看他，他一开口说话，她就会心跳加速，好像有一万只小鹿在心里奔跑。

那一路桃子姐都在心里默默感激所有的相亲网，也感激自己的勇敢，迈出这一步，几乎用光了所有的勇气，她庆幸自己整了容，可以美美地站在他面前。对，用最美的姿势站在他面前，付出多少都是值得的，收获一个这样喜欢的人，是多好的礼物啊！

他订的酒店，在北京最中心的高层。他们站在窗前，看着流光溢彩的北京城，霓虹灯努力地隐藏着这个城市汹涌的欲望，压抑着在北京艰难挣扎的天性，也将桃子姐所有的委屈都找了一处安放的地点。

他们聊了很多很多，关于未来，关于婚姻，关于家人……他表现出来的成熟让桃子姐安心，他已经把以后都想好了，就等她来加入。

那晚桃子姐把自己交给了“那个人”，25岁的桃子姐，那一晚，跟他，是她的第一次。她将自己的第一次给了一个初次见面的男人，却一点儿也不后悔。

在北京冷漠的深夜里桃子姐止不住痛哭，为着上天美好的赐予。如果说在此之前她都不确定自己是爱上了“那个人”，还是爱上了自己意淫的爱情，但那一刻之后，她确定自己是深爱他的，希望跟他在一起，去迎接他说过的美好未来。

但那时的桃子姐并不知道，已经没有未来了。他回苏州之后，就像一只断了线的风筝。

她慢慢感觉到他的冷淡，好像变了个人似的，以前每天的电话和短信变得越来越少，打过去常常是占线了。有时一个星期甚至一个月都处于失联状态，若不是之前的短信记录，她都怕自己是产生幻觉了。
她怎么也想不通，不是已经谈到未来和婚姻了吗？怎么会突然变得跟陌生人一样？
女人一旦警觉起来瞬间可以变成福尔摩斯，她开始去翻他的微博、他的QQ空间，从他发的第一条开始看，包括他关注的人，他的每一条评论——之前她从来没有想过要通过这样的方式去了解一个人，之后她后悔为什么没有早点儿想到爱上一个人之前要先去了解他的过去。
桃子姐一边翻一边心如刀绞，能够清晰地听见内心碎裂的声音。原来“那个人”竟然是有女朋友的，两人都交往一年了。
桃子姐从来没有想到，让她爱到可以什么都给的男人，让她以为遇到了生命中最好馈赠的男人，竟然是这样的。

他是不是以为桃子姐在加他微博的第一天就翻过了他所有的历史，他是不是以为她早就知道一切，也跟他一样只是玩玩而已？可是，有哪个女孩子会拿自己的第一次出来玩，有谁会在玩的时候入戏这么深？
之后的很长一段时间，桃子姐每一天都会哭，不知道是哭自己，还是哭这一段悲伤的爱情！他的那些短信，那些关于未来的誓言，现在看来，多么讽刺！大概从一开始，他就把她当成生活的调味品，从未想过要好好待她，他卖力地演出不过是为了一夜春风，却不知道，那个女孩子，给了他毕生最好的爱情。

如果你不想我太认真，你应该早点说啊！这是桃子姐给“那个人”的最后一句留言，此后她再也没有去关注他的任何信息。她删了那个网站的账号，删了微博，删了任何与他有关的信息。

第二年春天的时候她隆过的鼻子有些不好，她去医院看，医生说时间长了，要再修复一下，还有瘦脸针，也要再打才能保持。

她突然意识到，这场爱情在她身上留下的伤口太多了，从心灵到身体，几乎是毁灭性的。她带了所有的钱去了韩国，找了最好的整形医院和整形医生，把自己狠狠地整了一遍。回来之后她从不避讳跟人谈整容，大大方方承认自己是人工美女，比起心里的伤，身体上的挫折倒是更容易治愈呢。

桃子姐花了整整两年时间才把“那个人”狠狠地藏在了心里，不再去想，也不跟任何人提起。她把重心都用在了工作上，认真地工作，她用自己积攒的财富开始创业，后来注册了自己的公司，招了员工，还在另一家工厂占有股份。在事业上，她变成了曾经跟“那个人”说过的，希望自己成为的人。

在很多年的辛苦经营里她慢慢懂得，不管别人怎样对你，你都要认真地去生活，哪怕被骗了，失败了，认真生活的人都不可笑。

后来桃子姐不止一次去过苏州，钻过苏州的小巷子，坐过苏州的游船，看过苏州的园林，逛过苏州的古镇，却从未遇见过他。城市那么小，无缘的人，就不会再遇到。

桃子姐庆幸自己仍然能够认真地生活着。如果有一天再相见，无论在什么地方，无论他是怎样的光景，无论他是否还记得她，她都可以坦然从他面前走过，微笑着对他说：“谢谢你在我生命中出现的那些美好的日子，也谢谢你让我知道人生原来这般艰辛，更谢谢你让我不再是当初那个自己了。我曾认真地爱过你，此后还会更认真地去爱自己。”

# 11 你想过好这一生，世界都会为你让路

青春真好啊！青春真奢侈啊！青春真是肆无忌惮啊！没有在恰好的年华遇见你，却可以在你最好的年华当一个有用的过路人，即便无关爱情，也是人生中波澜壮阔的秘密。

上学的时候，郝岩是我众多同学里面最不像老师的，他去读师范的时候我们都嘲笑他不要误人子弟，他苦着脸跟我们说，读师范纯属迫不得已。

郝岩家是典型的将女权主义演绎到极致的家庭，全家人都听他妈的。当年她老人家一口认定老师是个金饭碗，只要不犯错误，国家哪能不需要老师，而且当老师这件事儿，不是青春饭，只要愿意可以干一辈子，死在讲台上，再说，这份稳定的工作，容易找到对象，你听说哪个老师是光棍儿来着？

郝岩就这样走上了他的教师生涯。我们之所以嘲笑他，是因为上学的时候，他是最不受老师待见的那一拨，睡觉、没写作业、被罚站等都是家常便饭，所幸成绩还挺好。童年惯性导致他就算后来踏进了师范大学的门，也在内心坚信，又不是这所学校所有的学生都是老师，总有办法脱身的。

但郝岩果然还是嫩了点儿，加上贪图安逸，日子一天一天过去，他就像温吞水煮青蛙一样，也不知怎的就突然发现，真的只有当老师这一条路可走了。

所以，毕业之后的郝岩，进了家乡的一所高中，也是我们中学时的母校，当起了历史老师。接着，循规蹈矩地相亲、恋爱、结婚，几年后，还没搞清楚状况，就当了爹。他算是我们班同学里面最早结婚的那一拨。

郝岩那几年的进程让他妈异常骄傲，跟个算命先生似的，为他有如此安稳的未来欣慰不已，而我们住在附近的同辈也不免被比下去了，家人常常拿着郝岩的例子来当模范。但每年放假郝岩跟我们喝酒的时候都会哭诉，说他有很多次从梦里惊醒，发现自己早已不是当初那个喜欢捣蛋一心想要轰轰烈烈的少年了，现在过着的生活，是曾经最害怕的那种，20多岁的时候，一眼就能够看到60岁的自己在干什么……

我们只当他矫情，每次参加同学聚会同学们都会逗他："你教哪个班，以后一定不让我娃当你的学生，谁不知道当年你就是老师杀手啊！"

我们后来才知道，事实并不是我们想象的那样，郝岩这个当年的"坏学生"，反而跟他的学生们相处得挺好，因为他比从"好学生"中诞生的老师们更了解他们。成长中的有些事儿，并不是一味镇压就能达到效果的，人和人之间都需要交流，更需要理解，包括孩子。

但作为一个无足轻重的历史老师，郝岩似乎没有太多跟学生交流的任务。每天的生活就是给学生们讲故事，从秦始皇讲到辛亥革命，一遍一遍又一遍，他们在台下打瞌睡，他在台上打瞌睡。他不像其他老师一样容易暴怒容忍不了学生的"不忠"，自己当初就是从打瞌睡一路走来的，当然，知道在副科补个觉是一件多么值得期待的事儿。他也深深了解，一个老师对学生的打骂和暴力会给他们带来多大的伤害，所以，这些小事儿一般不会跟他们计较。

后来渐渐琢磨出一套方法，大家都昏昏欲睡的时候，讲点野史、名人爱情或者奇葩事情之类的历史段子，他们会猛然睁开眼听一会儿，眼睛里充满活灵活现的光芒，课堂上一个哄堂大笑，会赶走彼此的睡意，郝岩也因此得了个“故事大王”的绰号。

一转眼，郝岩专注讲故事这项事业已近八年，儿子也五岁了，他常常带着儿子在学校操场上玩耍。看着那些朝气蓬勃的学生，回忆自己这么大年纪的时候，也在这片草坪上，叛逆、自负、热情，好像从未离开过一样，只是时光走得太着急了，带走了时间和力量。突然开始羡慕那些年轻人，他们拥有的青春是多么奢侈。

对，只是羡慕，不是嫉妒，谁让我们的青春已经失去了，又永远都不可能再得到了呢？

有一年我们过年回家约好了一起去母校看看，郝岩一早站在学校门口等我们，天气很暖和，春天一样，当年我们住的宿舍楼已经显出老旧的样子，那时候它可是学校最新的一栋楼呢！曾经这里有初中也有高中，现在只有高中了，加上这些年生源减少，家长都把孩子送去大城市，导致大城市孩子上学要提前几年排队，而小城市里的学校，面临关闭与合并的境遇。

我们坐在枯萎的草坪上，几个男生脱了衣服跑去跟操场上的孩子们打球，剩下的围成一团聊天。几个女孩子从操场外走过，扒着围栏看了一会儿，指手画脚地跑开了。这幅画面跟当初的我们多么像啊，操场外的女孩子，操场上的男孩子，青春永恒的定格！

我八卦了一下郝岩当老师的罗曼史：“有没有女生暗恋你？”

“喂，人家还都是孩子好不好！”

“可是过了18岁，这辈子都没有早恋的机会了呀！”

谁的学生时代没有崇拜过老师，没有对某个老师产生过那种朦胧又迷茫的情绪，如果喜欢的老师恰巧也关注你，成绩一定一路噌噌噌往上飙啊！我还记得初中时摊上一个特有才华的语文老师，《滕王阁序》倒背如流的那种，诗词歌赋样样精通，某天他不开眼地在班上读了我的作文，从此我就走上了这条不归路。

被你在乎的人肯定，是人生路上最大的鼓舞。

所以，郝岩教了那么多学生，拯救几个迷途少女，是情理之中的事儿。

在郝岩当老师的第八个年头，第一次当了班主任。那年他32岁，带高二C班。什么是C班呢？就是分班的时候按照分数人为分成了ABC班，所以，C班就是比较差的班级，当然，这个差指的是成绩，虽然郝岩并不认为这个班的孩子们比其他孩子缺少什么，每个人将来要走的路不同，而老师的责任，是告诉他们怎样面对自己，面对自己的人生。

比如，有些学生成绩不好，是真的不喜欢学习，亦不擅长学习，这是能力问题，你逼他们，只会让他们更痛苦；有些学生成绩不好，是态度问题，态度是可以纠正的，当时他的学生小谨，就是后者。

小谨这个女孩儿，给郝岩印象挺深，好几个其他学科的老师都说起过她，有些灵气，聪明，但没有定性，学一下，成绩上去一大截，如果这一阵没兴趣，便让人大跌眼镜。她的状态就跟坐升降机一般，郝岩因此特别注意她。

这孩子上课最爱做的事情就是睡觉，好像总也睡不醒似的。每次郝岩用目光提醒她，她睁着睡眼蒙胧尴尬地笑笑，假装乖乖地听一会儿，其实神游呢。有一次，又给他逮着她上课睡觉，便拿着书一边提问一边慢悠悠地走下讲台，走到她旁边，用手把她那颗熟睡的脑袋掰起来。

全班哄堂大笑，她吓了一跳，睡意全无，还有好几个本来也在睡觉的，同学也都被吓醒了。

下课之后，郝岩把她叫到办公室，很认真地跟她谈了一次，这也是他第一次找她谈话，说得语重心长："你看别人睡觉你也睡觉，可是你有没有想过人和人是不一样的，你自己看不到，但作为老师，我却可以很负责地告诉你，你跟别人不同，没有自暴自弃的资格，以后上我的课不许睡觉！"

她瞪着眼睛看着他，一声不吭，但他知道她心里一定有所触动，要不然八年老师不是白干了吗？还有，小谨这个年纪的孩子，说别的没用，打骂也是刀枪不入，但一句"你跟别人不同"比讲一年成功学都有效，他们大部分都觉得自己特别，觉得无人理解，孤独得恨不得去死，这一句"你跟别人不同"，就是直接打开他们自信之门的钥匙。

果然，后来的小谨，在郝岩的课上再也没有睡过觉，他当然能够感觉到她的变化，知道她从内心已经对他产生了信赖，并且，对于历史这门课，由衷地开始喜欢了，虽然只是个副科，但一个孩子开始爱学习，有求知欲，肯定是一件好事儿。

而郝岩跟小谨的关系，也渐渐好起来。他每周都会要求学生交周记，写下自己身上发生的事儿，或困惑，或高兴，或迷茫……在他们那次谈话之后，小谨的周记越写越多，也越来越愿意敞开心扉，而不是原先那套“今天天气真不错白云朵朵”之类敷衍的官文。

郝岩这才知道，小谨原来是单亲家庭的孩子，父母很早就离婚了，各自组建了家庭，虽然并没有给她多少委屈，但单亲家庭对于任何一个孩子，在心理上的伤害都是潜移默化的。她这些年过得并不容易，年复一年当着父母的枪子儿，虽然离异，但他们提起对方仍然是咬牙切齿的。她曾跟郝岩说：“你能不让我回家要学费吗？直接打电话给我爸吧！要不然我妈又得指使我去要钱了。我走到我爸家的大门口就能感受到妖风阵阵，他那老婆，看到我就像看到强盗一样。”
郝岩听着她孩子气的话，又想笑又心疼，她能乐呵呵地长这么大，没有心理扭曲，性格孤僻什么的，也是福气。她确实也是跟其他孩子不太一样的，虽然话不多，看起来还有些内向，但却对生活乐观得冒着不可思议的傻气。可能也正是这样一种知足的快乐，支撑着她在家庭的阴霾中始终健康地成长为一个内心健康又柔软的姑娘吧！

至此，郝岩对这个小女生更多了了解，更多了关心，也能清晰地感觉到她的亲近。他上课的时候，她会目不转睛地盯着他的眼睛，目光交汇的时候，有些说不清道不明的情愫在疯狂滋长。他当然知道，这是很危险的信号，但他更清楚地知道，这时候可以做的，根本不是制止，也不是拒绝，而是利用。

有些东西利用得好，会有一个好结果，谁会在意过程和手段呢！

郝岩会在她每周的周记后面写一些鼓励的评语，也会在她其他科目考得不好或者被其他老师告状的时候找她谈话，提醒她既然历史课不睡觉了，那也得对其他科目一视同仁。有一次他对她说："如果你这次月考总成绩排名超过前15，我就送你一套最想要的漫画。"

那次，她真的做到了。

他也做到了，为了那套漫画，他特地委托同学，从台北买了原版寄回来。她拿到的时候，整个人像被针扎了一样，狠狠咬着牙，大概是忍着眼泪。她都没有跟他说谢谢，只是对他做了一个俏皮的鬼脸，抱着书像只欢快的小鹿一般跑掉了。

小孩子就是那么容易满足，与大人比起来，他们那么单纯，那么简单。可大人往往那么自私，连那么一点点快乐都不愿给予。那段日子郝岩看了很多关于单亲家庭的资料，希望更多地了解小谨，也不只小谨，他的学生里，显然不止小谨这么一个个例，但小谨无疑让他最上心。

看着她亮晶晶的眼睛，郝岩的心偶尔也会像微风吹过的湖面一样，泛起阵阵涟漪。有时候他也会问自己，这么做，到底是纯粹地为了挽救一个学生，还是亦有自己的私心？

直到有一天，周五的傍晚，他们班体育课，全班同学都在操场上放风，郝岩带着儿子也在操场上，时不时有同学过来逗他，儿子常常跟他的学生们在一起，都已经很熟识了。他也常常坐在草坪上看着那些大孩子和小孩子一起嬉闹，觉得自己这把老骨头快要埋没在历史的尘埃里了。他常常跟我们抱怨："世界终于不是我们的了，你看那些年轻的生命，多么旺盛。"

年轻人当然是飞快地长起来的，可我们也没有到半截身子入土的地步啊！后来听完他的故事再想想他的那些多愁善感，大概是因为在小谨的青春面前，郝岩是多么无力与遗憾。

那天快下课的时候，体育老师喊了一些学生去帮忙搬器材，剩下小谨一个人带着郝岩的儿子，一大一小两个孩子在草坪上欢叫奔跑，跑到他身边时，小谨突然逗他，猝不及防地："贝贝，叫我后妈！"

儿子根本不知道后妈是什么东西，一边跑一边喊："贝贝是奥特曼，你是怪兽……"

郝岩被儿子逗笑了，小谨调皮地看着他，眼里充满了挑衅和期待。他瞪了她一眼，没有说别的话。她好像阴谋得逞一样笑着跑向了贝贝，为自己的勇敢和恶作剧兴奋不已。

那天的夕阳真好啊！刚刚下过雨，青草的味道就像是一场青涩的狂欢之后残留的香槟，直往鼻子里面钻。

郝岩一直以为有些东西已经死了，可是在某一个时刻，它们突然都活了过来，他好像回到那个二十年前的自己，也在这个操场上，透过篮球场上大汗淋漓的同伴，用眼角的余光去寻找那个喜欢的女孩子。如果她刚好站在跑道上看自己打球，那颗心，会像一颗棉花糖，又甜又软。

时隔二十年，当那一瞬间的柔软再次从心头路过的，留给他的，却是无法诉说的忧伤。

还好，郝岩对小谨的策略是有效果的。这大概是最好的证明。

那一年的期末考试，上面下来了文件，历史也要参加统考，计入总分，而那一次，小谨历史单科考了全班第一，全校第三。刚好，那一年她升高三，学校照例重新分班，她进了重点班。

郝岩不再教她了。

他们还是会偶尔在学校里遇见，她一定会跟他打招呼，会盯着他的眼睛。他也会像从前一样，跟她开点儿玩笑，让她要加油，并且不忘炫耀自己当年高考可是全校榜上有名哟。

郝岩想，这应该是我唯一能够给她的力量了吧。

小谨高考的那个夏天，郝岩莫名其妙地特别紧张，却又不能很热切地去关注她，更不能跟她有太多不必要的接触。直到看到她的成绩出来，竟然超出本一线很多，他心里又高兴又失落，那种心情，五味杂陈吧。

他很高兴她做到了，暗自觉得自己也许是对她的人生起了推动作用的那个人，但就算是真的因为他，那又怎样呢？他永远也不会去跟她说起那些并不一定存在的小情愫，更不可能对任何人承认自己在某个时刻的小心动，充其量，他只是路过了一个花季少女人生中最脆弱的小时代，像一场春雨，雨过无痕。

郝岩和小谨最后一次见面，是在毕业典礼上，知道她已经拿到了录取通知书，而她上的那所大学，是他的母校。

郝岩对她说的最后一句话是：“到了大学，上课别睡觉，小心被别的老师扔出去！”

她笑笑，眼睛仍是亮晶晶的，刚好有同学路过喊她的名字，她咬咬嘴唇，狠狠地盯着他，却始终什么都没有说，跑掉了。

郝岩背对着她跑过去的方向，听见学生们在不远的地方大声说笑，始终没有勇气转身看她。

校门口一拨又一拨的学生涌进来，盛夏，连道路两旁的香樟树的叶子都绿得那么带劲儿。青春真好啊！青春真奢侈啊！青春真是肆无忌惮啊！没有在恰好的年华遇见你，却可以在你最好的年华当一个有用的过路人，即便无关爱情，也是人生中波澜壮阔的秘密。拼命压抑着胸腔里的阵阵抽搐，郝岩傻傻地站在那栋送走了一届又一届孩子的教学楼下无限感伤。

这么多年，对老师这份职业始终心怀芥蒂的郝岩真的从未想到过，会有这样一个时刻，如此庆幸自己是个老师，能够以一个师长的姿态，路过一个女孩子最重要的小时代。

# 12 要多少次肝肠寸断，才有资格成为“渣男收割机”

男人这种东西你真的不能对他太好了，如果你让他感觉到你可以为他付出一切，那这段感情绝对是不得善终的。你想他疼你爱你，需要激发他的保护欲，让他觉得你是他的领土，别人侵略是对他的挑衅，就成了。

特别吸引渣男体质是一种什么样的存在，认识璟月之前，我并没有深刻的认识。年轻时瞎了眼爱上一两个混蛋在正常的恋爱史中并不算什么特别的事儿，如果情节一般混蛋得不够重点可能连故事都算不上，顶多算事故而已。

但小半辈子过去了，没遇到一个靠谱儿的，确实该去体检了。

璟月有个响亮的外号，叫“渣男收割机”，从她16岁遇见第一个渣男开始，就像被下了咒。

都说16岁的时候爱上一个人，一辈子都不会忘，璟月讲这个故事最多，听得我们都会背了，每次看到电影或电视剧里有那种坏坏的男生都会逗她。

“你看你看，那个混蛋像不像你家三少？”

她都会认真地看上一段，然后严肃地跟我们说：“不像，三少比他混蛋多了！”

那个叫三少的男生是全校一霸，就像台剧里面那样，走到哪儿后面都跟着两三个跟班儿，有人拿书包，有人拿衣服，走到哪儿都有人开道。那时学校的女生看到三少都害怕，恨不得绕道走，只有璟月对他好奇得很，不知道是不是古惑仔看多了，觉得三少一脚踢飞垃圾桶的动作酷炫到不行，那会儿还没有“屌炸天”这个词，要不然用来形容三少更贴切。

但她当然不会主动去追他，因为知道他那种人自恋又自大，到时即便成功也会被看扁，不成功更得全校皆知沦为笑柄。

所以她用了一点儿小伎俩，向班上的“小广播”透露说三少在路上拦过她，让全校传起了她和三少的绯闻，都说三少在追她，成功地让三少注意到自己。终于在一个多星期之后，一天放学，三少真的半路拦住了她，她表现得从容淡定，且十分不屑。

“你这样的小混混，根本什么都不是，谁会看上你啊！”

激将法对于暴躁的人都是管用的，最关键的是璟月长得也还行，属于有点儿艳丽的那种姑娘，在其他女生还没怎么长开的时候，眼角眉梢都是风情的璟月算得上鹤立鸡群。

三少真的开始追她，其实就为了赌口气吧。再后来，璟月成了三少在中学时代唯一承认过的女朋友。

这大概也是让璟月对三少一再忍让的原因之一。

三少是璟月的初恋，跟他在一起的那段日子，她把自己能够拿出来的一切都给了他。到后来要毕业了，璟月的成绩不出意外可以上个大专或者差一点的本二，而三少根本没有想过这个问题，他家有的是钱，随便花点钱上个无所谓的“野鸡”大学就行，他的任务也不是成为学者建设社会主义，他家的家族企业正等着他长大成人去继承呢。

璟月为了跟三少在一起，志愿上所有的学校都是跟他同一个城市，最后还真的遂了她的心愿，去了一个很渣的学校，但她仍然欣喜若狂，因为距离三少的学校公共汽车也就半小时车程。

不过璟月没想到的是，进入大学所有的人跟之前都不一样了，已经变换了身份，不再是受人管束的孩子，也不再是除了学习什么都不能做的苦逼高考生，他们可以选择的事情太多了。新的环境，新的眼界，新的人，没有家长在身边，老师根本不管你那么多，面对突如其来的自由，哪怕是三少那样为非作歹惯了的人，也突然就像进了天堂。所以没多久三少就劈腿了，先是劈了同班一个女同学，后来是一个来实习的女老师。

在这期间，璟月还一直是他的女朋友，有时候她去找他，他就把她扔在男生宿舍，给她安排几个哥们儿陪她玩，或者让她洗全宿舍人的衣服、鞋子、床单，自己跑出去约会。他厚颜无耻地跟哥们儿说："璟月你们可以追可以睡，谁能把她搞定，我请谁吃饭。"

这是当着全宿舍人的面说的，那些男生都起哄欢呼，难怪璟月后来每次到三少宿舍都有几个男生有意无意地跟她套近乎，有时送她东西，有时要约她看电影什么的。她还一度以为是自己太有魅力呢，也跟三少嘀咕过几次，但没好明说，三少没搭茬儿，也就这么过去了。

这些都是过了很久之后璟月才知道的，三少的室友嘉豪，挺喜欢璟月，实在心疼她每次来都要在洗衣间待一天，三少却自顾自逍遥自在的跟别的女生在一起，对璟月全是利用和欺骗。他实在看不下去，有一次趁着没人跑去洗衣间告诉了璟月所有的事。

璟月拼命洗着床单，手都搓红了，不吭声，嘉豪气呼呼地拉她的手对她喊："你洗个什么鬼啊，你洗的这条床单，上面都睡过别的女孩儿，你还洗，你有没有自尊的……"

璟月用沾满肥皂泡的手揉了揉眼睛，肥皂刺激得眼睛生疼，嘉豪赶紧把她按到水龙头上用清水冲洗，璟月"哇"的一声哭了。其实有一些事儿她是知道的，比如她感觉到三少有别人了，有几次看到了他的短信，还有几次是衬衫上的味道。

女人对背叛有着天生的敏感，如果她完全没有感觉到，可能并不是信任爱情之类的，而是注意力并没有放在你身上。

璟月当然早有感觉，只是没有一个帮她戳穿的人，她害怕失去三少，失去人生中第一个深爱的人。

人生需要拆穿，要不然你永远不肯面对现实。

璟月咬咬牙，谁离了谁不能活啊，你以为你是什么鬼！

从那天开始，嘉豪成了璟月的新男朋友。她在三少宿舍等他一直等到晚上十点钟，三少一进门看到她很惊讶，以为她早就走了。她站起来面无表情地说："我们分手吧，我有新男朋友了。"

说完昂首阔步走出了宿舍，室友们都在，但璟月听到的是一片寂静。

三少并没有想象中那么开心，更没有兑现诺言请嘉豪吃饭，反而跟嘉豪之间的氛围变得怪怪的。后来嘉豪索性搬到隔壁宿舍去了。

那时候，嘉豪对璟月，是真心疼惜的。

但璟月其实始终没有从三少的阴影里走出来，加上嘉豪和三少在隔壁宿舍，总有碰见的时候，又或者是她和三少情缘未了，有一次三少喝多了在宿舍走廊上遇到她，拦住她一个壁咚深吻，刚好被嘉豪撞见。据我们后来分析，这一定是三少的诡计，故意报复璟月和嘉豪的，但璟月不承认，非说是三少还爱着自己，那一吻是情不自禁。嘉豪是那种敏感脆弱的男生，加上璟月在这段恋情里时常不在状态，被那个惊天动地的壁咚搅的，两人迅速分了手，嘉豪以迅雷不及掩耳之势跟璟月宿舍的另一个妹子好上了。到现在璟月都不知道嘉豪是为了报复自己还是其实早就有一腿了，毕竟那时候她经常带着嘉豪跟室友一起吃饭。

但这都不重要，如果你经历过一次痛彻心扉，身体和心灵都会产生免疫力，对没有上次厉害的心痛自动忽略不计。

只是从此璟月要忍受室友妹子每天在宿舍大声打电话，晒嘉豪送给她的礼物，说着他们之间的甜蜜细节，就像宣布领地一样，要让人们彻底忘记嘉豪曾经是璟月的男朋友。

璟月在这种环境下一直忍受到毕业都没有再恋爱。

三少偶尔来找她，空窗期的时候跟她去开房，都是璟月付钱，尽管他不是缺钱的人。他当着璟月的面搭讪姑娘，在酒吧大醉打电话让璟月去接他，别人问起璟月的时候毫不掩饰地说她是前女友。

璟月有很多次看着熟睡的三少有拿枕头闷死他的冲动，都是他的长睫毛救了他。又浓又密又长的睫毛和安详的睡姿总是在瞬间就打败了杀意，让她所有的恨一瞬间冰雪消融。她多想他永远这般安详地躺在她身边。他熟睡的时候无意识地伸出双臂紧紧抱住她的腰，像只攀附的猴子，这是真正属于她的最幸福的瞬间。

她贪恋这瞬间的感觉，像毒瘾一样，在这段爱情里没有自我。

大学毕业之后，三少毫无悬念地回家继承家族企业。璟月最后一次跟三少吃饭，是在他学校旁边的肯德基，他们俩人点了一个全家桶，璟月一直在吃，最后一个全家桶几乎被她一个人吃光了。

三少坐在对面看着她吃，跟她说话，她一声不吭。三少咬着可乐吸管，吸管里发出呼噜呼噜的声音，像给他说的话配音："我们以后就不来往了吧，你知道我们根本不是一路人，能走到今天已经算是天长地久了，我们家那种情况，是不可能让我娶你的，你明白的，对吧？"

璟月最后一口鸡翅咽下去才回答："谁说要跟你结婚了，以后各走各的，互不相欠。"

她先走出去的，走着走着在大街上狂奔，不知道跑了多远，吃得太撑又剧烈运动，肚子疼得蹲在地上，胃里难受得不行，硬生生把刚才吃的东西全吐了，哭得一脸眼泪。她坐在马路牙子上歇了好久好久，最后强忍着站起来打了个车才回到学校。

自此，三少算是彻底走出了璟月的人生。

到她工作之后的第二年，才又开始了一段办公室恋情，是一个新来的小鲜肉，长得细皮嫩肉，跟她分在一个组，平时总是姐姐姐姐地叫，小嘴甜得让人忍不住想保护。

璟月的小组其实只有4个人，她是组长。小鲜肉从进来的第二天就摸清楚了这里头的关系，开始对璟月无微不至，每天早上给她买好早饭，一周五天都不会重样儿的，要么是豆腐花加茶叶蛋，要么是三明治加咖啡，要么是牛奶加面包，要么是八宝粥加咸鸭蛋，要么是豆浆加油条……总之，在同一周绝对不会有两次相同样式的早餐。

别人拿他打趣："柯南，你怎么总是给璟月一个人带早饭呢？"

对，璟月公司是做互联网传播的，氛围活跃，每一个新进的同事都会要求用动漫里面的人物给自己取个昵称，璟月的昵称是小兰。

小鲜肉是柯南。注意了，是柯南不是新一。

柯南笑呵呵地跟大家说："因为小兰姐是领导啊，所以要拍马屁对不对？你看看你们，都不知道拍马屁，以后对小兰姐好一点儿，可别被我比下去了！"

这么直白又带着玩笑的口吻，大家反而不好说什么，哈哈哈地一哄而散。

柯南勤快能干，是个好帮手，公司刚刚起步，很忙，整天加班，他们在一起的时间比家人都多，有时候每天都能超过20个小时。其实即便早早下班璟月也是一个人，她选择留在这里不回老家有一部分原因跟三少有关，另一部分也是因为没人管很自由。比起下班回去有热气腾腾的饭菜和守候的灯，但要忍受老爸老妈无休止的过分关心和询问，自己煮个面条看看电视躺在沙发上的任意姿势更是她理想中的生活。

孤独有什么呢，对于热爱生活的人来说，孤独是更好地与自己独处。

这种状态，是被柯南改变的。以前加班晚了可能就不吃饭了，回来直接倒头就睡，柯南来之后，无论多晚都会拉她去吃饭，吃完再回去。

有一天很晚很晚的时候加完班柯南送她回家，出了电梯，发现外面在下雨，璟月有一把伞，俩人一起撑，走着走着柯南拉住了她的手，两人什么都没有说，一路走了很远很远。

但没有表白，也没有任何解释，第二天俩人还是跟平常一样，该干什么干什么，没有谁提起牵手的事儿，在同事面前也没有任何改变。

因为柯南，璟月开始下厨。偶尔有不加班的周末，就在网上看各种菜谱做菜，琢磨得有模有样。她几乎每个周一都会带着自己做的菜去公司，带很多，招呼大家一起吃，其实不过是为了能让柯南吃到而已。

有一次柯南跑客户淋了雨感冒了，一周都没好，她周末特地跑去菜市场花两百多块钱买了只老母鸡，炖了一天，用保温瓶装好，带去给柯南。鸡汤不多，只悄悄给了柯南，放在他的位子下面，发短信跟他说晚点再喝。

那天晚上其实璟月不用加班，但她还是磨蹭到其他同事都走了。柯南拿出鸡汤，喝一口对璟月笑一下，璟月的心都被他笑得融化了。

之后没几天，璟月中午的时候去楼下买咖啡，队伍排得很长，她看到柯南跟另一个女同事在前面，本来想打招呼，突然来了封邮件，璟月看邮件的空当，听见柯南跟女同事在聊天。

“你跟小兰是不是在谈恋爱啊，她还特地带鸡汤给你喝，对你那么好！”

“哪有谈恋爱，我们就是普通同事，然后特别好的朋友，她又不是对我一个人好，她对每个人都很好呀！”

“那她为什么只给你带鸡汤？”

“这你都知道？鸡汤那是我让她帮我炖的，感冒了嘛，我可是给了钱的，你们不要这么八卦！”

“不信，你俩肯定有事儿，我看你俩老腻在一起，她对别人可没那样！”

“那就是可能她有那么点儿喜欢我吧，反正我们没啥，你们不要瞎说！”

……

他们的咖啡好了，俩人拿了饮料一前一后走了出去。璟月站在队伍里移不动脚步，先是一股气血要冲上头顶，想了想又压了下去，气什么呢，柯南说得哪里不对，除了那锅鸡汤他并没有给钱，不过那天晚上他在微信上给她发了个13.14块的红包说谢谢——这难道就是他所谓的给过钱了？

可是，当时她打开红包看到13.14的时候，可是一个人躺在沙发上笑到睡着呢！现在想想也是自己太傻，一个小男生用各种小细节把自己撩得春心荡漾，玩暧昧的高手大概都是这么玩的，本来不必认真，别人并没有认真。

璟月两个月后辞了职，临走前将柯南推上了组长的位子，因为柯南是第一个知道她要走的。那天晚上他在她家一直待到12点，给她家里里外外打扫了一遍，埋怨她不会照顾自己："以后有我，你永远都不会孤单了。"这是柯南对璟月说的，如果在没有听到他跟同事的谈话之前璟月一定会感动哭，但此时璟月只觉得心里疼得要命，还有点儿恶心。

柯南收拾完还没有走的意思，最后绷不住了试探璟月："你确定要走了吗，不想跟我一起努力了吗？"

璟月说："还没有想好，你觉得呢？"

柯南想了想说："我觉得你还有更大的空间，在这里，确实埋没你了，你要到哪里去我都追随你，等你出去站稳了脚跟，勾勾手指头，我就奔向你。"

璟月笑："好。"

柯南又说："那现在，你走之后，那个位子不要给别人，给我，如果你在外面混得不好，马上回来，我永远是你的人，守护你。"

璟月点点头："我知道。"

柯南心满意足地要回去了，走到门口，璟月叫住他："柯南，你说，我们现在是什么关系？"

柯南给了她一个意味深长的笑容，一把揽过她的头，在她额上印上一个吻：“你说呢？”

他走了，门“砰”的一声关上。璟月对着门发愣，许久才缓过来，看着跟样板间一样的屋子，在心里深深叹了口气。

真是高手啊！如果说三少是简单粗暴的渣，那柯南可谓货真价实的心机BOY，给璟月制造N种爱情的假象，以达到自己的目的，还要在别人面前营造出是璟月单恋的错觉。

我们安慰璟月：“也许柯南是真的喜欢你，只是还没有到表达的那一步而已。”

璟月说：“我也想是这样的啊，所以我才辞职了，如果他真的喜欢我，一定会继续跟我保持联系对不对？”

璟月走之前完成了柯南当组长的心愿，也算是对自己的这段自作多情有个交代。后来柯南确实在微信上找过她几次，听说她一直都没找到工作，便渐渐断了联系。

“那你找过他吗？”

“没有啊，我们现在都还在彼此的朋友圈，能够看到彼此的生活，但他从没有主动约过我，哪怕我发再消极的心情，他连点赞都没有，我再傻也知道，这一定不是喜欢了。”

有些人的情商是天生的，有些人的感情需要场景，有些人不过是看心情。之后璟月开始自己做生意，跟一个常年在美国的同学合伙做代购，这下接触的人更多了，璟月的感情生活也更丰富，那段时间她极其渴望遇到一个很好的人，可以忘记柯南带来的伤，但她仍然不停地招来烂桃花，先后遇到三个劈腿的，两个骗钱的，还有四个骗炮的，这是她自己给的数据，应该还不是全部。

璟月后来把爱情戒了，谁给她介绍对象都不见，家人以为她要出家，派出好几拨代表来跟她谈心。她把房本车钥匙一屋子的名牌包包银行卡扔了一桌："我什么都有，要什么都可以自己买，为什么要随便嫁人，你们给我个理由，说通了我就嫁！"

那些说找个男人有依靠啊，有人照顾啊，可以生个孩子啊之类的全被她轰走了。后来她跟我们说："我现在真的是在等一场爱情，希望有一个男人，是真的喜欢我这个人，别的什么都不谈，哪怕他一无所有，对于我来说也是最好的结局。"

"我好像从来都没有被人单纯地深爱过。"璟月说。

但一直都没有遇到，璟月到现在还是单身，我们并不觉得有什么不好，她开始淡然了。我们喊她"渣男收割机"，她也能一笑而过，跟我们分析前几任渣男特质的时候也能说得头头是道。她说男人这种东西你真的不能对他太好了，如果你让他感觉到你可以为他付出一切，那这段感情绝对是不得善终的。你想他疼你爱你，需要激发他的保护欲，让他觉得你是他的领土，别人侵略是对他的挑衅，就成了。

我们目瞪口呆，觉得好有道理无言以对，但都不知道应该如何做到。

我们只知道后来柯南又回来找过她一次，来借钱的，他跟女朋友准备结婚了，借钱买房付首付。他对璟月说："小兰姐，这么多年，只有跟你一起的那段时间我觉得毫无压力，是我人生中最轻松的时光，因为你像家人一样保护我。你在我心里，已经超越了同事也超越了爱人，我不知道要怎么表达，只有我心里知道。"

璟月借给他十万块钱。

我们哈哈大笑："你这十万块钱，怕是要不回来了。"

她耸耸肩："我没打算要回来，算我为了那一瞬间心里的悸动买单吧！"

呵呵，这心动忒贵啊！

# 13 每一场放得下的失恋，都是青春里的最佳运气

其实失恋没什么，只要你接受她不喜欢你的事实，日子就好过多了，只要你还在努力生活，努力变得更好，就不丢脸。有人认为被甩就是输，怎么着也得赌口气先开口，我觉得，失恋就像是一节游泳课，教练把你推到水里，要么你从此心理阴影永远不敢下水了，要么喝几口水挣扎着学会了！

我已经不记得霜霜是从什么时候开始嗜酒的，反正每次饭局只要有她，我们都会被吓得屁滚尿流，她太猛了。

最离谱的一次，冬天吃火锅，我和霜霜喝了四瓶二锅头，当然，她是主力，走回家的时候睡倒在垃圾回收站门口，要不是清洁工大妈起得早发现了我们，清明节都过好几次了。

那次留下的后遗症是，之后有一段时间我一闻到酒的味道就觉得五雷轰顶，吃一只醉虾都能吐出一口胃酸来。

霜霜找不到酒伴儿，消停了一阵儿，没多久又交了个男朋友，她叫他馒头。

为什么要用“又”字呢？那是因为霜霜之前有一个尽人皆知轰轰烈烈的富二代男朋友吉他，吉他人长得帅，大家都觉得他从某些角度看有点像胡歌，笑起来很腼腆，声音温柔，细声细气的，他跟霜霜在一起有些错位。

霜霜不是女汉子，是大丈夫，什么事情都风风火火，嗓门大，有狮吼功的强大天赋；而吉他内敛秀气，连吵架都不会大声。

我们一起合租公寓的时候吉他经常来，安静地坐在客厅里看电视，看泰剧，看《百里挑一》《非诚勿扰》。有一次我妈妈来看我，她跟吉他一起看电视，俩人看得津津有味，一把鼻涕一把眼泪，把我吓得目瞪口呆。

这样细腻的男人，真的想象不出会是霜霜的男朋友，我总觉得像霜霜那样实实在在丝毫不用夸张的女汉子，应该找个跟套马杆的汉子一样威武雄壮的男伴才和谐呀！

霜霜和吉他在一起两年半，分手的那天像电影里一样下着倾盆大雨，霜霜站在小区门口，门卫不允许停车，吉他的奥迪缓缓掉头开走，霜霜站在雨里，也不追也不跑也不喊，像个雕塑。

吉他绕了一圈又开回来，摇下车窗对着她喊："你回去啊，你别这样，你快点回去，要感冒的！"

霜霜说那是她那么久以来第一次听到吉他大声喊话，心里竟有一丝苦涩的甜蜜，他着急了不是？虽然他要分手，可心里还是心疼的对不对，他还在意自己对不对？

我被吉他的电话叫出来，拖霜霜回去，她不肯，拖急了，她又挣扎得厉害，俩人一起跌坐在马路上。浑身都湿透了，从衬衫湿到内裤，衣服粘在身上，又冰又凉，像一条蛇缠住了灵魂。

吉他还是走了。

我看着他的车子一直开出视野，压过路边的水坑，溅起老高的水花，行人纷纷侧目，他像肇事逃逸一样，飞快地离开了现场。

后来吉他跟一帮同伴一起去了云南，开了客栈包了果园，在那里每天都有艳遇。我不幸在他的朋友圈里，不分昼夜地被各种活在美颜相机里无瑕疵的锥子脸刷屏，霜霜之前狠心拉黑了他，又不好意思再加回来，所以玩我手机的频率越来越高。我知道她是为了看吉他的动态，不戳穿她，却也不能屏蔽吉他了。

那些在我看来毫无营养空虚寂寞的图文，霜霜常常看着发呆，一向高分贝的她只有在看吉他朋友圈的时候最安静，呼吸都小心翼翼，生怕惊扰了他似的。

霜霜跟馒头的缘分其实还跟我有点儿关系，那时我也有个男朋友叫麦芒，馒头是麦芒的哥们儿，长得并不像馒头，五大三粗，乌黑锃亮，顶多算个窝窝头。可霜霜固执地喊他馒头，说之前吉他的名字太文艺了，赖名儿好养活，叫他馒头，连肉包子都不是，便不会像之前那个一样，说走就走。

这是什么逻辑，没人懂，但霜霜言之凿凿。

麦芒不喜欢霜霜，他说她所有的粗犷都是为了掩饰内心的脆弱，她根本没有表现出来的那么强大，其实玻璃心一枚。

我不信，麦芒有时刻薄得让人想揍他。他朋友很多，常常一起出去唱歌、打球、洗澡，他总是很忙，因为别人总是比我重要。他常常给我洗脑："你是一个独立的人啊，又不是我养的宠物，老让我陪着算怎么回事，我们都需要空间对不对？我给你空间，你可以去做自己喜欢的事儿，去吧去吧乖！"

所以，明明有男朋友，我也经常一个人看电影，一个人吃饭，一个人去书店，一个人逛街……麦芒陪我陪得最多的是周末，因为他要睡到自然醒，有时醒来可能已经是下午两点了，这样就算跟我度过了大半天。

周六下午踢球，晚上跟同学喝酒撸串儿打麻将，周日下午随机，晚上去健身房。

留给我的，就是那个“随机”。

霜霜经常批评我：“你缠着他呀，你发脾气呀，作你会不会？你作到他怕你闹怕你哭，自然就会留下来陪你了！”

可是，霜霜的法子对我并不适用，加上每次麦芒都走得风风火火根本没有给我留下发挥演技的时间，每当我还在纠结到底用什么姿势抱住他的大腿就地打滚儿时，他已经进了电梯，留下我灰溜溜地后悔又错失了一次机会。

霜霜看不下去了，有一次当面给我表演了她的擒拿大法。

那天吉他妈妈来电话，让他回去吃晚饭，霜霜抱着他的胳膊不让走，我觉得吉他的胳膊都快被她扯下来了。

霜霜反锁了门，将吉他的钱包钥匙全部扣押：“回家吃饭哪天不能吃呀，今天是我们认识的第333天纪念日，你竟然不陪我吃饭！”

333天纪念日——从来不知道这个日子也需要庆祝。

我坐在沙发上看电视，心想霜霜老师即兴表演开始了。为了掩饰尴尬，我只能不停地换台，电视机画面不停闪烁，也不知道在放什么。

我又把身子往沙发里面藏了藏，假装自己不存在，好让霜霜无拘无束超常发挥。

他们僵持了很久，吉他坐在地板上，霜霜靠在门上。后来我饿了，泡了方便面吃，他们还保持着之前的姿势。

最后霜霜终于忍不住了，她要去上厕所。她让吉他把长裤脱了，只穿一条秋裤，她提着他的裤子放心大胆地上厕所去了。

当她坐上马桶的一瞬间，吉他不假思索地打开门冲了出去，穿着秋裤！

霜霜在马桶上叫得撕心裂肺，我笑得口水都喷了出来，大声嘲笑她——郑霜霜，演砸了吧！

我跟麦芒认识了很多年，从普通同学到普通朋友到好朋友到恋人，循序渐进，每一个阶段都没有耽误。

我其实很羡慕霜霜，吉他跟她算一见钟情。她常常教育我说："朋友就是朋友，怎么也变不成恋人，如果是爱情，第一眼肯定知道。"

我从来没有过这种感觉，而霜霜的总结是："你丑！"

这年头，想要找个瞎的多不容易，个个儿在喊看脸看脸看脸！

所以，既然碰不上瞎的，也就只能从朋友里发展，因为再丑的人，看多了也就习惯了。

麦芒不同意霜霜的观点，因为凭吉他的姿色，找比霜霜好看的女孩儿轻而易举。他说吉他有自虐倾向，就喜欢霜霜那样会作的，女人作了，男人就能刷出存在感，明白不？

他说完这句话我盯着他看，他立马改口："你说男人肤浅不肤浅，你也是捡着了，遇到我这么有内涵的……"

但他说完这些话没过多久，我们就分手了，他的内涵狠狠打了他的脸。

他在喜欢上一个小学妹之后跟我说："我觉得你没有我还能茁壮成长，可是她不一样，她离开我就不知道怎么活了，你像棵青松，而她是株凌霄花！"

我呸，你全家都是青松，你全小区都是青松！

我也只是在心里狠狠骂了这一句，故作轻松地对他说："你就是个神经病！"

这是我能想到的可以对麦芒说的最重的话了。

可我没想到的是，没几天我就在路上遇到了麦芒和他的那株凌霄花，他们手拉手在逛商场，我像着了魔一样，一路跟着他们。这时候我想起麦芒曾经跟我说他一个远房亲戚家的孩子，毫无征兆地，某天晚上在路上走着猥亵了一个陌生女人。

他说不知道为什么。

我现在可以理解他，那种不知道为什么的绝望情绪。我从来没有想过会去跟踪一个人，那天却孜孜不倦地从上午11点一直跟到晚上8点多。

他们在ZARA、H＆M、优衣库、小熊试了衣服，他试了修身衬衫和小脚裤还有毛衣，他以前最讨厌穿衬衫，且从不穿小脚裤，她买了羊毛裙子，他刷的卡；他们去了步行街，买了糖葫芦、臭豆腐、炸肉串儿、布丁奶茶，他给她剥栗子，一颗一颗，完整地放在她手里，他用竹签将臭豆腐喂进她的嘴里，替她擦去嘴角的辣椒酱；他们去了书城——他以前从不看书；他们还去看了一场电影，我也跟着买票进去了——出来之后才发现，我竟然不记得刚才看的电影叫什么名字。

整场电影我一直在哭，哭得旁边的人忍不住换到了更远处的位子。

他还帮她拎包，以前他对我说过，男人帮女人拎包特别娘，那气质没法儿接受。可现在他不怕了，愉快地拎了整整一个下午。

他们一起进了一个小区，上了楼。我无法再跟，坐在小区门口的台阶上，给霜霜打电话让她来接我。我迷路了，身上的钱刚才全部买了电影票，我没钱打车。

电话刚挂掉，一抬头吓了一跳，麦芒站在我面前，脸色青紫，用无比冷漠的语气对我说："你跟了我们一天，到底想干什么，有意思吗？"

他手里拿着一盒烟，熟练地拆开，叼了一支在嘴里，打火，猛吸一口吐出烟来，他的脸在弥漫的烟雾和昏暗的灯光中糊成一团，那么朦胧，那么英俊，我竟看得醉了。

当一件东西再也不属于你，总是会特别留恋，人也一样。我以前从没觉得麦芒有这一刻这么英俊。

我不知道麦芒什么时候发现我的，只知道他现在一定是借口买烟特地来警告我，让我远离他的生活。

其实这一路跟着的时候我一边嫉妒得发疯一边明白了一个道理，那些说没空陪伴你的人，并不是真的没空，只是觉得你不需要陪伴，陪伴你也不会让他更快乐，如此而已。

我还没有回答麦芒的质问，余光发现旁边不知什么时候又多了一个人。麦芒的新女友冷冷地站在一边，眼里是凌厉的寒光。

我分手后的第一仗打得狼狈不堪。

她像红外线一样里里外外将我看了个透，突然开口来了一句："你跟踪我们，是不是为了偷拍？"

我和麦芒都愣住了，我这一天过得，头昏脑涨的，压根儿没想起来偷拍这件事儿，茫然地摇了摇头。

她又往前走了两步，我们三个人形成了一个三角形，她仰起头对麦芒说："她一定偷拍我们了，你让她把手机给我们检查一下，我看她是要把我们的照片发到网上去！"

我又慌忙摇了摇头，麦芒拉了拉她的胳膊，气急败坏地打圆场："不会的不会的，她哪有那智商！"

她甩开他的胳膊，盯着他的脸："你就那么了解她？还是检查一下比较放心！"

麦芒像个沙袋被夹在中间，尴尬地赔笑：“有这个必要吗？这样不好，显得我们多没档次，走吧走吧！”

她不走，看着麦芒：“你舍不得？那我可报警了！”

麦芒揉揉鼻子，看了我一眼，语气明显软了：“报什么警啊，没必要，那个谁，她想看你就给她看一下吧，她这人疑心重，抑郁症，你就给她看一眼宽宽心！”

我真不敢相信这话是从麦芒嘴里说出来的，感觉所有的血液都冲到了脑子里，无法思考，也无法回答，只是紧紧握着手机，拨浪鼓似的摇着头。他的姑娘在旁边催促：“麦芒，你干什么啊，心疼还是怎么的，心疼你就跟她走！”

麦芒拉下了脸，朝我伸出手，劝说我：“那你给我看一眼吧，事情就过去了，咱们以后各不打扰，行不？”

我仍然摇头，咬着牙吐出三个字：“过不去！”

麦芒被催促得没有耐心了，伸手要拿我的手机，我一闪，他一只手抓住我的胳膊，一只手抱住我，我在这种时刻竟然觉得他的怀抱好暖，更加死死握紧手机，我已经分不清，是誓死捍卫那一点儿尊严，还是贪恋他的怀抱。

在肉搏方面，麦芒终究是要胜过我的。

我的手被麦芒掰开的那一瞬间，手机“啪”的一声，掉在地上，还欢快地蹦了几下，4.7寸超薄大屏，被分成了好几块。

但这一下不仅仅是手机屏幕碎了，我的心也被摔得稀碎，如同一面碎裂的镜子。我停止挣扎，死死盯着麦芒。麦芒一定没有见过我这么恶毒的眼神，很明显地愣了一下，但还是慌忙打开手机相册递过去献殷勤："你看，根本没有我们的照片，她没有偷拍我们，算了算了！"

我的手指头还因为刚才的拉扯有抽筋般的疼痛，深秋的寒风吹在脸上，路人奇怪地看着我们，好奇但又不好意思围观，恋恋不舍地边走边指指点点。我拼命咬着嘴唇，不让自己大声哭出来，眼泪却不争气地往下掉，我不说话——其实是说不出话来了，我知道只要一开口，一定会号啕大哭，因为嗓子已经如一根绷紧的弦。

麦芒给她检查完手机，将手机放进我的外衣口袋，有点儿歉疚却不真诚："那个，我回头买一个新的赔给你，快回去吧！"

麦芒被拉着匆匆忙忙走进了小区，头也不回，我呆呆望着一扇扇透出灯光的窗户，曾经一次次幻想过跟麦芒的家是什么样子的，可终究，我再也不能跟他拼成一个家。

霜霜赶来的时候一切都结束了，麦芒再也不会属于我。口袋里的手机只是碎屏而已并没有停止工作，可我并没有收到任何一条麦芒的道歉短信。

当一个人不喜欢你了，心是特别狠的。

我被霜霜带回去之后才发现自己不知道什么时候来了大姨妈，衣服弄得好脏，竟然完全没有发觉。

原来所有身体的痛苦，都抵不上心碎。

我还沉浸在失恋的悲痛中，霜霜每天在屋子里转着圈儿撺掇馒头：“麦芒真是个禽兽啊，这样的人你还跟他哥们儿呢！你看看我姐们儿都啥样儿了，还有个人形吗？不是说赔手机吗，什么时候赔……”

馒头垂着手站在她面前，就好像甩我的不是麦芒，而是他一样。

我突然有些心疼馒头，他是喜欢霜霜的，但霜霜显然并没有像对待吉他那样对待过他。他问过我好几次：“你知道霜霜心里还是有吉他的对吧？”

我说我不知道。

他就用那无比凄凉的笑容质疑我：“你不用安慰我了，我都明白的，可我现在是她男朋友，我就很满足了！”

我只好呵呵一笑。人是永远不会满足的，那些说“只要让我留在他身边就很满足”的人，不过是连“留在身边”都实现不了而已。

我当然也很想跟麦芒说：“让我留在你身边吧，哪怕你没有空陪我，不会对我很好，哪怕你心里还有别人，就让我留在你身边吧！”

可是，只要想到他跟小学妹手拉手的样子、相互依偎的甜蜜样子、他疼爱她的样子，我就觉得整个人都要炸裂了，就像被五马分尸一样的暴躁恐惧与撕裂感。

我才不信我可以不在乎。

也不知道失恋的日子持续了多久，反正时间是特别特别慢的。那个整天问我你想不想把麦芒抢回来的霜霜，已经突然间跟馒头分了手，她穿着一件红色的披肩站在沙发上，对着吃泡面的我兴奋地大叫大喊：

“你知道吗，我跟吉他和好了，吉他回来了！”
我第一反应是：“那馒头怎么办？”
她撇着嘴：“哎呀，你可真逗，馒头那么一个大男人，还会为了我寻死吗？”

我好想告诉她，真的喜欢一个人，刚刚失恋的时候，那种感觉是连死都不如的，就好像她刚刚失去吉他的时候一样。可是，失而复得的快乐让她忘记了自己承受过的苦，而我正好感同身受。
馒头来我们这儿拿走他少得可怜的东西时对我说：“没事的，其实我没有你想的那么难受，因为现在的她比以前快乐，我愿意看见她好，真的！”

我是真心羡慕馒头啊，可以那样去包容一个自己喜欢的人。我是做不到的，我由衷希望麦芒下一秒就跟小学妹大打出手上社会新闻！
他们越幸福，我越悲伤，可我什么也不敢去做。我又开始羡慕霜霜，她可以为了爱情那么勇敢。

吉他是霜霜抢回来的，她听说吉他要跟一个旅行到云南的女孩儿结婚，看到他晒告别单身PARTY，第一时间买了机票飞过去，出现在他面前。
她一个人去捍卫她的爱情了！
我不知道是不是所有男人都享受那种被女人争夺的快感，反正霜霜赢了。
原来她在离开他的日子里新开了一个微博马甲，每天发一条关于他的内容，那句子我看了，从此对霜霜刮目相看，每个失恋的女人都是诗人，一点不假，比琼瑶剧台词还要肉麻。
她还存下了分手之后他所有的朋友圈图片，做成一本相册，在旁边标注自己翻阅的时间和心情注释，我说怎么这货抱着我手机的时间越来越长了呢。

就是这样，加上她在登记现场的一句“不是所有女人都舍得为你花一张全价机票，并且在大庭广众之下冒着被拒绝和被群殴的危险向你求婚的”让吉他泪流满面。
看了那么多泡沫剧，自己变成男主，多么荣耀。
一周之后，吉他跟霜霜回来了，手拉手出现在我面前，出现在那扇他穿着秋裤跑出去的大门里。

我对霜霜说：“我鄙视任何一个在婚礼上扰乱秩序的人，要干吗你早点说啊，当着那么多人的面多难看，伤害别人的赢，多不光彩！”
霜霜却用胜利者的姿态向我支招：“如果喜欢一个人，就算全世界都觉得你不对，你也可以为他不顾一切。其实我知道吉他根本不想跟那个女孩儿结婚，她先斩后奏把双方父母全喊来了，吉他是骑虎难下，所以，这个头，我得为他出！像你这样被动是没用的，不去争取一次，永远是个LOSER，如果争取过了，即便失败也没有关系。”

我被霜霜骂得也不知道回嘴，吉他在旁边嗑着瓜子看《奔跑吧兄弟》，娇笑连连。那画面还真是幸福啊！

可我该怎么做才能挽回麦芒呢？

霜霜掐指一算："我跟你说，你就得听我的！"

在我们以前经常光顾的小酒馆里，两人喝了一箱红酒，我被酒精撩拨得内心热血沸腾，又是哭又是笑，停也停不下来。

霜霜打了十几个电话给麦芒，他都不接，霜霜骂："这家伙，连我电话都不接了！"

我哭得更厉害，抱住霜霜，整个人失控一样，号啕大哭。

霜霜又打电话给馒头，让馒头去找麦芒，我听见霜霜在电话里大声说："你想办法，今天一定得把麦芒给我弄出来！"

所以我见到麦芒的时候麦芒是馒头和另一个男生绑着过来的，真的是绑着，跟绑架一样，双手用一条秋裤扎着，还打了个蝴蝶结。麦芒一直在骂人，什么脏话都往外蹦，不只我惊呆了，连霜霜都目瞪口呆。

馒头羞愧地摊摊手说："我只有这个办法！"

麦芒解绑之后气得说不出话来，指着我的鼻子，咬牙切齿地说："你不要再耍花样了行不行，我们结束了，就算你把我绑在这里一辈子，我们也回不到过去了。"

我泪如雨下，心被撕成了碎片，一个字也说不出来。

他转了个方向朝门外走，霜霜挡在他面前："麦芒，你不要这么绝情，她对你怎么样你应该比我清楚，你今天不管怎么样跟我们吃完这顿饭！”

麦芒不理她，径直朝门外走，霜霜随手提起旁边的椅子，大叫道：“你走出这个门，我就为我姐们儿拼了！”

麦芒轻蔑地看了她一眼，打开门大步流星走了出去，霜霜手上的椅子就这么朝麦芒扔了过去。

麦芒的头上缝了7针，他的小女友哭成了泪人儿要报警，我求她，她不肯，抱着手机不放，一定要让霜霜坐牢！我在医院的走廊里拉着麦芒不放：“我求求你，算我求求你，你认识霜霜那么多年了，她就是那么一个冲动的人，但她一定不是故意的，就是喝多了。我从来没有求过你，这是第一次，一定也是最后一次！”

麦芒看着我，拉着小女友拿手机的手说：“算了。”

姑娘不依。麦芒突然对她沉下脸，厉声又说了一遍：“算了！”

她狠狠瞪了我一眼，把手机放回包里。

从医院走出来，已经是很深很深的夜，很冷。我紧紧裹了裹大衣，虽然喝了很多酒，也被麦芒的血和这冷风吓清醒了。吉他先把霜霜接了回去，霜霜喝得最多，到现在还不省人事。她虽然大大咧咧却一直可以在任何时候为我冲锋陷阵，这已经是我失恋岁月里最温暖的人情。

而我跟麦芒，我知道，彻底结束了。

他已经不喜欢我，无论我作还是不作，安静还是暴躁，温柔还是幼稚，他都不会再喜欢了，他看我的眼神已没有爱意。从前我不知道，现在我终于可以让自己变成一个旁观者，看他不想让小学妹担心拼命忍住疼痛的样子。
我真的懂。因为，那就像我们的曾经。

我记得上学的时候，那时候真穷啊，39块钱一件的T恤，买两件都觉得很奢侈，后来我希望他穿得好一点，自己在淘宝买九块九的T恤，给他买两百多块的。

我们买一个甜筒俩人吃，你舔一口我舔一口，奶油的香醇像淡淡的吻，我每次都跟他说我不能吃冷的，你吃吧。他不懂，只知道是女人的矫情，一个人啃得干干净净。
再后来工作了，麦芒找到很好的公司，第一次发工资，计划去吃最贵的自助餐，他固执地不肯团购，财大气粗地逗我："我们有钱了啊，团什么购，穷鬼才团购！"终究我还是说不想吃自助想吃火锅，其实我知道，他没什么钱，大手大脚还要交房租，才上班根本就没有积蓄，我希望他可以过得好一些。
麦芒曾说以后我们去南极结婚，让企鹅当我们的证婚人，我们要躺在冰上拍婚纱照。
之后，我听说麦芒跟小学妹去南极了。跟馒头一起吃饭的时候，他在刷朋友圈，给我看照片，麦芒胖了一些，躺在厚厚的冰上，阳光清冽，笑容那么明亮。
我还是有失恋的感觉，但没有恨了。我始终佩服馒头，他找我是跟我商量霜霜结婚的事儿，他帮她策划的婚礼。
对，霜霜要跟吉他结婚了。

霜霜和吉他婚礼的那天我们又喝多了，霜霜5万块的手工婚纱上什么颜色的酒都有，那一直是她梦想中的婚礼和婚纱，馒头了解她。
我们坐在地上拎着酒瓶抱头痛哭，哭完了又笑，霜霜大声唱《可惜不是你》，我说你都圆满了唱这首歌干什么，她说她唱给我听的。
她一向这样，装起可怜来似一朵苦菜花，恶毒起来让人恨不得划破她的脸。

我在霜霜的歌声里回忆跟麦芒一起时的所有事情，记得我们看过的每一场电影，走过的每一条巷子，逛过的每一个公园，送我的每一件礼物，对我说过的每一句情话，唱给我听的每一首歌……
我还是喜欢听民谣，因为曾经有段时间麦芒很迷民谣，导致我习惯性在街头遇见弹唱男子就迈不动步子，听到跟麦芒很像的声线泪流不止……

我还是喜欢他的，只是已经很久不去想他了。那段逝去的日子，是我们再也回不去的年轻。
馒头在霜霜的婚礼上对我说："其实失恋没什么，只要你接受她不喜欢你的事实，日子就好过多了，只要你还在努力生活，努力变得更好，就不丢脸。有人认为被甩就是输，怎么着也得赌口气先开口，我觉得，失恋就像是一节游泳课，教练把你推到水里，要么你从此心理阴影永远不敢下水了，要么喝几口水挣扎着学会了！”

我突然觉得五大三粗的馒头，窝窝头的外表下确实有一颗大白馒头般细腻的心，霜霜也了解他，只是不够爱他。

我们都更爱自己。

所以婚后的霜霜戒了酒，我去看她，她泡茶给我喝，晚饭的时候榨果汁。吉他在看一个新出的真人秀，一边看一边骂一边笑，跟霜霜讨论谁会红谁好假，煞有介事。

想想吉他当初离开的画面，真不敢相信霜霜竟然真的把他给作回来了，可同样的法子对麦芒却不管用。

我情不自禁叹了一口气，那时我们可真傻啊！

再次见到麦芒是6个月之后，我在地铁站偶然遇见他，下班高峰，地铁里人满为患，我被人流推着向前走，他就在离不远的地方，戴着耳机，背着一个双肩包，包很重的样子，大概里面有电脑吧。我们距离不超过两米，却始终无法接近，他发现我的时候对我笑了一下，我也礼貌地回了一个微笑，接着列车门打开，人群一阵骚动，像潮涌，我们一下子被淹没在人流里。

我犹豫了很久要不要给他发条短信，终究还是没有发。到站的时候我在月台站了一会儿，很多人已经中途下了车，这一站只剩零星的几个人，没有麦芒。

他也是中途下车的那一个。

我也不知怎的，在列车开走的那一刻突然释然了。

能够遇见已经是青春里的最佳运气，很多人都会在中途下车，即便你变成了更好的自己，也不一定能得到原来的那个人，这就是人生。

但那个后来的自己，是让你去开启另一段旅途的。

# 14 倘若可以遇见你，晚点儿真的没关系

有些爱情，是种在身体里的生死符，隔一段时间发作一次，狠狠地印在心上，无药可解。

我参加过最浪漫的结婚纪念日，来自六十多岁的张墨轩和于今蓝。

张墨轩在市里最文艺的“向日葵餐厅”的院子门口铺张地大兴土木，用铺天盖地的粉色亮瞎了所有人的眼睛——刷着崭新白漆的铁栏杆上系满了粉色的丝带，看上去就像一片粉色的云彩。院子里整齐地摆满了一个个小铁桶，铁桶里都是粉色的玫瑰，铺成一片玫瑰花海，一步一步走进去，感觉像灰姑娘踩着水晶鞋。

餐厅的门把手上还挂着一张卡片，上面写着：很高兴跟你一起变老。

这么矫情的话，我们年轻人都说不出口。

张墨轩一个手势，前面的大屏幕亮了，上面写着：

于今蓝，张墨轩很高兴跟你一起变老！

音乐响起，穿着燕尾服的男人从里面走出来，穿着粉色纱裙的女人挽着他，款款走出来。

大伯虽是长子，但前面有一个姐姐和一个哥哥，可惜都没有活下来，我长这么大真没听人喊过他的大名，以为平时喊惯的张三就是他的学名呢！

而此时我的大伯张墨轩，挽着他那平时最喜欢在院子里扯着嗓门喊“老不死的我抽死你”的老婆于今蓝，站在被鲜花和丝带填满的向日葵餐厅，像一对花季少年，脸上带着羞涩和傲娇，开放在众人的欢呼声与掌声里。

张墨轩年轻的时候，我们家开着一间很大的布坊——墨家布坊，方圆十里无人不知无人不晓。因为生意做得非常好，张墨轩从小就是个地道的公子哥儿，吃喝玩乐样样精通，喜欢他的姑娘排成长队可以从巷头站到巷尾。

我记得小时候他常常给我讲故事，说他年轻时潇洒英俊，不管谁家的姑娘被他看一眼就会面若桃花从此茶饭不思相思成疾。他每次说这些时如果被于今蓝听到，又正好在吃饭前，于今蓝就会把做好的饭菜属于他的那份倒掉喂狗，他常常因此没有饭吃，要跑来我家蹭饭。

张墨轩到二十多岁时还没有定亲，急得爷爷奶奶要断了他的经济来源，那时候在我们那儿，二十多岁就当爹的人到处都是，大户人家更是早早就抱上了孙子，才代表人丁旺盛绵延不绝。

也就是那一年，张墨轩遇见了于今蓝。

那时的于今蓝在供销社当会计，有一回社里要写大字报，于今蓝的爸爸以前是私塾老师，写得一手好字，她八岁开始跟着写，十年磨炼，青出于蓝。

于今蓝的“写字台”就设在前面的柜台上。张墨轩那天刚好路过，一眼便看见在那儿挥毫泼墨的姑娘，他就那么一直傻站着直到她写完了所有的纸，也舍不得离开。

那时候，识字的女人很少，能够写字的更少，像于今蓝那样有着大家风范的姑娘，更是全镇都找不出几个。

张墨轩一时间为她着了迷。那是他第一次知道原来之前自己的那些轻佻举动都是年少无知，真正的喜欢，是心脏在嗓子眼儿呼之欲出，是见到对方失去思考能力，是之前所有的自信与自负在一瞬间全部归零为负，患得患失，觉得自己不是她喜欢的类型，害怕自己配不上她。

在此之前的张墨轩，对于女人更多的是一种轻视与懵懂，在遇见于今蓝之后，他终于明白什么是喜欢。

可他的一见倾心并没有什么用，不过是自己身体里的荷尔蒙旺盛分泌。于今蓝最讨厌张墨轩那样不学无术的公子哥儿，她家是书香世家，从小她爸将她当男孩子培养，她读了所有男人该读的书，加上母亲早逝，她是家中长女，十岁就开始照看整个家，养成了汉子脾气，不说话时是安静的淑女，一开口震慑武林，泼辣能干人人艳羡。

张墨轩第一次给她送礼物，一张极其难搞的戏票，她抬手扔给旁边的妹妹，铁青着脸警告他："再来就揍你！"

张墨轩一边吓得半死，一边受虐狂的小人儿在身体里剧烈膨胀，她的野性让他更加心动，爱得要命。

很多年之后，张墨轩曾经偷偷说过，虽然当时对于今蓝喜欢到骨髓里，却也没有想过什么以后和她过一辈子，只是单纯地想和她在一起，想征服她，至于结婚生孩子和永远，他没想过。

他公子哥儿的恶劣习性，大概也是于今蓝讨厌他的原因之一。

那时候，张墨轩为于今蓝干了好多浪漫的事儿，送过咱们家布坊里最好的布，听说还特地去染坊请教师傅，亲自为她调色，染了一块最好看的布给她；为她写蹩脚的情诗；请她看戏；送过她书、钢笔、花——对了，张墨轩真的为于今蓝准备好了像《金粉世家》里面演的那种向日葵花田，但是，于今蓝无情地拒绝了他，根本连看都没有跟他去看一眼。

对于张墨轩的追求，于今蓝从来没有半推半就过，都是采取一巴掌拍死的政策。

“再送就抽你！”

“再纠缠我打断你的腿！”

可于今蓝的暴力不合作却让张墨轩越来越喜欢，他深信这都是于今蓝故意吓他的，因为那个写字的于今蓝，是多么温柔娴静啊！

然而，张墨轩对于今蓝的追求后来却不得不终止了。他的少爷生涯也并没有能够持续太久，因为一些历史背景，我家的布坊被迫关闭。眼见着家族生意在自己手上终结，爷爷一气之下病倒在床，奶奶日夜伺候着他，还有几个未成年的孩子嗷嗷待哺，又加上断了经济来源，家里那么多张嘴要养活，张墨轩作为最大的儿子，必须出去工作了。

从来没有上过班的张墨轩经人介绍在供销社当上了采购，虽然辛苦，但也算跟于今蓝成了同事。不过那时候的张墨轩已经没有心思想那些儿女情长了，而且，原本在于今蓝面前就有些自卑的他，现在家道中落，对于她的喜欢成了绝望，即便偶尔迎面遇见，也只是微笑走过，不再与她多说一句话。

他记得有一次出差回来，正碰见于今蓝下班。她穿一件深蓝色的衬衫，正是初夏，前襟的纽扣上别着一朵栀子花。她拿着一只布包从他面前走过，笑着跟他打招呼：“回来啦！”

发丝随手轻拢在耳后，栀子花的幽香直往他鼻孔里面钻。

直到她走过去很远，消失在他的视野里，他都没有缓过神来。她那么美，看上去像莲花，像初夏的风，像仙女……总之，一切美好的东西都可以用来形容她，她配得上。

那天晚上他没有像往常一样直接奔回家，而是一个人在路边的小吃部喝得酩酊大醉。一米八的汉子哭得像淘气被揍的孩子，最后是小吃部的老板和老板娘一路把他扛着送回去的。

他坐在门口不肯进屋，奶奶在里面哭，他在外面哭。

他后来说那时候已经对于今蓝死心了，别说于今蓝那样的姑娘，就是一个普通人家的姑娘，也未必肯嫁给她。他的成分和一家子的拖累，万万不会有人愿意跳进这个火坑的。

然而那时的张墨轩不知道，那还不是他人生的最低谷，不多久他就被人检举告发而丢了工作，那是个人人自危且没有是非的年头儿。

一家人再次断了经济来源，当时他才四岁的妹妹饿得日夜大哭不止，瘦得皮包骨头，让人看着凄凉无比。

张墨轩出去找工作，因为成分不好，没人敢要。他只有去更远的城里寻找活路，捡过破烂，刷过厕所，在码头扛过货，那些年当少爷时享过的福，一下子都找补回来了。他甚至想过死，这样活着，早晚也是死。

但家里还有一堆人指望着他，他的弟弟，也就是我爸爸，那时候才十多岁，已经学会在夹缝里求生存，他把在外面打架抢来的半个馒头藏在怀里带回来，泡了水给妹妹吃。

张墨轩从来没有想过的是，那年过年，在他带着两斤珍贵的面粉回来的路上遇到于今蓝，他那件几个月都没洗过的唯一的破袍子上的两个大洞似乎也跟他一样羞愧，他远远看见她便躲在一旁的摊子边，她也似乎没看到他，兀自走了过去。

等他回到家才知道，他的父亲我的爷爷在他回来的前一周已经去世了，那时候没有电话，他也没有固定的工作单位，根本联系不上，他竟连给亲爹奔丧都没来得及。

而半路遇见的于今蓝刚才竟然就是从他家过来的，她送过去一斤肉和几斤米，还有一条鲢鱼，用稻草包得严严实实，怕被别人看见，因为是她偷偷从公河里捉上来的。

孩子们已经不记得什么时候碰过荤腥了，那晚满屋子的肉香味儿除了小孩子欢呼雀跃，大人更多的是小心翼翼，生怕香味儿飘散到街上，引来别人的质问，带来更可怕的灾难。

在那段人心惶惶的岁月里，每个人都恨不得自己是个隐形人才最安全。

张墨轩连当面谢谢于今蓝的勇气都没有，他想了一夜才提笔给她写了一封信，而最后一句，却是拒绝。

“为免流言，以后不必往来。”

这是张墨轩写给于今蓝的那封信上的最后一句话。

也是最后一封。

于今蓝后来说张墨轩再也没有给她写过信是因为他的字太丑，而她的字太好看，写在信纸上就像现在电脑里面设好的字体一样，张墨轩的狗爬式自惭形秽，所以再也不写了。

而张墨轩的解释是，家里的最后一支钢笔没水了，他买不起墨水。

张墨轩和于今蓝的第一次约会，如果算是约会的话，是在镇上唯一的破车站。刚刚过完年，飘着细密的雪花，张墨轩拎着一只破旧的包，里面其实除了几件衣服什么也没有。他身上除了买车票的钱，再也多不出一分。

于今蓝是一路小跑着过来的，那天她穿一件红色的棉袄，那也是他第一次看见她穿那么鲜艳的衣服，艳得有点吓人。

她塞给他两块钱，对他说：“算你借我的，以后回来双倍还。”

他扒着车窗看见那个红色的影子渐行渐远，慢慢变成一个红点，心里却不是欢喜，而是要将人压垮的愧疚。

这是他渴望已久的她的心意。可是在那时候，他宁愿这份心意永远没来过。他攥着那两块钱，发誓要在省城混出个样子来，起码，还上她的钱。

可连这点小小的心愿也没能实现，正月还没过完，他便被押送回来，关进了牛棚，等着被批斗。

其实他早就觉得会有这一天了，旧社会我们家是地主，后来开了布坊是资本家，随便哪一样都够得上扣帽子的。

本来以为爷爷人不在了也许能够躲过一劫，但仍然有人抓住小辫子不放，张墨轩就这样被关了起来，不知道未来会怎样。

那几年身边死了好多人，有被活活斗死的，也有无法忍受自杀的，张墨轩不知道自己会是哪一种死法，只是惦记着家里的情况，怕他们熬不过去。

于今蓝就是在那个时候成了我们家的常客，不仅常常拿东西送过来，还帮忙干活，洗衣烧饭劈柴，什么都不输给男人。她还给张墨轩的弟弟也就是我爸爸找了一份工作——在城里一个瘫痪的退休老干部家当起了护工。

人人都以为于今蓝疯了，连我奶奶都劝她，趁早找个成分好的人家嫁了，我们家这种情况，张墨轩这种情况，别人躲都躲不及呢，你一个黄花大闺女，别一腔热情害了自己。

于今蓝的爹也彻底崩溃了，把她锁在家里不让出来。她怂恿妹妹给她开了门溜出来，照样我行我素，承担了我家那些原本属于张墨轩的责任。

她就是这样风风火火的姑娘，而且是奇怪的姑娘，当初张墨轩是翩翩公子，为她做尽浪漫的事儿，她正眼都不瞧一下，可在他落难的凤凰不如鸡之后，在连“我喜欢你”“我们在一起吧”这样的话都没说过的情况下，她却走进了张墨轩的家门，俨然是他的小妻子。

明明还没有开始一场正式的恋爱啊。张墨轩是她的初恋，在此之前她从没有想过爱情是什么，要怎样去爱一个人，可是在看见他从公子哥儿的圣殿上走下来，义无反顾地承担起全家的生活，咬着牙开始像一只老母鸡一样护食的时候，她突然觉得，这个人，不错。

之前她也许并不是不喜欢他，只是不相信他的喜欢，而后来他对自己的放弃其实是一种保护，她相信了他的喜欢。

张墨轩终于开始被批斗了，戴着帽子跪在高台上，有人在旁边读着审判书，他低着头跪在那儿，根本不是羞耻，满心都是于今蓝。她怎么面对这一切，她和家人怎么生活，她还能坚持多久——他真心希望她一天都坚持不下去，马上改变心意，去过她的平静生活。

谁也猜不透她怎么想的，那段日子，她一边托人给他塞纸条“一定要坚持下去”，怕他轻生，一边逼着她爹帮她找以前教过的学生，现在当干部的或者能说上话的，后来还真的找到一个愿意帮忙的，说我爷爷曾经拒绝过日本人的大笔订单，还给游击队送过粮食，这才把张墨轩给救了出来。

张墨轩回家的那天，于今蓝特地擀了一锅面条，那时候能吃上白面是件不得了的事情，很多年之后张墨轩才知道，为了那顿面条，她把她爹收藏的一幅字画都给卖了。

而更让张墨轩想不到的是，他放出来没多久，于今蓝就对他说："我们成亲吧，我年纪也大了，该嫁人了！"

这回不答应的是张墨轩，他知道于今蓝当时有很多人做媒，没有一个条件像他这么差的，这次他果断拒绝了她："不行，坚决不行！"

于今蓝问他："你现在不喜欢我了？"

张墨轩苦笑："怎么可能，我比以前更喜欢你，而且已经不仅仅是喜欢了。"

于今蓝低头一笑："那就行，就这么决定了，你得听我的，以后我们结婚了你也要听我的，要不然我就抽你！"

说完她一扭头跑回了家。

张墨轩看着她干练的背影，咬着牙笑了，但笑得那么辛酸。一个大男人，眼泪在眼眶里打转，憋死了没有让自己哭出来。

于今蓝要和张墨轩结婚这件事儿，方圆十里除了于今蓝之外，几乎所有人都是反对的，包括张墨轩的亲妈，我奶奶。她觉得这姑娘太好了，虽然求之不得，但更不忍心委屈她。

那时候我们家的老房子都已经被充公，全家五六口人挤在一间破屋子里面，如果他们结婚，别说婚房，连一个单间都没有，小夫妻俩不可能跟别人住一个房间吧！

租房子更是不可能，没有那个闲钱。

于今蓝又干了一件让所有人都跌破眼镜的事儿，她领着张墨轩一起搬进了郊区的凶宅。

那是一栋废弃的房子，原来的主人一家四口，因为被抄家批斗，男主人含冤死在狱中，女主人带着两个孩子悬梁自尽了，十分悲惨。附近的人都说，那栋房子半夜会闹鬼，所以谁也不敢靠近，更没人敢要。

于今蓝住进去之前问张墨轩："你敢不敢？"

张墨轩本来就是天不怕地不怕的人："怎么不敢，只要你不怕，我什么都敢，再说，就算夜里有鬼，能跟你死在一起，也没什么可遗憾的！"

于今蓝说："到时候如果真的有鬼，你就用你的命换我的命，你可愿意？"

张墨轩笑笑："我当然愿意，我不仅嘴上说愿意，还会用实际行动告诉你，你等着！"

就这样，凶宅在于今蓝的手里变成了婚房，两人收拾了点家常的东西就住了进去。大红的双喜贴在灰蒙蒙的窗棂上，更加诡异。

然而结婚之后一个月两人都没有洞房，我的大伯张墨轩，每天夜里拿着不知道从哪儿弄来的桃木剑，和衣坐在房间门口给于今蓝守夜。

这就是他的实际行动，他要为她斩妖除魔！

那段人人自危的日子不久之后总算过去了，但穷依旧没过去。好在当年我们家的老房子还了两间回来，张墨轩和于今蓝这才搬离了凶宅。

身边渐渐有人开始做生意，还有一些人去淘金，张墨轩也跟着一起去了，但并没有那么容易，如果金子那么容易到手，就不会有穷人了。

张墨轩出去了一年多，最后的收获是，他淘来的金子，只够给于今蓝打一枚戒指的。

这是在两人正式恋爱后，他通过自己的双手，送给她的第一件贵重礼物。

她欢喜得很，一直用一块蓝色的帕子包着那枚戒指，从来都不舍得戴。

再后来，张墨轩跟朋友一起开台球室，那时候这还是件新鲜的东西，一开始生意好得很，家里的生活有了起色。加上于今蓝也在附近的小学当代课老师，有一些收入，弟弟妹妹们都长大成人，有了工作，成了家，日子一天一天好起来。

但张墨轩可能天生就不是个好运气的人。台球室没开多长时间，一场大火把房子烧得精光，台球室彻底没有了。

再找房子困难重重，租金越来越贵，台球室越开越多，当初一起合伙的朋友心也不齐了，天时地利人和一样没有，张墨轩彻底放弃了。

不当老板的张墨轩没了收入，在家急得直跳脚，有一天突然蹬着自行车挎上大筐出去收辣椒了。那时好多人都在收辣椒贩辣椒，听说收入还不错，张墨轩觉得这个自己能做，在很多人异样的眼光和“张家大少爷还贩辣椒”的流言蜚语中，开启了自己辣椒贩子的生涯。

对于他的这番折腾，于今蓝从来没有埋怨过，都是支持的，更没觉得他从前是有钱人家的公子，就不该去干那些体力活儿。
凡是自己劳动赚来的钱，都是干净的，都光荣。

“辣椒王子”张墨轩的收入并不稳定，而且才投身辣椒事业，还没摸到要领。那段日子于今蓝的工资才是家里的主要收入来源，两人却从没有为钱吵过嘴，还经常接济张墨轩的弟弟妹妹，自己省吃俭用，孩子们也是简朴得很。

张墨轩的浪漫情怀并没有随着岁月的流逝而消失，已经是两个孩子的爹了，却还惦记着要给于今蓝制造浪漫。他收辣椒的时候发现有一个地方特别漂亮，青山绿水，世外桃源一般，便惦记着一定要带于今蓝去看。
某个初夏的早晨，他骑着自行车，带着于今蓝，骑了60公里，去那里看日出。
于今蓝至今记得那场浪漫的约会，因为，我的大伯张墨轩，在载她回来的路上，把腿摔断了，养了足足四个月才好起来。

于今蓝的亲爹老于一直不喜欢张墨轩，老爷子对张墨轩的改观大概在他去世的前一年，他开始喜欢张墨轩了，觉得他是个不错的孩子，但已经没有时间疼爱他。
老于是脑溢血后遗症，在轮椅上坐了半年，又在床上躺了半年。那一年里，于今蓝每天要去学校上课，她的妹妹又嫁在外地，孩子也小，照顾老爷子的重任就落在张墨轩身上。

张墨轩彼时开着一间棋牌室，每天一大早去开门，交代好事情，再回去照顾老爷子。老爷子吃饭要喂，大小便失禁，有时候一天换好几茬儿衣服，都是张墨轩帮他换帮他洗，帮他擦身子，没有让他长过一颗痱子。

他曾经对于今蓝说："老爷子活多少年我都照顾，你曾经对我的情意，我照顾老爷子一百年都不够补。"

张墨轩知道于今蓝喜欢粉色，已经是我出生以后的事儿了，有一年我生日，别人送了Hello Kitty的玩偶，于今蓝喜欢得不行。我也是后来才知道的，张墨轩给她买了一屋子的Kitty猫，我曾经在他家见过，我的大妈于今蓝说是多多的。

多多是他们的女儿。

她害羞，怕我们笑她呢。因为这么多年，于今蓝在我们的印象中都是彪悍泼辣的女汉子，大嗓门，她眉眼一挑，张墨轩就像只猫一样眯起眼睛望着她。她站在棋牌室门口招呼客人，跟《功夫》里的包租婆一样，一看就是个厉害的角色。

但每年都有一个时刻，是于今蓝回归到张墨轩初恋里纯真少女的时候。

每年春节之前，于今蓝都会在棋牌室门口支起桌子，为邻居们免费写春联。张墨轩在旁边帮她铺红纸，打下手。于今蓝戴起眼镜，挥挥洒洒，"天增岁月人增寿，春满乾坤福满门""春风春雨春色，新年新岁新景”“爆竹声声辞旧岁，红梅朵朵迎新春”……
人们排着队来取，还有的没拿到，除夕那天都要登门去求。她的字真好看，跟她平时的样子真的太不像了。但也就因为她性格里面那些硬朗的东西，才能让她在那样的年代，勇敢地真心真意地爱了一回吧！
他是她的初恋，在他之前她不懂爱，遇上他之后懂了，可那个年代爱一个人多难，多少人不敢爱，她敢，她不怕，她爱了。

看到于今蓝写字的样子，还有张墨轩看她的眼神，终于知道他们的这段深情是应当走到今天的。张墨轩看着她的表情，是那种骄傲与宠爱。这么多年，他仍然喜欢她的字，喜欢她写字的样子，喜欢她曾经拨动他心弦的那个美好瞬间，他一辈子也不能忘。
有些爱情，是种在身体里的生死符，隔一段时间发作一次，狠狠地印在心上，无药可解。
而于今蓝常常抱怨：“这辈子竟然只喜欢过这么一个男人，初恋变成老伴儿，真无趣，跟写毛笔字一样，写了一辈子，别人每次惊叹写得真好，我都在心里说你们不知道练字多辛苦……”
张墨轩就会逗她：“有没有跟我在一起的日子辛苦？”
她也会抱着Kitty猫委屈地说：“是啊，我都觉得从来没有像我姑娘那样活过，我们家就像是两个男人结婚了。你看多多现在，每天粉粉嫩嫩，多好看！”
张墨轩看着多多，多多长得太像于今蓝，是个粉色的于今蓝。
在向日葵餐厅，于今蓝那天终于拥有了一次跟年轻人的婚礼一样美好的回忆，全场都是粉色的，丝带、气球、玫瑰、星星、蛋糕……

张墨轩还给她买了一屋子的Kitty猫。

头发花白的女汉子于今蓝，那个当年拉着他一起住凶宅的于今蓝，如今在一堆粉色的云霞里面，面色绯红得像个少女。

她有多幸福，有多勇敢，有多坚持，可以让初恋就是永远。

他又有多幸运，那个人爱情晚点，却为自己心动了一生。

她和张墨轩，都将是彼此的永远。

# 15 把前任的一切格式化，才能跟新欢拥有美好的未来

只有把前任当个屁，才能跟新欢拥有更幸福的未来！如果你不把前任当个屁，连自己都不可能幸福。至于前任到底是个隔夜屁还是酝酿很久能让你肠胃舒畅的屁抑或是怎么放都放不掉只觉得肚子不舒服的那种屁，还得看你自己。其实吧，不管是什么屁，只要记得放出去那一秒的快感，就足够了！

如果你被男友劈腿了，你会怎么办？是很快投入下一段恋情来抚慰前一段的伤害，还是发下毒誓要找个更好的把那个人渣比下去，或者祝那对狗男女性生活不协调天天清明节？我不知道正常的姑娘都是怎么办的，但我知道粉四一定不是个正常的姑娘。

我跟林湘那段时间把她的微信昵称改成了“复仇的粉四”。

对，粉四就是不幸被劈腿的那个，从此之后她就把日子过成了《基督山伯爵》。

她的前男友是个健身教练，身材爆好，好到那种我们一起出去玩总是订带游泳池的酒店以便正大光明欣赏别人的男友的地步。他们俩就是在健身房勾搭上的，粉四为了把他弄到手特地跑去上私教课，结果马甲线什么的都成了浮云，练上床了才是真相。

那年粉四27岁，很多姑娘都有30岁之前把自己嫁出去的想法，粉四也是其中之一，所以尽管ex有一打，但对这个健身教练是投入了百分之百热情的。也就是说，跟你结婚的那个人，也许并不是这一生的最爱，也不一定是最合拍的，但一定是天时地利人和。如果他在16岁的校园与你在某一棵姿态妖娆的樱花树下擦肩而过，惊艳了整个青春，让你到死念念不忘，几年之后也不过是个ex而已，即便你一辈子都觉得他最好也还是个ex而已。因为他没有陪你走过整个人生；没有机会跟你柴米油盐；没有机会在你面前喝多了不洗澡就睡觉；没有机会在你面前展现恋母时的幼稚和天真；没有机会跟你一起看A片口水直流……

正因为你没有跟他经历这些，所以才始终觉得他最好。

粉四的这场恋爱是奔着结婚去的，尽管我们觉得健身教练并不如之前的那个物理老师适合她。比如物理老师脾气超好，怎么说都不会生气，永远都是笑嘻嘻地跟你说："不要急啊，你就在那儿坐着好了，交给我你还不放心。"

你们熟悉的单身女王林湘就特喜欢那个物理老师，几次声泪俱下地跟我们说如果有人跟她说这句话，她是可以秒嫁的，迟迟没对物理老师下手也是因为她的人生遵循"兔子不吃窝边草"的坚贞信条。

可粉四还是跟物理老师分手了。那年她24岁，觉得人生还有无限可能，应该去遇见更多款型的男人，不能只在物理老师这一棵树上吊死。物理老师没有挽留，只说了一句："你觉得开心就好。"

这句话还一度成为我们的口头禅，到现在还能在各种场合使用，又机智又高冷。

"世界那么大，我想去看看。"

"你开心就好。"

"今天出门忘吃药，感觉自己萌萌哒。"

"你开心就好。"

"伐开心，买包包。"

“你开心就好。”

“老板是个傻子，老子不干了。”

“你开心就好。”

“你是个傻子吧。”

“你开心就好。”

……

看，这句话如此百搭。

我们一致认为物理老师是有大智慧的，幸好分手了，要不然结婚之后突然哪天他出家了可怎么好！

其实并没有，我们认为的他的超然只在心灵，不在身体。一年多之后，物理老师有了新欢，身材爆好，马甲线妥妥的，好身材又拉高了颜值。

粉四气不过，毅然报了健身班，要跟前任的新欢一决雌雄。她有一种很奇怪的逻辑，就是觉得所有前任的现任都是有问题的——长得丑的当然一目了然，离开我你品位越来越差，找的都是什么鬼，也没什么攻击的必要。

不挣钱的肯定是看上他的钱了，挣钱多的肯定是女王大人分分钟虐死你，难怪我小鸟依人温柔可爱他不喜欢，口味重，太贱了……

反正无论如何都不是因为自己不好，反正前任不可能找得到比自己更好的对象，否则，一定有问题。没问题也有问题，她可以天天烧香祈求他们早日分手，家破人亡。

这就是粉四的前任逻辑。据我观察，不止粉四一个人有这种病，很多人都有，对前任的现任抱着一万点嫌弃，你若安好，便是晴天霹雳，你若不好，我才更好。

这样的粉四怎么可能容忍自己被劈腿？在健身教练疑似跟一个学员妹子眉来眼去之后，粉四便开始了她的谍战行动。她打听到了妹子的工作单位，弄到了她的微信、微博、人人、钉钉、陌陌、INSTAGRAM等各种社交账号，用小号加了对方好友，关注她的一举一动，幸好这妹子只发自拍不发别的，每天24小时各角度自拍，让粉四自叹不如，最终也没发现两人单独约会的蛛丝马迹，坚持一个月捉奸未果便换了方向。

后来才知道其实是粉四搞错了对象，健身教练确实是劈腿了，不过对象不是那个眉来眼去的姑娘，而是每次跟姑娘一起来的女伴。当时因为那个女伴长得丑，让粉四把注意力都放在颜值高的妹子身上了。

健身教练提出分手是在他们俩人正式恋爱大半年之后，正儿八经的分手晚宴，在一个意大利人开的餐厅。粉四以为是要求婚，在淘宝逛了大半个月买了一件超级昂贵的小礼服，那天穿得像明星一样赴宴去了。之前幻想了一万种戒指藏在饮料里还是牛排里还是甜品里或者是红酒瓶里的可能性，结果健身教练穿着笔挺的修身西装对她说：“我们分手吧，我觉得我们并不合适，我想找个可以共度一生的人，我要求并不高，可以不必你那么漂亮，安稳知足就好，你这样的姑娘，配得上比我更好的人。”
粉四差点当场掀桌，在心里狠狠盘算了一下如果掀桌要赔多少钱，那些餐具什么的一看就价格不菲，最后还是认怂了，盘算另一种成本小又更具杀伤力的方案。
谁不是奔着结婚去的，谁是玩玩的，谁不安稳知足……她在心里默念了所有想反驳挽留他的话，最后都没有说出口，而是喝光了他叫的那瓶红酒，笑嘻嘻地对他说：“你就是想娶个黄脸婆给你带孩子当保姆对吧，我这样的你是娶不起还是用不起？不过没关系，反正咱们也是各取所需，我图你器大活好而已，离了你一样过，这年头技术好的到处都是，以后有需要了，再联系，我随时奉陪。”
她挺挺胸，好不容易才塞进去的小礼服把身材衬托得错落有致。她喝光了酒从他面前袅袅婷婷走了出去，其实心里十八代祖宗都骂过了，再多说一句就要号啕大哭了。

成年人的恋爱，有时候拼的就是忍耐力。
粉四很快知道了健身教练的现任到底是谁，姑娘长得不美所以之前被忽略因此轻敌了，现在看来还真是端庄贤良一副大肚能容的样子，越想越生气。
现任与粉四的第一次PK是在健身房，她一口气跑了10公里停下来也就是我们平时吃多了的样子，她拿了一瓶冰水给早就脸红气短恨不得倒地不起与世长辞的粉四，特别心疼地对她说：“跑步这种事儿，是不能一口气吃成胖子的，慢慢坚持，后面就会越来越轻松。”

粉四根本没接她递过来的水，怕她下毒。人家温柔一笑走掉了，连句重话都没有说。
就这么一瓶水让粉四感觉受到了屈辱，她后来用的那些招儿我们问她是不是从《撒娇女人最好命》那部电影里面学来的，她仰着头一脸疑惑："还有这种电影？"

难怪很多片子都要在片头打上"如有雷同纯属巧合"了，眼下这日子还真有过得跟电影一样的。
因为健身教练还是散打冠军，在任时只要能动手绝不动口，让粉四养成了出门咋咋呼呼的习惯。有一次粉四在商场的地下车库跟人争停车位吵了几句，打电话给健身教练："我被人欺负，你快来救我。"发了定位过去，等健身教练风风火火赶来，争执早就散了场，粉四一个人拎着大包小包站在商场门口发语音："你帮我拿点儿东西吧，我一个人不好拿了。"
健身教练当场黑脸。

不过粉四有一手很厉害，她的大包小包里面有一个包是给健身教练的，恰到好处又特别自然地递上去："这个钱包之前就想买给你了，本来想在你生日的时候送的，没想到赶不上生日了，今天逛街看到就顺手给你买了，就算给你留个纪念吧！"
健身教练不肯收，粉四言语恳切："怎么着，分手了就得弄得老死不相往来吗？我又不打你主意，你也知道的，就我这姿色还愁找不到男朋友吗？肯定不会赖着你，放心吧！”
教练推脱不下，便收下了。

第二天粉四喜滋滋地跑去健身房准备挑个衅，没想到教练的现任先下手为强，一看到粉四便迎上来：“昨天让你破费了，以后啊别送他那么贵重的东西，你看他一糙汉子根本用不着。”
粉四心想用不着你倒是退给我啊，看着对方两手空空也没有要退回来的意思，粉四摸摸手上的蒂芙尼：“没事儿，不贵重，谢谢他照顾我那么久，做不成夫妻朋友还是有的做的，你不介意吧？”
现任笑得贤良淑德：“他什么都跟我说，常常夸你是个好姑娘，就是他没有福分，以后啊，大家都是朋友，你有什么事儿就找我，千万别客气！”

说着主动要了电话加了粉四微信，二维码扫得火花四射。
我从那次之后再也不跟粉四一起去那间健身房了，以前指着教练是她男朋友想占点儿便宜，这下觉得空气里时刻都是要爆炸的因子，弄不好真有生命危险，再也不想加入女人抢男人的疯狂战争。
其实我们都知道，并不是健身教练真的有多好，也不是粉四爱他爱得有多深，归根结底就是不服气，明明是我的骨头，凭什么一眨眼到你碗里了？你随便啃啃就是，还啃出了不同的花样！我不用花式作死你都不知道什么叫前任。
粉四还真有空，翻遍了现任每一条微博，足足几千条啊，她一条一条翻过去，一条一条跟我们点评，包真丑，裙子真土，打底裤淘宝爆款，去的餐厅档次太低……还要拉着我们一起批判才过瘾，逼得我们都没词儿了。

粉四加了现任的微信后朋友圈更是不能看了，我都怀疑粉四给自己制订了微信发布计划，上午晒爱心早餐，下午晒咖啡，隔天晒包包、男同事送的花、酒会，到了晚上夜深人静的时候晒失眠床照，各种妩媚造型加暧昧句子，也不知道撩拨的对象是谁。

感觉粉四的朋友圈简直就是一部傻白甜的小说，这样下去谁受得了。

有一天我忍不住跟她说："要不然你给那俩家伙分个组吧，装逼的内容专门发给他们俩看就行了，我实在扛不住了，一刷屏就想拉黑你！"

粉四醍醐灌顶，连给我两个大大的拥抱："你好机智，我怎么没想到！"

我算是拯救了除健身教练和他的现任之外朋友圈的所有人。

又过了一段时间，粉四想出了更恶毒的主意，不知道从哪儿弄到一个高富帅陪她一起去健身房。这回她准备充分，还把闺密后援团也带着了，以前赵丽蓉就说吃饭有饭托儿，到了现在，掐架也有"架托儿"，闺密们前呼后拥把高富帅夸得昏天暗地，把健身教练拼得浑身肌肉都发烫了，还是现任大度，全程低调又大方，跟健身教练十指紧扣，微笑配合，愣是把粉四的战火给压了下去。

这场比拼看上去是粉四赢了，但是回来说给我们听的时候却一点兴奋感都没有，我们听得也是索然无味。林湘当着粉四的面就抱怨："我最不懂的就是你为什么要不停地跑去跟人家比，这种孔雀开屏式的宣战有什么意义啊？"

粉四倒是坦率："我就是看不惯他不跟我在一起还过得比我好，你若安好，那还得了！难道之前我们在一起不幸福吗？难道我对他不够好吗？现在他们好得死去活来，难道我们以前的诺言都是个屁吗？曾经他也跟我说过我是他最爱的人啊，怎么一转眼就可以什么都变了，有了新欢，前任就是个屁吗？"

林湘咂咂嘴，讲出了她人生中最有哲理的一句话："只有把前任当个屁，才能跟新欢拥有更幸福的未来！如果你不把前任当个屁，连自己都不可能幸福。至于前任到底是个隔夜屁还是酝酿很久能让你肠胃舒畅的屁抑或是怎么放都放不掉只觉得肚子不舒服的那种屁，还得看你自己。其实吧，不管是什么屁，只要记得放出去那一秒的快感，就足够了！"

对于林湘的放屁理论，我们瞠目结舌，无法反驳，且不说有无道理，谁也不愿去细细品那个屁。不过我们都相信林湘真的做到了，她早就把韩国长腿欧巴当成了一个又远又脆的屁，在她经历过多个国家多个款型的各种男人之后。

像林湘这样的前任才是中国好前任，她们早早明白，通过前任的不幸福来体现自己幸福的意义远不如拥有独立自主的美好生活更重要，我哪怕一个人也可以很精彩，不会因为你们的恩爱或是孤单再起希望或失望。
这才是前任最好的打开方式。

粉四分手的第二个夏天，本来是要去参加健身教练的婚礼的，被我们死活拦下来了。其实还有一个转折点让她舒缓了情绪，那就是物理老师恢复了单身，据说婚期都定了，因为未婚妻的初恋再次出现，在姑娘心里掀起了涟漪，他们很坦诚地聊了聊，物理老师对未婚妻说："那你再想想，如果有一天你还是觉得我更合适，而我们都还是一个人，到时候再看缘分如何安排吧！"

物理老师的淡然让林湘钦佩不已，要我说物理老师根本没有为爱去争取过，如果真的喜欢，就应该歇斯底里地去努力一下，虽然不能像粉四那么变态，但也不能什么都不做，除非，在你心里，一切都不重要。
林湘不以为然，爱情本来就是没有对错的啊，没有任何人的爱情宝典对你适用，所有的幸福，其实都是一句"你开心就好。"
那些真正有情的人，兜兜转转还是会回来的。后来我们真正遇到了这样的故事，我和林湘一个共同的朋友，在35岁的那一年，离婚三年之后，嫁给了初中时喜欢过的男生。

我们一起去参加了婚礼，男生的前妻也去了，新人过来敬酒的时候在场所有人都屏住了呼吸，前妻爽朗地拿起酒杯一饮而尽：“但愿你们更合适，祝你们幸福，我也会努力幸福的。”

那一瞬间大家都失望不已，明明此处有撕逼才更好看。

这件事儿让林湘对自己的爱情见解骄傲不已。虽然她始终没有找到那份属于她的归属，但她仍然相信眼前的一切就是最好的安排。

而后来的粉四，遇到了一个从未谈过恋爱的比她小五岁的男人，他们俩竟然比粉四之前跟任何前任都要合拍。粉四常常矫情地跟我们说：“他竟然没有前任可以斗，想想还真有点儿冷清呢！你们说他中学时代有没有暗恋过的女生？幼儿园有没有最喜欢的小丫头？他那个老是来找他打麻将的基友是不是喜欢他……”

嗯，看来有一种病叫作不斗现任的前任会死。

得了这种病的人，如果有一天更在乎的是爱的那个人而不是自己，应该就能不治而愈了。

# 16 异地恋这张该死的考卷，看着容易做着难

异地恋考验感情，考验生存能力，考验生理需要，在爱情里，有时候并不是只有爱情就足够了。

“我想一伸手就能触碰到真实的你，而不是在千万个想你的深夜，哪怕再害怕再孤单，也只能面对冰冷的手机屏幕。如果你还是只会回答‘乖，多喝点热水’的那种，那就更没有什么存在的意义了。”
这句话是说异地恋的，毫无防备地好多人点赞。

本来并不觉得异地恋有什么不同，只要心里有对方，在哪里不都是一样吗？后来见过很多对异地恋哭诉；见过在火车站像生死离别一样恋恋不舍的情侣；见过在深夜里独自去医院打点滴的朋友圈；见过加班晚归被跟踪一路狂奔到家连鞋子跑丢了都不知道的独居女子……异地恋考验感情，考验生存能力，考验生理需要，在爱情里，有时候并不是只有爱情就足够了。

琪琪和白描是在朋友圈认识的，就是那种我跟你的朋友是朋友，经常组局的时候顺便会带着一起，局多了自然就玩到了一起，慢慢地一群人变成几个人，几个人变成两个人，各自摒弃了原来的朋友，成了一对公认的CP。
白描的表白仪式史无前例地别出心裁，他邀请了他们俩第一次见面时拼局的那些共同朋友，大概有十来号人吧，包了一栋独立小楼的民宿，把能找到的琪琪的所有照片，包括他们俩的合照，全部洗了出来，做成照片墙从民宿大门一直挂到房间。大厅的投影放着白描自己拍的VCR，记录着他们俩认识以来所有的点点滴滴。他还跟民宿老板交代好，琪琪一进门，就开始放她最喜欢的五月天唱的《知足》。

琪琪是被其他朋友哄骗来度假的，结果被眼前的场景惊呆了，又被白描牵着参观了他所有的精心布置，才慢慢反应过来到底发生了什么事儿，不知道是吓的还是激动的，哭成了泪人儿。这种情况下哪个女人能把持得住？琪琪毫无悬念当场接受了白描的表白，一瞬间躲在隔壁小房间的所有朋友都欢叫着跑了出来，又是鼓掌又是尖叫又是举牌子，跟演唱会一样，场面混乱而温馨。

如果你一辈子经历过这样的一场表白，也算是没有白白爱过。

琪琪就这样顺理成章地成为白描的女朋友，开始了高烧40摄氏度般的热恋。那时白描在一个儿童娱乐连锁品牌做项目经理，是要跟着项目跑的，如果公司要在其他城市开店，那就会整个小组开过去，一待就是三个月到半年，甚至更久。白描表白的第三天，就带着团队去了成都，一待就是三个月，中间只回来过一次，琪琪提前了三个小时跑去机场接他。白描从出口一直把她背到停车场，引得路人纷纷侧目，而他们俩旁若无人，心里只有彼此。那种每天只要意识清醒的时候就想着对方的感觉，一旦可以触摸到真实的气息，整个人都会变得飘飘欲仙。

爱情才是这世上最浓烈的兴奋剂。

那段日子俩人每次离别都是死去活来的。从琪琪的住处到高铁站要一个小时，他们不开车也不坐地铁，而是倒两趟公共汽车，一路摇摇晃晃不急不忙地荡到火车站。次数多了，琪琪记得那两趟公共汽车一辆是15站，另一辆是13站，总共28站，经过3座立交桥、7家麦当劳和9家肯德基，还有两家大商场，其中一家有电影院。有一次琪琪任性地要下车去看电影，让白描换晚上的高铁，反正明天才上班啊！而白描要去参加同事的生日宴，觉得讲好的事情突然为了看电影放人家鸽子太不礼貌，俩人为此大吵一架，最后琪琪一个人下车跑了，白描独自去高铁站赶火车。

琪琪一个人去看了一场不知所云的电影，一个人哭得肝肠寸断，红着眼睛走出电影院的时候刚好碰到记者采访，还被剪进了电影的报道中，很感人。其实琪琪连电影讲的什么故事都不知道。

那次，白描在网上买了一个巨大的哆啦A梦玩偶，足足有整个琪琪那么大，快递送到公司的时候大家都以为是个冰箱，结果一打开所有同事都尖叫起来，羡慕得不得了。女孩子的虚荣心就是这么容易满足，众人铺天盖地的羡慕嫉妒恨多少让琪琪心里的怨气消了一大半儿，他们顺理成章地和好了。

像这样的分分合合一开始基本每个月都得来一次，跟大姨妈的频率差不多，后来才慢慢稀释，彼此都习惯了触摸不到的那种感觉。琪琪生病也不会第一时间跟白描说了，自己跑去医院打个点滴，好了之后才告诉他，因为白描一旦进入项目就会很忙，尤其是开店前的那几天，几乎都是要通宵工作的，用项目总监的话说：“就是死了也要给我撑一会儿！”

那段日子琪琪和白描的感情大部分靠某宝来维系，白描送的大概都是什么巧克力啦，燕窝啦，玩具啦，包包啦……他还记得琪琪所有衣服和鞋子的尺码，会在换季的时候在官网给她买最新款；而琪琪给白描买的，大部分都是什么养生茶啦，皮带啦，手工包啦……有一次她心血来潮烤了一烤箱饼干给白描寄了过去，第一次做，口感还可以，就是长得太丑。白描的一个同事起初不知道是琪琪送的，还以为白描从淘宝买的，嘲笑这是史上最难看的饼干，知道真相后主动请全组人吃饭才获得白描的原谅。

其实异地恋中，这些生活中的琐事都是可以克服的，只有一样，就是信任。

白描的新项目分进来一个新同事，琪琪见过一次，是个肤白貌美的大美女。那次一起吃饭的还有白描的其他几个同事，就他们俩聊得最欢，为了一个开业的H5创意吵得面红耳赤，最后终于达成一致，兴奋得连干三杯。

过程大概持续了一个小时，琪琪几乎一句话也没插得上，唯一的一次插话是下意识地问了一句：“H5是什么？”

所有人都愣住了。

后来大家七嘴八舌地给她解释了什么是H5，原来就是自己每天在微信朋友圈里面转发产品的宣传链接。白描笑着搂过她的肩膀："现在知道了吧，是不是隔行如隔山？"

她突然觉得自己对白描其实了解得那么少，平时都是凭着自己的想象去意淫他的工作与生活。她曾以为他经常熬夜需要咖啡给他寄去一大包挂耳咖啡，后来才知道他更喜欢茶；她曾以为他是那种温文尔雅的温柔的男人，却从不知道作为上司的他发起火来全组人都怕他；她曾以为他喜欢看喜剧片多过剧情片，因为每次他们在一起都是去看喜剧片，后来才知道那是他在迁就她；就连穿衣服的款式，他不吃生姜和葱，喝牛奶会拉肚子……这些细微的小习惯，都是从别人口中听来的。

琪琪第一次觉得非常不舒服，是在白描公司年底的庆功会上。美女同事端着酒杯走过来递给白描，用胳膊肘捅了捅他，自然得就像跟自己老公一样对他说："你快去敬一下×总，要不然他又要借机找碴儿罚你酒了，他那个人就是那样，你懂的……"

白描本来喝的是果汁，便顺手拿走了美女同事递过来的白酒杯，听话地跑过去敬酒了。

她喝过的杯子，她的建议，她对他的保护……不知道是女人的直觉还是因为她太漂亮太容易让人有危机感，还是她和白描之间的默契，总之，琪琪一个晚上都觉得眼睛里长出了刺儿，她黑色礼服上的一圈水钻几乎戳瞎了琪琪的眼睛。

那天晚上琪琪趁白描睡着，翻了他的手机，特地找到他跟她的微信记录，还都挺正常的，没什么暧昧更没有不对的措辞。她几乎都要怀疑是自己多疑了，也就是一闪念间，把她的微信名片推送给了自己。

她叫COCO，叫起来还真是朗朗上口又像是捧在心尖上啊，后来琪琪无意识地对所有叫COCO的女人心怀敌意，觉得她们都像是罂粟花，好看却危险。

COCO通过了琪琪的验证，也没多说什么，倒是白描早上起来看到琪琪加了COCO不太高兴："你加她干吗，八竿子打不着的！"

琪琪若无其事地说："昨天晚上她那条裙子很好看啊，说是在微商那儿买的，才几百块钱，我还以为很贵呢，看上去好好看，以后多让她介绍好看又便宜的东西给我啊！"

白描嘿嘿一笑："衣服是看人的好嘛！"

要是以前，琪琪绝对不会为这种挤对她的话生气，只会骂回去，但是这次，她没来由地觉得白描是在嘲笑她比不上COCO，不由自主拉下了脸。

女人是最不能随便对比的，尤其是跟身边真实存在的其他女人。你拿她比安妮•海瑟薇不会怎样，可是你拿她比身边的阿猫阿狗，但凡让她觉得自己被比下去了，那你就完蛋了。

琪琪对COCO的敌意就是因为白描的那句话更加烈火灼心了。白描走了之后她刷朋友圈的频率越来越高，还生怕COCO设置了分组发什么她看不到的内容，开始研究COCO发送的时间以及上下条之间的关系。

女人一旦开始怀疑就会变成福尔摩斯，而且是蛮不讲理的福尔摩斯。最后终于有一条微信遂了琪琪的心愿，侦察了这么久，如果发现他们俩是清白的，怎么对得起自己？

COCO发了一张自己在医院挂水的照片，画面上不起眼的地方有一只脚，琪琪从那双鞋子认出来，那是白描的脚。

她又气愤又兴奋，有一种捉奸在床的畅快感，飞快地给白描发微信："你在干吗？"手都抖了。

白描很快回复："我在陪COCO和小媛挂水呢，这两天通宵加班，温差又大，她们俩都病倒了，我可惨啦，要一次照顾两个。"

琪琪隐隐觉得失望，他竟然直接就说在陪COCO挂水，他应该说在加班啊在活动现场啊之类的才对嘛，那样才有捉奸的成就感。这么诚实还拉个同事当垫背的，显得多光明磊落，一定没有这么简单！

琪琪询问了一下病情，心里是万马奔腾的，飞快地建了个群找了一圈朋友求分析。我们在群里也不知道是安慰还是宽心，有人觉得肯定有事儿，男人有几个见到美女不心动的；有人觉得还好啊很正常啊又没骗你，而且又不是单独俩人，想太多了吧……

反正我觉得感情的事情咨询别人，尤其是不明真相的女人，搅局的效果远远大于疏导。你把并不客观的真相转达给别人，还指望能够得到多客观的建议呢？

大家七嘴八舌地乱说一气之后，琪琪有了要去找白描探班的想法。人生中总得有一次说走就走的旅行，收拾了一些杂七杂八的东西，还炖了一锅鸡汤，根本就不知道她是怎么想的，坐着高铁找白描去了。
琪琪敲开白描房门的时候他们小组正在里面开会，看到琪琪大家都面露笑意。COCO不在，出现场去了。琪琪把鸡汤热了一遍，拿着一次性的小碗分给每个人，说是犒劳大家，替白描发福利。

白描站在旁边笑，气氛本来应该轻松愉快，却有些说不出来的怪异。
琪琪挽着袖子看着大家一个个喝完鸡汤知趣地走了出去，故意说给白描听一样："剩下的放在冰箱吧，留给COCO。"
白描做了个随便的手势，笑着揽住她的肩头："你怎么来了？"
她也揽住他的腰："想你了呗，听说你的下属都病倒了两个，担心你啊，特地买了老母鸡，炖了一夜呢！"
白描嗅着鼻子说："那我一定要把骨头也吃了，才不浪费这锅爱心鸡汤！不过，下次来的时候，可不可以提前通知一下，你这样弄得我很尴尬唉，回头你走了他们肯定笑我，说你是来查岗的！"
琪琪呵呵一笑："有大白天来查岗的吗？"
那次的突袭倒也没什么，COCO一直在出现场没有回来，没有打过照面，那碗留给她的鸡汤被白描喝了，他说"我帮她喝一样"的时候，琪琪的心又被狠狠碾压了一次。

琪琪回去的那天下着大雨，白描开车送她到机场，琪琪说："从来都是我送你，今天换你送我了，你好好感受下离别。"
走到安检口琪琪就开始哭，俩人站在闸口的两边，默默无语泪两行，直到旁边的工作人员不耐烦了，直催：“你们俩干什么，不走一边儿去，不要挡着别人！”琪琪才恋恋不舍地走进去。一边走一边哭，眼泪就跟外面的大雨一样，琪琪想原来小学课文里说的渲染氛围是真的啊，这场雨可不就是烘托了离别的悲凉气氛嘛！

不知道是淋了雨还是高铁里面冷气太足，琪琪回去之后也开始拖起了鼻涕，起初没在意，后来发起了烧，半夜去医院看急诊，打电话给白描。以前她也不那样，就是那次，没来由地很想念很想念他。

你有没有过那种感受，突然有一个时刻，心里空落落的，像是被戳了一个很深很深的黑洞，把自己吸了进去。只有一个人才能把你拉出那个旋涡，可那个人，求而不得。

白描一开始没有接到电话，后来打过来，琪琪听得见那边闹哄哄的，很多人的样子。她可怜兮兮地撒娇：“白描，你明天回来吧，我难受得要死了。”

白描那头心不在焉：“你不是在打点滴呢吗，打完再看看情况，你多喝点水啊！”

琪琪一听到多喝点水就一团火直冲脑门儿：“喝什么水喝什么水，喝水有用我要你干什么！”

白描听出她语气里的不高兴了，赶紧哄着：“我这边明天开业，现在大家都在加班加点，等这边一结束我马上回来行吗？要不然我打电话给我妈，让她过去照顾你两天？”

琪琪听到这儿眼泪簌簌下来了："凭什么我生病了就让你妈来照顾我，COCO生病你就在旁边陪着她，我重要还是工作重要，要是你真的在乎我，不是什么都能放弃吗？其实你知道我不是真的要你回来，就是想看看你的态度而已……"

白描沉默了半天才说了一句："那天你来送鸡汤，不是探班，真是来查岗的对吧？你从来就没有放心过我，你现在怎么变成这样了？"

"我变成什么样了，你把我想成什么样了，我在你心里就是那样的人吗？"琪琪在电话那头哭，狠狠挂了电话。旁边正在看护儿子打点滴的中年女子热心地劝上了："姑娘啊，你这样就是把他往别人那边推呀，脾气好一点，过日子嘛。你看看我老公，儿子病了他还在加班，每次都是我一个人陪着，习惯了就好啦！"

凭什么习惯，凭什么让我习惯！琪琪心里恶狠狠地喊着，仍是眼泪止不住地往下掉，脑子里浮现出各种失意的白描跟COCO诉苦买醉的场景，电视剧里都是这么演的啊，大姐的话好有道理无力反驳啊，男人和妹子随便勾搭的必要因素已经差不多都具备了啊……

琪琪哭着拔掉针头跑回了家，买了最早的高铁票去找白描。

白描在开业现场忙得昏天黑地，琪琪打了车过去，站在马路对面看到那个熟悉的背影突然没有勇气走过去了。她用丝巾扎在头上，从人堆里挤过去。白描拿着对讲机，嗓子都哑了，嘴唇也起了水疱，头发被风吹得东倒西歪，一双帆布鞋都看不出颜色了。他不停地跟同事嘱咐什么，一会儿对着工人喊，一会儿穿制服的人拉着他说什么，他所有的肢体语言都用上了，大概是人手不够，他又加入工人的队伍去扛一只很大很大的灯箱……

琪琪这是第一次看到白描的工作状态，心里有一种说不出的感觉，觉得自己离他的生活太远太远，其实他也不容易，只是看上去光鲜亮丽罢了。他很少跟自己说工作，大概是不想把这种辛苦的印象传达给她，所以她看到的白描，都是衣着整洁谈吐优雅面带微笑淡定温柔的。

每个人大概都有不容易的地方，只是相爱的两个人应该彼此看到才对。她从未看到过他的灰头土脸，就好像他从未看到过她的孤单无助。

琪琪最后没有走上前去，悄悄离开了现场，也没有对白描说起自己曾经来过。

琪琪和白描的婚礼十分简单。我们都知道很早之前的琪琪是想要一个隆重而豪华的婚礼的，她从小就是小公主，家人也希望她结婚时可以盛大得如同皇家婚礼一样风风光光地嫁出去，但最后并没有。她在群里跟我们说：“白描够累的了，难得批到一个星期的婚假，我可不想他把大部分时间都浪费在两头办婚礼上。”

他们俩找了个幽静的不出名的海岛猫了五天，每天过着在沙滩上睡觉，在海边吃海鲜，在酒店的泳池游泳，在海边躺椅上刷剧这种猪一样的生活。剩下的两天也差不多，只是把这种生活移到了家里。

那些办完婚礼之后几乎脱了一层皮的好友无比羡慕他们俩，真是看得开，想干吗干吗，份子钱都不要了。

琪琪和白描异口同声地开玩笑："有钱，任性！"

之后在白描公司年会上，琪琪跟COCO又碰面了。那天COCO穿了一件宝蓝色的露肩小礼服，很好看，琪琪想起之前嫉妒她嫉妒得简直要发疯，可是现在竟然也可以坐在旁边欣赏她的美，她也不知道究竟是心境变了，还是自己变了。后来大家都在乱七八糟地敬酒，COCO喝得有点多，靠在椅子上跟她聊天。

"你知道吗，我有一段时间真觉得你们不会走到最后，连婚姻都走不进的，那段时间白描常常找我喝酒……你别想歪，我俩没什么，他就是太辛苦，身心俱疲，找我喝酒吐槽而已。当时我觉得你们俩根本不了解，又异地，迟早会分的，没想到啊，你们竟然没分，真是撞见鬼了！"

琪琪呵呵地笑："我自己都没想到呢！"

COCO脸红扑扑地朝她举杯："恭喜你，你们能走到现在，也是你努力了，羡慕你！"

琪琪也红了脸，跟她干了杯。

从那次起她是彻底确定了白描和COCO在某个时刻对彼此有过好感，

但现在对于她来说都不重要了，她只是庆幸自己那天那么冲动地跑去找白描却没有现身，在那个乱七八糟的瞬间知道了什么是理解与包容。如果不是那样的醍醐灌顶，她一定已经失去白描了。倒不是说白描就是这个世界上唯一适合她琪琪的人，只是有时候，想要获得一份好的感情，是需要放弃一些东西，学会包容和理解的。

即便未来她不能跟白描走到最后，这场异地恋也是人生的一次收获，是想要更好地爱与被爱，必须要上的一堂课。

那些拼命在对方的世界里刷存在感的冲动、猜忌和愤怒，才是走在爱情的路上该逐渐丢弃的东西。

# 17 人生的彩蛋就是，一种奇迹代替另一种奇迹

人生就是一种可能代替另一种可能，我从未想过会有与你重逢的那一天。

刘莎常常对我说："你怎么不写写我和榛果的故事，我们那么惊天地泣鬼神的过去你是都知道的！"

"就是因为太了解了，所以不知道该怎么写啊！"

"就像你知道的那样写，一天不写出来，跟我出去吃饭就都你买单！"

这个故事第二天就写出来了，还用了第一人称，更有叙述感，更真实，更催人泪下。刘莎很满意，但仍然拒绝买单，她说这也是人生的另一种可能。

## 1

很多年之后我的闺蜜榛果不止一次坦白地跟我说："当初的你比现在还丑还笨，我愿意跟你一起玩很大一部分原因就是，站在你旁边可以衬托出我的美貌和才情！"

我每次都郑重其事地回答她："呵呵，你放屁，人人都知道我们家是出美女的！"

但如果矫情也算才情的话，榛果绝对是才华横溢。她爸妈搁现在来说都是典型的文艺青年，后来听说文艺青年这种病生个孩子就好了，可她爸妈都没有。在那个物资匮乏的年代，不管生活多拮据，榛果家的窗台上永远插着一把新鲜的花；不管工作有多忙，她妈永远穿着自己亲手设计裁剪缝制的裙子；不管榛果考试考得多烂，她爸永远在傍晚时分在楼上吹萨克斯或者弹吉他；不管我有多烦她，她自己永远要在跟我吃麻辣烫的时候念诗，永远要把雪糕装在玻璃碗里用勺子一勺一勺挖着吃，永远会无缘无故看见有人摘花就号啕大哭，看见落叶也要叹气。

可我最没有出息的是，竟然很喜欢待在榛果家，周末的时候能够蹲上一天。榛果妈妈用球形的工具将西瓜挖成一个一个漂亮的小球，放上两片薄荷叶子做点缀，装在玻璃碗里给我吃。没有西瓜的时候，就算一把瓜子几颗糖果，也总是装在特别漂亮的器皿里拿给我。
我不知道为什么那些平常的东西到了她家就马上变得高大上起来。
但我终于知道榛果为什么那么矫情了。

而我们家那时候的情况永远是，我爸妈能够为了西瓜到底是用勺挖着吃还是切片吃大吵一架，最后把西瓜从窗户直接扔出去，谁也别想吃！他们俩干仗的频率平均一周七次，每次一天，几乎能做到7×24小时无缝衔接。一开始我一听他们吵架就会哭，后来我习惯了，因为好几次看见他们俩打着打着滚到床上去，第二天我妈就突然变得格外温柔，还会给我煎个荷包蛋。虽然没有榛果妈妈煎的漂亮（榛果妈妈的煎蛋总是蛋黄饱满，还要将小番茄切成两半做装饰），但我已然很满足。

榛果说得对，自始至终我都是拖着鼻涕穿着奇怪衣服站在她旁边像她家保姆的姑娘。我记得她妈妈还给我做过几件衣服，其中一条膝盖上缝着贴片小熊的裤子我整整穿了五年，几乎陪我度过了整个中学时代，后来直到裤裆部位磨透了再也不能穿了，我还伤心难过了很久。

那时候我最喜欢的事情之一就是跟榛果两个人在她房间里锁上门，一件一件穿她的衣服，我们俩都特别兴奋。

我兴奋是因为从来没有穿过那么漂亮的衣服，而她兴奋是因为无论我穿哪件，都没她穿着好看。

## 2

当时我们住的那条街，只有我跟榛果年龄相当又在同一个班上学，我们之所以成为闺蜜其实是没有办法的一件事儿，因为如果我们不抱团，就必须各自孤独。对于年幼的孩子来说，孤独是件可怕的事儿，所以，我们宁愿在对彼此的不屑或嫌弃中快乐度日。

直到我们上高二的那一年，生活里所有的波澜不惊似乎慢慢退去了。但让榛果万万没想到的是，我会在她前面坠入爱河，又赌气跟另一个男孩子开始了一场稚嫩的早恋。

我是第一时间跟榛果分享这个秘密的，我把那个叫江家言的男孩子写给我的情书拿给榛果看，两人做贼似的从里面锁上了榛果的房门。榛果抱着她的玩具熊，把那封信反反复复地看，她的下巴压在熊头上，那头熊被挤得面目狰狞。

她给了我一个百思不得其解的表情："江家言脑子坏掉了，竟然会喜欢你？不会是恶作剧吧，你先不要回复好了，到时候你回了信，他当着所有同学读出来，我看你怎么办！嗯，一定是这样的，一定是那些无聊男生之间的幼稚赌局……"

她噼里啪啦一顿疯狂分析，把所有最坏的结局都给我说了一遍，唯独没有提到的是，江家言也许真的喜欢我！

她把我拉到镜子前，双手抱胸，一副"你看，江家言是瞎了吗"的质疑，我小时候确实不是个能看的姑娘，因为没人打理。镜子里的我，穿着宽大校服像僵尸袍子一样，婴儿肥的脸，肿眼泡，梳了一只好玩的发髻——榛果也觉得我全身上下只有发型不错，因为是她帮我梳的。

我确实没有什么惊艳的值得江家言喜欢的地方，可是，我虽然丑，难道不允许他瞎吗？

我对榛果有史以来所有的不满都集中在那一个点了，江家言虽然不是什么男神级别的人物，但也肤白貌美，一副黑框眼镜更多了一点书生气，后来的后来我看《志明与春娇》总觉得他很像张志明，榛果又在旁边毁我童年——除了都是男的哪里像了。
可我觉得像啊，我心里默默地想，那是因为我用心去感受过他了，而你并没有。

我给江家言的回信被贴在值日栏里，男生们围成一堆嘻嘻哈哈地读得很大声，尤其是那句“我也很喜欢你”，被渲染成了歌词一般，大家都看着我哈哈大笑，江家言低着头不敢看我。
而榛果站在自己的位子上，对着我似笑非笑，满脸都是嘲弄。
我是背着榛果给江家言回信的，这是我人生中收到的第一封情书，来自我喜欢的男孩子，我真的做不到装高冷，哪怕只有1％的真，我也愿意去试一试。
事实证明榛果是对的，这不过是那帮调皮男生的恶作剧，他们觉得我喜欢江家言，江家言不承认，于是想出这么一招来测试，果然得到了我肯定的答复，于是全班都知道我喜欢江家言，而且肯定得不能再肯定了。

后来想想，很无聊，怎么会有一群人为了这么一件即便证实了也对自己毫无益处的事情那么上心呢？可那是十六七岁的年纪，喜欢一个人是比生命还要宝贵的事儿，情窦初开，还有什么比懵懂的爱情更具有吸引力呢？

那天放学榛果没有等我一起走，其实那一整天她都没有跟我说话，她是在气我不听她的，非要回复那封情书，让自己成了笑柄。或者也有点儿幸灾乐祸吧，我和江家言明明是不可能的，可我不自量力非不信。

我被孤立了。除了榛果，还有班里其他喜欢江家言的女生，都不再跟我说话。

## 3

然而，第二天我就想到了一个能够在这一局中扳回几城的好办法。我从榛果家门口走的时候，故意磨蹭了好一会儿，想像往常一样等她一起上学，可总也没等到她，我到教室的时候，她已经在了。

我从她看我的表情就知道，她是故意先走让我等不到她的。我原本想跟她说的计划也不预备跟她说了，我相信我的决定也会让她大吃一惊。

我的新男朋友，也不应该说是新男朋友吧，我人生中第一个正式的男朋友，是不学无术的学渣韩小树，是在街尾的游戏厅找到的。他也是我们学校的学生，隔壁班的，只不过逃课逃得太多，在游戏厅找到他的概率要比在学校高多了。

那是我人生中第一次逃课，在他旁边的一台机子上玩泡泡龙，那是我唯一会玩的游戏了。韩小树抽烟休息的时候看到了我，就像看见修女集体跳脱衣舞一样。

他给了我一把硬币，跟我说："现在可是上课时间，你怎么会在这儿？"

我又死了一局，对他翻白眼儿："你不也在这儿？"

他冷笑："我天天在这儿啊！"

我耸耸肩："那我以后也天天在这儿了！"

我没有骗他，后来连续一个星期，我都来游戏厅找他，两个星期后，他成了我的男朋友。其实没什么喜欢不喜欢，就好像你在一堆异类里面发现了一个跟自己一样的人，当然会抓住他不放。

跟我谈恋爱之后，韩小树反而没那么爱去游戏厅了，竟然不再逃课。我们晚上一起放学，他送我到离家最近的那条巷子，然后自己回家，我好几次站在巷口望着他远去的背影，不知道为什么就流下泪来。

我的整个青春期，竟然只剩下这个随随便便的韩小树而已了。虽然那些孤立我的女生在我跟韩小树在一起之后又一个个"原谅"了我，可这似乎也没什么值得庆祝的。

我还是赢家，在那之后再也没人提起江家言和情书的事儿了，反而是江家言，每次看见我都会低下头，慌乱地走过去，仿佛我会抓住他毒打一顿似的。

榛果一直没有再找我，即使我们在路上遇见也不会有人主动说话，像陌生人一样，有时候想想这场闹剧闹得太奇怪，都不知道到底为什么就变成了路人。

而我那么多年的不修边幅，也在跟韩小树这场儿戏似的恋情中从此得到了改善。我开始去理发店，开始在校服里面穿有蕾丝花边的打底衫，开始涂有色唇膏用BB霜，但不再梳发髻了。这么多年我的发髻都是榛果梳的，我依赖她，从来没有好好学过她的花式发型，我不会梳头，干脆剪了短发。

韩小树说我变得越来越漂亮，越来越有女人味儿。本来我们家就有强大的基因啊，我外婆、妈妈、小姨全是大美女啊！可我不知怎的就想到榛果的表情，她如果站在我面前，一定批评我丑人多作怪。

## 4

可我并不知道，榛果已经无暇顾及我丑不丑。就在那年寒假，榛果的文艺爸妈毫无征兆地离了婚，听别人说，导致他们离婚的原因是对摇滚的看法，一个说摇滚已死，一个说你心死了才会这么觉得。
于是，他们离婚了。

其实我根本没有听懂，摇滚死不死，跟离婚不离婚有什么关系。我心里想的是我那对成天打架的极品爸妈竟然还一点离婚的迹象都没有，榛果家的模范夫妻怎么可能为这点小事就离婚了呢？这不科学啊！
然而还没等我弄明白是怎么回事，便传来榛果要离开的消息。她的妈妈跟一个玩摇滚的台湾大叔闪婚，要带着榛果到台湾生活去了。
我是听韩小树说的，他是听他们班女生说的。我将手里的游戏币全扔给了他，一路狂奔跑去找榛果。

榛果在睡觉，她妈妈看到我仍旧笑盈盈的，一边收拾东西一边跟我打招呼："是莎莎啊，你好久没来了呢！"

我也笑笑，进了房间，坐在榛果床边等她醒来。她睡着的时候也那么好看，睫毛翘上了天，小而薄的嘴唇，真好看啊！

榛果也没睡太久，睁开眼看见我吓了一跳："你怎么跟鬼一样啊，吓死我了你！"

我们的友谊就在这一句话里自动恢复，好像从来都没有过那一段疏远似的。我也是从那时候开始明白，有些人之间，是不需要说什么对不起没关系的，他们早已在心里原谅了彼此，每个毛孔都等待着重新开始。

榛果说过年前就会走，到台湾去过年。我们俩翻箱倒柜，拿出很久以前地理课时用过的地图，已经全是灰尘，皱得不像样儿，我们又是擦又是压弄了半天才把它弄干净。

我跟榛果趴在地上，在那张地图上圈出现在的位置和台湾的位置。

台湾，只从电视里看到过，多数印象来自偶像剧，而现在，我的闺蜜榛果要走到偶像剧拍摄的所在地去了。

不过凭感觉，我觉得那里的气场是适合矫情的榛果母女的，只是，我们再见面又要到什么时候呢？

我在那个时刻无比悔恨曾跟榛果闹脾气，以至于错过了我们能够在一起的最后的时光。从此以后，我们俩就各自天涯了。
我送给榛果的离别礼物，是一条项链。那条项链没什么了不得的地方，也不昂贵，唯一特别的地方就是它的坠子是一颗榛果。那是我曾经在上海玩的时候在路边的橱窗里看到过的，当时就觉得应该买下来送给榛果，可标价太贵了，我买不起。

这次，榛果要走了，我卖掉了爷爷临走时给我的一枚银币，给她买了那条项链。我没有告诉她买项链的钱是哪里来的，我也不后悔，因为爷爷曾经对我说：“在你觉得需要的时候用它，必须是很重要的事儿。”
我想，榛果，在我十八年的人生里，是格外重要的。我知道再也没有十八年的时间可以留给我去认识一个人，了解一个人，陪伴一个人。

## 5

再后来就是高考，我考上了一所本二的大学，我爸妈空前一致要摆酒席，韩小树意料之中落榜，却轰动了全校——他爸爸将那间游戏厅买了下来，换了一批新设备，送给韩小树来管理，“小树数码风云”成为整条街最牛最时尚的娱乐场所。
我也是这时才知道，原来韩小树家这么有钱，我竟然一不小心攀上了富二代。可已经来不及了，在高考结束的那天晚上，韩小树向我提出了分手。
因为他要结婚了。

韩小树小时候身体不好，上学晚，后来又复读了两次，比我们大出两三岁。他的婚事也是早早就定好了的，对象是他爸爸的生意合伙人的女儿，就像电视剧里面演的那样，肥水不流外人田，这样的联姻不仅是对彼此的限制，而且会让他们的实力更强大。

没有电视剧里那么浪漫，韩小树并没有疯狂地爱上我，也没有要为我去放弃一切，他毫无悬念地放弃了我。

我们绕着操场一圈又一圈地走，最后他抱了我："你知道吗，榛果走之前来找过我，她说，无论如何，不要在高考前跟你分手！"

我趴在韩小树怀里说不出话来，后来的后来我忍不住哭出来了，榛果从来没有跟我提起过韩小树，也从来没有跟我说过他任何不好，可是她竟然什么都知道，而我像个白痴一样，幼稚地企图用一段恋情去掩盖另一段喜欢与面子。我没有多喜欢韩小树，也没有不喜欢，跟他相处的那段日子我觉得他不像别人说的那样坏，他有时可爱有时精明有时温暖有时冷漠，如果他可以陪我一直走下去，我想，我也会爱上他的……

你们知道我这么说是什么意思吧？然而都不重要了，不管怎样，韩小树的未来都不再与我有关。

## 6

那个毕业的夏天我沉浸在离别与失恋的阴影里，榛果爸爸也搬走了，房子租给了一个做生意的外乡人，我常常从那个门口经过，可窗台上再也没有新鲜的花，再也没有人会喊我的名字，为我打开门迎我进去。

榛果已经在另一个地方开始了她的新生活，她发给我很多照片，有些P得失了真，我跟她说你不P也很漂亮啊，她让我滚一边儿去，照片不P是对别人的不尊重！

后来，她的消息越来越少。

我在毕业前夕还有一件重要的事儿就是与江家言有了一次单独的谈话，是散伙饭结束之后，大家都喝了点酒，起哄让江家言送我回家。

他在路上跟我说："你大概不知道吧，其实那次情书一共有两封，是我们男生的恶作剧，想要捉弄你们，看谁会回信。另一封给了榛果，我其实一直以为榛果会回信的，因为在那之前，我曾经还给她写过一封……"

我恍然大悟，问他："如果是榛果回复的话，你一定不会公开吧？"

他低着头，很久才说了一句："真的对不起！"

我没有说没关系，因为在我心里，这件事儿并不是没关系的。我现在不仅恨自己没有听榛果的话，还恨自己曾经喜欢过江家言。我自己在回忆里重组那些蛛丝马迹，确定榛果是喜欢江家言的。

可是，他们没有在一起，都是因为我吧！

江家言送我到家门口的时候转身走了好远又转回来叫住我："我忘了告诉你，你跟韩小树恋爱之后变漂亮了。我有一次看见你穿着校服站在一排栀子花树旁边等他，雨后的六月清新无比，你就像那些栀子花中的一朵……"

他说完就蹦跳着跑开了，边跑边喊："刘莎，榛果说你就像一朵藏好的栀子花，一般人发现不了，但我发现了，栀子花，傻白傻白的……"

傻白傻白的我站在门口望着他蹦跳着消失的身影，心里说不出是什么感觉，问题的关键不是我像不像栀子花，而是我喜欢上了别人，不再喜欢他了，所以才像栀子花，否则还不是一粒掉在胸口的米饭粒吗？

可是，榛果啊榛果，在你离开我的生活之后，为什么还哪儿哪儿都是你？

## 7

我和榛果通过网络断断续续地保持着联系。大三那年，我家发生了一次挺大的变故，爸爸在上班的路上突发脑梗，虽然抢救及时，但半身瘫痪，基本生活都不能自理了。我担心得要命，请了一个星期假回家，本以为家里又该是一场腥风血雨，却出乎意料的风平浪静。我那吵起架来要直接上菜刀的老妈，把那跟她干了一辈子仗的老爸伺候得妥妥帖帖的，她像对待孩子似的哄着他骗着他，给他洗澡、喂饭、剪指甲，谁也看不出来，他们曾经是磨刀霍霍的“战友”。
榛果从台湾回来的时候我爸已经可以自己拄着拐缓慢下楼了，她来看他，跟他聊天：“你看你跟阿姨多好，一辈子打打闹闹，到老了还能彼此照顾，这才是经过考验的真爱！”

我爸笑了，我妈在旁边边削土豆边犟嘴：“我是怕我不管闺女受罪！”
我一愣神，突然发现了一个道理，榛果在很多时候就跟我妈很像，好话不会好好说，怎么刻薄怎么来，这么多年，对我都是如此。也许只有当你是最亲近的人，才会那么肆无忌惮地展现自己的阴暗面吧！
这次榛果回来倒是跟我们小时候调了个儿，她没有家了，老房子是租给别人住的，租约还没有到期。她爸几年前结了婚，后妈刚怀孕，生怕榛果像后宫剧里演的那样给她喂夹竹桃喂麝香，死活不让榛果去住。

榛果也不回台湾了，她的继父总是跟她说很暧昧的话，用奇怪的眼神上上下下打量她，趁她妈不在的时候要教她跳舞，总之，她觉得那个家整个氛围都是怪怪的，她待不下去。

我留榛果在家里住了几天，她坚持要出去找房子、找工作。此时我已大学毕业，在市里的供电公司上班。我记得我曾经跟榛果说过，以后绝对不会留在这里，要去大城市闯荡，在外面的世界才有自由。

我是因为爸爸身体不好，离得近一些方便照顾，关键时刻还能帮妈妈搭把手，榛果回来是为什么呢？她说18岁之前都是在蜜罐子里面泡大的，没想到长大之后要开始颠沛流离，她嘴巴恶毒，其实内心矫情又胆小，她说她不知道还会不会遇见一个我，又丑又笨却总在她身边，不管她怎么不够好，我都不嫌弃！

我听了直笑，孜孜不倦地去帮她看房子、找工作，她笑嘻嘻地躺在我家的沙发上："你看，又上当了吧！"

我心里说，这是报答你当初对韩小树说的话。

后来打听到同事的老公的同学的公司要招一个平面设计师，千方百计走了后门让榛果去了，工资不高，但榛果又漂亮又努力，很快就得心应手。她搬到公司附近的小公寓里住，我常常周末过去跟她挤一张床，就跟小时候一样。

谁说时光回不去的，我和榛果的时光，好像坐着时光机又回去了。

## 8

榛果公司的电话打过来的时候我正在食堂吃饭，那边说我是榛果入职时填的紧急联系人，我还没听清楚是什么事儿，心里莫名就感动起来。

并不是什么好事儿，榛果私自挖开楼下公园的下水道盖子，被人举报，已经被民警带到派出所了。

我慌忙扔下饭碗请了假跑去派出所“赎”她，一看到她的时候就被吓了一跳，那个矫情得要命的榛果全身都是黑泥，不时散发着阵阵恶臭。我刚跑去亮明身份民警就向我控诉：“你这朋友脑子没坏吧，就为了一条项链，她竟然找东西撬了下水道，自己跳下去掏了，你看看这是什么行为，人人都这样还得了，到底什么东西这么值钱……”

榛果坐在那儿闷头不说话，经过她身旁的人都捂着鼻子离她几丈远。我带着她接受了批评教育，又写了保证书签了字，这才把她领回家。她一打开家门直接冲进厕所，我顿时觉得整个屋子都是下水道味儿了。

好半天榛果才从厕所里面跑出来，裹着毛巾像个孩子似的举着什么东西朝着我欢欣鼓舞：“你看，果然是锁扣坏了，明天得去换个锁扣！”

我这才看清她手里的东西，是她当年去台湾的时候，我送她的那条榛果项链。

“你脑子坏了吧，一条项链，你竟然去挖下水道！”

她认真地拿毛巾擦着项链上的水，头也不抬：“我还不是怕你发现我丢了你送我的东西会跟我拼命啊！”

我还没说什么，她果然又补上一句：“虽然不值钱！”

她并不知道那条项链是我卖了爷爷给的银币买的，可我也从不知道，她一直用生命保护着它。

## 9

我再次遇见江家言是在韩小树家商场门口，“小树数码风云”早就不在了，现在变成这条街最大的购物中心，一共六层楼，集餐饮、品牌、服饰、电影院等于一体，一到假日人满为患。

韩小树全家都移民了，我每次站在购物中心川流不息的人群里都不敢相信，自己曾经竟然跟这里的大BOSS谈过恋爱，韩小树的身份是不是相当于我们这儿的王思聪？

榛果整天拿我开涮：“你人生中的巅峰早已过去了，跟韩小树谈的一场不痛不痒的恋爱才是你的人生巅峰呢！”

江家言看到我的第一句话也是：“听说这商场是韩小树家的？”

我耸耸肩，他傻傻地看着我笑，我当然知道，索性替他说了下去：“我没把握好，失去了嫁给高富帅出任CEO走上人生巅峰的机会，对吧？”

他笑得直抽抽。

我看着他，告诉他另一个消息：“榛果还单身，并且，回来安家了！”

他不笑了，眼睛亮亮的。

之后我带着男朋友秦昊跟榛果一起吃饭时她悄悄问我：“你这回是认真的吗？不是为了弥补错过韩小树的悲剧？”

我斩钉截铁地点头："就是认真的好不好，再不结婚，我妈都以为我跟你关系不正常了！"
她笑得一脸嫌弃："你丑，我又不瞎！"

她对我的男朋友秦昊的评价是："这回看来是用脑子选过了，是个过日子的，你看他看你的眼神，要把你看到心里面去了……"
但随即话锋一转："你好好珍惜，这年头儿瞎的不多了！"
我还没接上，她便兀自叹气："不知道我的那个人还有没有生出来呢，不要太晚出生啊，姐弟恋相差太多我也吃不消的……"
我白了她一眼："你这把老骨头，就别糟蹋小鲜肉了！"
我看着她这么多年来都没怎么变过的脸，在心里默默对她说，那个人正在路上呢，他马不停蹄，榛果你一定要等着他！

江家言拿着那封情书等在榛果楼下的那天阳光灿烂，他辞了职回到这里，重新找了一份工作，贷款买了套小房子。

我曾告诉他榛果想要一个属于自己的家，从此不再颠沛流离，这是她的心愿，她日日夜夜期盼的未来。
我也曾告诉他榛果不愿跟我争抢任何一样东西，她矫情又洁癖。
但我也不知道为什么那么笃定，坚信江家言是那个能够给她幸福的人。

我终于看到榛果刷新了朋友圈，她发了他们紧紧握着的两只手，她说："人生就是一种可能代替另一种可能，我从未想过会有与你重逢的那一天。"

我配合地在下面点了赞。

这也是我们从未想过的另一种可能吧。

# 18 曾有一天，你跟我谈论过理想

毕竟不是所有人都愿意在你困难的时候拉你一把，我可以做的，仅仅是不再给对方添麻烦，以及努力成为更好的自己，有一天让那个帮助你的人觉得你是值得帮的。

## 1

我坐在报业集团大厦45层的空中花园等纪老师，太阳很大，空中花园热成了一锅滚烫的粥，我隐约觉得屁股底下的裙子都湿透了，忍不住站起来抖了两下。

纪老师来了，他拿着手机往旁边的茶几上一放，在我对面坐下：“你这样下去是不行的，我不知道是你对房地产本身没有兴趣，还是你不想努力，反正，我带你已经有一个多月了，一点儿没有看到你的进步，如果再这样下去，我只能对你说你不适合这一行，明白吗？”

我赶忙拼命点头，小声说：“我知道了，我会努力的。”

他看着我一副悲痛的样子，皱了皱眉，欲言又止。我心想你不要这样嘛，只是稿子写不好，又不是要死了！幸好这时候放在茶几上的手机响了，他接着电话走出了空中花园，留下我一个人呆呆地坐在那儿。

从进报社房产部实习的第一天我就后悔了，托了N个人各种辗转才塞进来的，来了之后才发现好像故意要把自己所有的愚蠢都暴露出来一般。

实习期为三个月，没有工资，如果不能得到带你的那个前辈认可，就要立刻卷铺盖走人。

我在这儿已经快两个月了，深深叹了一口气，忍住终究没有哭出来。

那天我午饭也没有吃，下午下班的时候我本来想留下来再看看资料的，纪老师走过来拿了张餐券给我，说你先去吃饭，吃完早点儿回去。

我没有去餐厅吃饭，拿着包走出了办公室。

刘莎打电话来，让我买张系统盘回去重装电脑，我记得报业大厦对面有一个大超市，每天傍晚之后都有很多人在那儿摆摊儿，其中有一个就是卖盗版碟的，我径直找过去。

那个小伙子真的在那里，晒得黑黝黝的，个子不高，圆圆的脸。大概是很久都没什么客人的原因，看到我走过去眼睛放出异样的光芒，殷勤得不行。虽然我只是买一张10块钱的盘，他却一直喋喋不休地跟我说话，问这问那，当听说我就在对面那栋报业大厦里面实习的时候，显出非常惊讶的样子，小心翼翼地问我："你以后是要当记者的吧？"

我笑笑："现在还不知道呢！"心想哪有这么容易，跟我一起在那儿实习的还有三个人，两个男孩儿一个女孩儿，目测每个都比我能干。

他当然不明白我的心情，看看对面那栋楼，又看看我，愣愣地说："那栋楼可真漂亮，要是在里面上班，快活死了吧！"

我循着他的目光看过去，夜色笼罩下来，大楼外面的灯都开了，亮得跟星星一样。楼的正面镶着一块巨大的LED显示屏，播放着一则汽车广告，跟电影一样。这是附近最高最新的一栋楼，它挺直了腰板儿骄傲地耸立在黑暗中。

真是外面的人想进去，里面的人想出来啊！

我突然从他艳羡的目光中得到了一丝虚荣的满足，又夹杂着无比的忧伤与哀怨。

## 2

刘莎的床紧挨着我的，房间小得我们俩都不能同时坐在床上把脚垂下来。

我把系统盘从包里掏出来扔在她床上，她头也不抬地拿出光盘塞进电脑，一边嚼着口香糖一边跟我说话：“今天班长打电话给我了，说是班上大部分人都签合同了，我们俩怎么办？”

我怎么知道怎么办呢，还有一个多月就毕业了，白天纪老师的话又在耳边闪过一遍，觉得头都要炸了。

我倒在床上，肚子又咕咕叫了两声。

刘莎突然看着我：“听说孙竞也签了，是他老家一大公司，可厉害了，你知道的吧？”

我侧过身子看着她，有气无力地说：“我不知道。”

是啊，关于我男朋友孙竞的消息，现在要从别人口中知道了，我们已经有十几天没联系了吧！为了毕业之后的去留，我希望留在这座城市，我喜欢这里每天拥挤的味道，人们在公共汽车上粗重的喘息，超市里食物的香味儿，甚至那些街边卤菜店鸡爪的颜色……

我想留在这里做自己，哪怕现在什么都没有，但是我希望有人跟我一起奋斗，而不是跟他回老家当他的附属品。

我给纪老师发了一条短信，说辅导员打电话来让毕业生都回校填表，所以后面的几天都不能去报社上班了。

纪老师很快回了一条信息，虽然只有两个字"好的"，却让我从头到脚都轻松了，骗人成功的感觉真好。突然觉得肚子饿得不行，拖了刘莎起来去外面吃柴火馄饨。

孙竞的电话打过来的时候，我正跟刘莎吃馄饨喝得满头大汗，他说："你在哪儿，我来找你，现在。"

我说："太晚了，我睡了，明天我回学校，到时候找你。"

刘莎一边把碗里的汤都喝完了，一边抹着嘴嘲笑我："你看你为什么这么冷淡，要不然让他过来，来个什么最后一夜。"

我没说话，想起第一次跟孙竞在外面过夜，是一起去西塘玩，我们聊天聊到半夜，他突然跑出去重新开了一间房，一脸羞涩地对我说："我们还是分开住好了，我怕我把持不住，到时候强奸你！"

他就这么跑了，后来想起这件事儿我都想笑，所以，我坐在刘莎对面吃着馄饨又情不自禁笑了出来。

他其实是个很好的男孩儿，我们在一起两年零三个月，他一直很好很好。只是在毕业之后到底去哪里这个问题上，他骂我太自私，可是当我们彼此暴露出都希望对方能够顺从自己的那一刻，恰好证明了其实我们都更爱自己！

**3**

我们学校的正门走进去是两排茂密的法国梧桐，很多人秋天的时候都会来这里照相，孙竞也帮我照过，还做了相册拿给我。那段时间我特别爱那套照片，抱在手里展示给各种人看，后来渐渐忘了这玩意儿。有一天收拾的时候无意中拿出来又看了一眼，觉得太矫情了，自己怎么会拍出这么一套东西。

我记得当时孙竞特地从宿舍带来扫帚，将路边的梧桐叶都堆到草坪上，然后让我躺在那堆叶子上面，装作十分享受的样子。

我还真就那么干了，虽然照完站起来孙竞就在我身上发现了三只蚂蚁，事实证明不止三只，晚上回到宿舍换衣服的时候还掉出来两只。

冒着这么大牺牲得来的那张照片，是所有照片中我跟孙竞最喜欢的一张。

现在想想，有些事情真的只有在你人生的某个阶段才会去干，如果是现在，就算打死我，也不愿意那样了，而孙竞，也许更没有这种热情和傻气了吧！

他曾经的理想是当个摄影师，我们之间最快乐的事儿就是在一起勾画未来要开一个属于自己的照相馆，帮各种人照相，记录时光。我们的婚纱照要自己拍，支个三脚架，两人随便选一条路线，开车去，开到哪里算哪里，哪里风景好就停下来在哪里拍，每一年都要这么出去一次，带着一样的衣服，在不同的地方，拍真正记录岁月的婚纱照。

我不知道今后是谁跟孙竞去实现这个理想，也不知道还有谁会愿意跟我一起实现这个理想。总之，每次我想到这件事儿，就不由自主地觉得愤怒，原来理想在现实面前，根本就是不堪一击的。

我跟孙竞约在正门口，他竟然带着相机，我在心里没来由地后悔了一下，应该好好打扮下再来的，现在穿了件黑色的T恤和肥大的裤子，远看就像个捡破烂儿的。

孙竞朝我走过来，我假装没有看见他，转过身去东张西望，他从后面在我左肩拍了一下，我立刻向左回头，这是我们每次见面都会玩的伎俩。现在，也许是最后一次了，我还是勉强挤出了微笑。理论上说，我们还是男女朋友关系，因为到目前为止，谁也没有说过分手，只是这两个字已经在双方心里占了百分之百的比例，谁也不愿意说出来。我猜，等到毕业打包各奔东西的时候，就什么都不用说了，一切戛然而止。

## 4

孙竞上上下下打量我，用十分嫌弃的表情围着我转了一圈，叹了一口气说："你也用不着这么自暴自弃吧，稍微收拾一下又不会死。"

我心想你怎么知道我现在是怎样的心情，眼看着工作没着落根本就没有情绪打扮好吗？但我懒得跟他说，因为，他一定会借题发挥，打压我坚持要留在这里是错误的！我觉得我眨眨眼睛就能哭出来，这种氛围，以及今天我本该出现在报社，我是说谎逃班的，我变成了一个会说谎的人。

孙竞看我不说话觉得有些不对劲，歪着头问："怎么了？"

我没有说话，他举起相机对着我："笑一个，小妞儿！""咔咔"照了几张，对着显示屏回放，不满意地皱着眉说："回去换套颜色亮一点的衣服吧，要走了，记录一下。"

我跟他并肩走在通往宿舍的路上，学校一向很安静，这五月的天，漫天飘散着法国梧桐的毛絮，以前的这么些年，我会用一条大披肩把裸露在外的皮肤都裹起来，要不然就一片一片红肿。而今年，我竟然没有任何反应。

大概心情糟了，身体却变得坚强了吧！

我换了一套绿色的罩衫和白色的裙子下来，化了淡妆，头发还是那么乱，好久没有去理发店了，带了头绳下来，我知道孙竞会嫌弃我的头发，而且，他会自己帮我弄。

果然他看到我就左右研究，想了一下帮我编了个蓬松的辫子搭在肩膀上，说实话，对于他的审美，我还是挺相信的。只是这样一个男孩儿，却要回到家乡的一家大企业去做技术，对着一屋子的机器，还会下工地，戴着安全帽，拿着图纸，我想着那样的孙竞，想象不出他的样子，也许，别有一番风韵吧！

我们走过了四年来在学校里待过的每一个角落，一直是孙竞在说话，教我怎么摆姿势，怎么弄裙子，怎么调整情绪，我像个木偶，倒也十分享受。他呵呵地笑着说："你现在拍照可比以前好多了，以前拍一百张只能挑出一张好的，现在好歹能挑两张了！"

我笑了，如果时光一直这样，该多好！

我们拍到食堂的时候遇见刘莎和宿舍的其他同学，他们看到孙竞背着相机，尖叫着冲上来，喊着要拍照留念，每人一套最后的写真。

孙竞被缠得没办法，答应了，几个姑娘一窝蜂跑上楼换衣服，我们俩坐在小食堂等她们，俩人就这么静静地坐着，也不说话。

大概是无话可说了吧！

最后是孙竞打破沉默的："你还记得我们的理想吗？开个照相馆，拍旅行婚纱，支着三脚架，想怎么拍就怎么拍！"

我笑笑。

他看着我说："如果你以后跟别人结婚了，也会这么做吗？"
我摇摇头："不知道，看那个人愿不愿意了！"
他也笑笑："我想我不会了，这是我跟你的理想。"

## 5

我在学校待了两天，还是得去报社上班，逃避也不是问题，只能硬着头皮坚持下去。
那天下班我又去了卖盗版碟的小伙子那边，刘莎说买点儿喜剧片回来看看吧，要不然晚上的日子好难熬，等房租到期一定要租个有宽带的，要不然简直与世隔绝了啊！
我去买喜剧片。小伙子见我来特别高兴，甚至还自我介绍起来，他说他叫李大亮，他问我叫什么，出于对陌生人的防备，我随口编了个名字，跟他说我叫袁小路。
他很开心地重复了一遍我的名字，又开始跟我聊天。我们俩有一搭没一搭地说着话，直到我挑好了碟付钱走，他又在后面追上我，要送我一盘轻音乐的，我坚持没要。

之后的几天部门特别忙，我一直很晚才回去，没有再从李大亮摆摊儿的地方路过，也几乎忘记了这个人。
我在他那儿买碟的第二个星期三，因为第二天有房产专版，通常头一天晚上都会忙到很晚，甚至通宵，所以那天到了晚上十一点多的时候我饿得不行。纪老师看到我两眼无神的样子说："你下楼去旁边24小时便利店买点儿吃的吧。"我刚准备走，他拉住我，从钱包里掏出200元："多买点，我知道你能吃！"

我咧开嘴拿着钱做了个行礼的手势，一溜烟儿跑出去。

电梯到一楼，门一打开，就听见有人在争执，吵得很大声，我凑上前一看，竟然是李大亮。我急忙跑过去，拉开保安，大叫："李大亮，怎么是你！"

李大亮一看到我眼睛都亮了，马上来了精神，耀武扬威地对保安说："你看，我就说我朋友在上面吧，你们非不信，你看你看。"

保安看了我的牌子，嘴里骂骂咧咧，我把李大亮拉到外面，站在旁边中国银行的自助银行里面，问他："你这么晚在这儿做什么，还跟保安吵架，怎么回事啊？"

他挠挠头，不好意思地说："我其实没打算跟他们吵架，就想在那儿等你，等着等着，他们不让我在那儿了……"

我看他两只手背在后面，拉他，他往后退，我奇怪地打量他："你等我做什么，拿的是什么？"

他咬咬牙有些不好意思："你那天说工作很烦，睡不着觉什么的，我就给你拿了两盘挺好的音乐，想给你晚上听的！"说着伸出手递给我。

我接过来一看，果然是适合睡觉的音乐啊，安眠曲、宝宝睡眠曲大全……这些东西放在我家里，被人看见一定以为我精神分裂吧！

但我还是接了过来，替他拉好皱起来的衬衫领子，看着他问："什么时候来的？"

他怯生生地回答："六点半。"

我看了看表，现在是十二点零五分，他在楼下等了我将近六小时。我心里有些说不出来的感觉，又问他："你就为了送这个给我，没有别的事儿？"

他认真地摇了摇头："没有！"

我拿着他送我的碟对他说："那你快回去吧，我今天要加班到很晚，改天我请你吃饭！"

他又拼命摇了摇头："我不要你请我吃饭，我走了！"

他按了墙上那个开门的按钮，门开了，他头也不回地消失在夜色中。我也跟着走了出来，却已经找不到他的背影了。这么晚，街上还是车水马龙的，行人仍然没有减少，这就是城市的魅力吧，永远都那么繁华，那么热闹，永远不会没有人，但它却永远孤独。

走进便利店好好想想这件事儿觉得有些后怕起来，一个摆摊儿卖盗版碟的，完全不知道底细，几面之缘，为了给我送几盘碟苦等六小时，如果说完全没有企图，那我真的无法相信。

便利店几乎没人，就我跟一个年轻的店员，我推开门走进去的时候，他惺忪的睡眼努力挣扎了一下，给我挤出了一个笑容。

我随便拿了一些吃的结了账，站在便利店门口打电话给刘莎，跟她说这件事儿，让她给我分析分析，哪知道她一听就斩钉截铁地说："你明天去他摆摊儿的地方给他点钱，跟他划清界限，这些人不知根不知底的，别哪天缠上你甩也甩不掉，知道吗？”

我听完心里好像吃了苍蝇般郁闷，本来是感动的，现在一想，值得我感动吗？现在这种社会哪里有什么感动，保护自己才是最重要的！我抱着那堆吃的上了楼，被纪老师一通骂：“你这是去了几公里之外买吃的了啊，这么慢，我这儿盯着版子盯不过来了……”
我浑浑噩噩去帮他盯版子，心里七上八下的。

**6**

第二天早上我还在路上，就接到了纪老师的电话：“死丫头你到底想怎么样，那么大的版面也能发错稿子，我真是服了你了，你赶紧给我打车过来，看看你自己干的好事儿！”
我奔丧一样赶到报社，纪老师把一沓报纸摊在我面前，我脑袋里就好像有几百只苍蝇在转，看了半天都没有看出来哪里错了。

纪老师终于忍不住怒了，当着办公室所有人的面大叫：“你不会连自己都看不出来吧，网上那句话真是说得太对了，不怕神一样的敌人，就怕猪一样的战友，你就是那个猪一样的战友！你自己看看，你发的稿子是上周的啊亲！”
纪老师的“亲”字一出口，办公室好多人都笑了，只有我木头一样杵在那儿，盯着那张报纸，恨不得把它吃掉！

中午的时候，我一个人躲在厕所哭，那条稿子五万多块钱，我不知道怎么办，自己赔？那要怎么赔呢？这么多钱，我不可能向家里要，那我要去哪里弄？关键还有纪老师，我是他带的实习生，客户和领导也只会找他，不会找我，他属于无端被我牵连的。

我在厕所哭了好一会儿，收到孙竞的短信，说有事儿找我。

有什么事呢，既然已经各自做了决定，还要假装在一起做什么？

我一边哭一边给他回了一条短信："别找我了，我们分手吧！"

我承认发这条短信是带着怨气的，但现在我根本没有心思去想我们俩的事儿。就在这一秒，我好像突然明白了，爱情算什么，在所有世事艰难面前，爱情其实是最廉价的，没有了不会饿死，不会病死，根本不会怎样啊！

那一整天我都不知道是怎么熬过来的，纪老师从那之后一句话也没有跟我说，当然，下午他就不在办公室，不知道去哪儿了。另外三个实习生轮流安慰了我一会儿，我从他们眼睛里也真的看到了忧伤，虽然我一直觉得，我出这种事儿他们应该落井下石的，因为留下来的名额只有两个，我们四个人，总有人要走！

一直等到晚上下班，纪老师都没有回来，我也不敢打电话给他，虽然很想知道这件事儿的解决方法，但还是只能等待。

六点钟下班，我没敢走，坐在办公室等纪老师，一直等到七点，他也没有回来的迹象。我想想还是走吧，坐在这儿又能怎样呢，回去想想看这钱怎么办！

走到一楼，一个人突然冲过来站在我面前，我吓了一跳，原来是李大亮，本来就心情不好，一看到他更生气了，皱着眉头问他："你怎么又来了，以后别到这儿来找我。"

他冷不防我这种态度，有点儿尴尬，手上举着两张碟，很小声很委屈地说："我只是，想给你送两张新碟，很好看的，特别搞笑，一定能减压。"

我接过他的碟放进包里，然后从钱包里掏出100块钱塞给他，怒气冲冲地对他说："包括前几次的那几张，一起给你钱，以后不要给我送了，也不要到这儿来找我，听到没！"

他还想说什么，我没让他说，只顾对他吼："就因为你上次来找我，害我发错了一条稿子，现在要赔五万多块钱，我都不知道要怎么办，你以后不要到这里来找我了，我们根本不熟！"

说完这些话，我把他抛在身后，迈开大步飞快地走了，走着走着心里的歉疚开始慢慢往上涌，自己的不如意怪罪给别人，这算什么呢？

## 7

我买了啤酒和卤菜回到出租屋，看见刘莎在收拾东西，一只小皮箱扔在旁边，里面就几件衣服。其实，在这间屋子里属于我们的东西很少很少，大部分在宿舍，这里只有一些必需品。这么想的话，人可以活着的条件并没有那么高，除了一只小箱子的必需品之外，多出来的都是欲望。

刘莎看我回来，站起来一把抱住我："亲爱的，我不能在这儿陪你了，我姑姑帮我找了一份工作，有员工宿舍，所以，过几天我就要搬过去。"

我不知怎的一下子就哭了，这一天过得，也太悲壮了，失意、失业、赔钱、失恋、失去朋友，快要一个人了，后面的日子怎么过呢，我都不知道。

刘莎听我说了今天一天发生的事儿，嘴巴张得老大，半天冒出一句来："没事，能用钱解决的问题都不是问题！"

我冷冷笑了一声："是啊，就是没钱！"

刘莎说："没钱可以借啊，再说，风险是公司共同承担的，我看你也不用赔五万那么多，到时候，我们到处去借一点儿先救急，后面你找份工作慢慢还就是了！"

我点点头，倒在床上，一动也不想动。这才想到白天给孙竞发的那条短信，他也没有回，回不回都不重要了吧，还有不到一个月时间，从此老死不相往来，还回什么回。

我闭着眼睛一直胡思乱想到凌晨，才迷迷糊糊睡去，又很早就醒了，爬起来去报社。我该对纪老师说点什么呢？钱一定会还的之类，或者，给他写个欠条，然后离开这里。嗯，就这样吧！

我到的时候纪老师还没有到，我坐在那儿等他，一直等到下午他才出现。我几次狠了狠心，都没有勇气走过去，直到他喊我，让我帮他找个资料，我才鼓足勇气去跟他说了自己的想法。

他听完看了我一眼，表情漠然，摘下眼镜滴了两滴眼药水，面无表情地对我说："钱的事情你不用担心了，我再怎么也不会让你这么个没毕业的小姑娘去承担这笔钱。这件事儿算我的，我已经跟上面说过了，但是，你到底适合不适合干这一行，倒是我真正担心的。我看得出来你很努力，那反正还有点儿时间，好好干，长点儿脑子，明白吗？别让这件事儿成为负担。"

我听完他的话全身哆嗦，这是什么意思啊，不要我赔钱了吗？可是，我又怎么能让他帮我承担这么大的损失呢？而且，不会让我立刻滚蛋吗？

他见我一脸茫然，大手一挥："愣着干什么？哪儿凉快哪儿待着去啊，不用干活儿啦！"

我这才赶紧回到自己的座位上，这回，另外三个实习生没有一个过来恭喜我！

## 8

一下班我就去摆摊儿的地方找李大亮，想为前几天的态度道歉，却发现原本整齐的摊位一个人也没有。问了旁边超市的保安才知道，原来今天城管突袭，大家都跑了，听说有个卖盗版碟的跟人打起来，被带到派出所去了呢！

我心里一紧，忙问："哪个派出所？"

保安说："还能哪儿啊，就最近的派出所，过个马路的巷子里就是。"

我一口气跑到保安所说的那个派出所，跑到门口却站住了，这个人跟我有什么关系呢，一个街边摆摊儿卖盗版碟的，还打架生事儿，他就是个小混混而已，要是以后缠上我，可就难摆脱了吧。

这么想想，又从派出所的大门退了回来。

日子就这么一直过下去，距离毕业越来越近了。我在报社努力地熬日子，每天看很多很多资料和样稿，自己试着重新写，跟老师跑楼盘，原先看见人都不敢说话，现在好歹能够问几个在点子上的问题了。

纪老师说我有进步，但是没天赋，离合格还有十万八千里呢！

可我真的很累很累了，巨大的压力压得我喘不过气来，我也不知道，为了捧上媒体这个金饭碗，而逼自己拼命做自己不喜欢也不擅长的事儿，到底是为了什么，不是自己的理想，跟孙竞又有什么区别呢？

这种迷茫又开始一直纠缠我，毕业离校的那一天，我跟纪老师请了假回校。这是最后一天我以学生的身份站在这个城市，前途一片未知。
我是宿舍最后一个走的，因为我离校就是换个地方住而已，那个窄小的出租屋是我唯一的家了。送走了室友，刘莎要去新宿舍送东西，我一个人锁了门，把钥匙交还给一楼的宿管。那个鬈发的阿姨笑嘻嘻地对我说："同学，再见。"

真伤感啊，我忍着眼泪走出女生宿舍的大门，一抬头就看到了孙竞站在那儿。我大大方方地朝他走过去，对他说："再见。"
他拖着一只箱子，手里拿着一个袋子，把袋子递给我说："拿着，上次找你要给你，你给我回了那么一条短信，就当毕业礼物吧，等我走了你再拆。"

他说完这句话转身就走，我喊他，他也没有回头。
我打开那个袋子，里面是一本照片书，孙竞将那次拍的照片一张一张冲印了出来，夹在一本厚厚的相册里面，每一张照片旁边都写了字：
我们第一次牵手的林荫道，那天你穿白色的衬衫，短头发。
我们经常在这里吃饭，你喜欢吃宫保鸡丁和木须肉，不爱吃鱼。

我在这个墙角第一次吻你，你连接吻都不会，太笨了。
我每天帮你打开水，你的水瓶上贴的那只Kitty猫实在太弱智了。
我们第一次吵架你坐在这条长椅上哭了两个小时，怎么拉你都不肯走。
……

你是我的理想，而每个人的理想多数都无法实现。再见，理想！
我站在盛夏硕大的太阳下面，对着他走掉的方向，哭花了脸上的妆，再见孙竞，再见理想，再见青春！

## 9

李大亮又来找我了，我再一次看到他有些头皮发麻，起先的愧疚也在看到他的一瞬间变成了厌恶。
因为保安一直看着我们，所以我示意他边走边说。我们再次站在旁边的自助银行里面，他脸红红的，递给我一个信封。
我不要。
他急了，声音都在颤抖，一定要塞在我手里："你是嫌少吗，但我只有这么多钱了！"
我不解："你给我钱干什么？"
他说："你上次不是说我害得你要赔钱吗？我最近一直在拼命挣钱，哪知道又不凑巧，上次被逮了，一车货都被没收，损失了一千多块呢，要不然还可以多给你一点的！”

我心里已经波涛汹涌了，连忙解释说：“我不要你的钱，那天是我正在气头上，不该那么说的！”

他低下头：“你不用安慰我，我知道这栋大厦不是想进就能进的，不能因为那点儿小错误就耽误了你的前程。不怕你笑话，小时候，我作文写得好，最大的理想就是以后当个记者，去采访，亮个牌儿，多威风啊！但是家里穷，我上到初中就没能再继续上学了。而且，以我现在这种样子，能认识个记者，能有个正当的理由进到这栋楼，我真的很高兴。”

我不知道要说什么，他继续说：“你放心，我要离开这儿了，以后不会再来打扰你的，你收下这个，让我安心走。”

我问：“你要去哪里？”

他有点不好意思：“家里给说了个媳妇儿，回家见见，要是合适的话，就结婚，然后一起在老家安稳地过日子。”

我点点头，把信封还给他，告诉他那件事儿已经解决了，不用我赔钱了。然后我做了个决定，拉着他回到大楼，跟保安打了个招呼，说是我老家的亲戚，带他上楼拿点儿东西。

我带他参观了报业大厦，给他介绍了出报纸的每一个步骤，告诉他记者是怎么工作的，除了记者还有编辑，还有主编，还有美编、校对、发行等，很多人都要工作到深夜甚至凌晨，办一份报纸是很辛苦的事儿。

他一直带着无比好奇的表情听我介绍，我觉得我好像一个幼儿园的老师，带着小朋友参观海底世界。

临走的时候，他对我说：“真的谢谢你啊小路，让我觉得自己好像实现理想了呢！”

我这才想起，原来他连我的真名都不知道呢！

但那又怎样呢？

## 10

我在七月的时候终究还是离开了报社，还记得李大亮走的时候对我说，多想像你这样做着自己喜欢做的事儿。当我告诉他，当记者并不是我喜欢做的事儿的时候，他眼睛里流露出一种身在福中不知福的羡慕的表情。

我喜欢做的事儿，就是开个照相馆，记录每个人永不能回去的时光。

我走的那天对纪老师说：“等我找到适合自己的工作，那笔钱会慢慢还给你的！”

纪老师假装黑着脸说：“不用了，你不在身边捣乱，我相信那笔钱我很快就会挣回来的！”

我们都笑了，虽然他是个说话刻薄毫不留情面的人，但是此刻我却对他充满感激和不舍，毕竟不是所有人都愿意在你困难的时候拉你一把，我可以做的，仅仅是不再给对方添麻烦，以及努力成为更好的自己，有一天让那个帮助你的人觉得你是值得帮的。

我去了一家摄影工作室当摄影助理，很低端，很辛苦，但是每天工作的时候，我都觉得是在完成自己的理想。

我常常会想到孙竞，甚至很想告诉他我在做什么，但我希望是在理想实现的时候再告诉他。我希望有一天可以站在他面前，带他到我的照相馆，为他拍一张照片，然后骄傲地对他说："看，我实现了我们的理想，我的坚持有了结局。"

这么做，并不是为了证明他是错的我是对的，而是为了证明每个人都有权利做自己喜欢做的事儿。拥有这种单纯的幸福，能够坚持自己的理想是一件很奢侈的事儿。

而教会我这个道理的，是一个叫李大亮的卖盗版碟的小伙子。

# 19 爱的箴言：曾有一个人，爱你如生命

并不是谁都有机会和资格轰轰烈烈的，当然，也并不是谁都能够拥有这样简单而平淡的人生的。岁月赐予我们的意义，对于每一个人来说，都是各自爱的箴言，许我们领悟并珍惜。

写故事这么多年，偶尔发故事给自己拉票，后来就经常有人捧场，胖儿，给你讲讲我的故事呗。最多的当然是爱情。可在那么多爱情里，平淡的很多，我独爱这个，把它改成了一封信，给我的朋友木木。

木木，这本书上市的时候应该是你和老潘结婚20周年纪念日了吧，把这封信作为送给你们的礼物，愿故事被你们铭记一生。

老潘：

时光拉回到1996年。

我与当时还是小潘的你第一次见面，是为了治疗和忘却一次短暂的仅限于拉手的恋爱。其实你原本是朋友滢的妈妈准备给自己女儿的，谁知正赶上当时对男女之情不屑一顾的滢突然谈起了恋爱而且处于如胶似漆的阶段，而我又一副失魂落魄不修边幅的样子，滢的妈妈才割爱将你“赏赐”给了我！

滢热心地为我们安排了一场相亲，地点就在她家，约好见面的时间是下午四点五十分，我按照国际惯例提前了十分钟到。当时间指向五点零五分时，敲门声响起，我对时年26岁的你有了第一个评价：不守时。门开后，在里屋的我听到外面传来非常低沉厚重的声音，是你在跟滢的妈妈打招呼，未见其人先闻其声，在没见到你长啥样儿之前，我又有了对你的第二个和第三个评价：行为老到、声音苍老，总结为一个字：老。

说真的，对于当年你的整体印象，挺让人失望的。你比我大三岁，但是看上去像大了十岁，行为举止典型的工人老大哥。我并不是看不起工人，只是你跟我之前接触过的同年龄段的男同胞截然不同。一口浓重的下关口音，讲话倒颇为实在，看起来确实是个老实人。

双方寒暄后，我们一起落座在客厅的沙发上，面对面，就像警察和小偷。据说每个女人都有当媒婆的天赋，这句话在滢身上体现得淋漓尽致。她那天的表现根本不像是我的朋友，更像个家长，与你的交谈也是审犯人的方式，一问一答：属什么的，家里几口人，平常喜欢什么，甚至还有，工资多少。

不管滢怎么问，问的问题多赤裸，你都如实回答，没有半点儿犹豫和斟酌。我基本上没有参与你们的交谈，只是透过下垂的眼皮打量着坐在对面的你的那双厚手，由此也有了对你的第四个评价：指甲长，不学好。

后来我们熟悉了之后，有一次我提到了你的指甲，你问我是不是这样不好？我说是的，长指甲的男人看上去让人不舒服。从那以后，你的指甲一直修剪得很干净很及时，直到现在，从未超过一毫米。

那次见面，我们好像是在滢家吃的饭，年代久远到已经记不真切了，但印象很深的是，第一次到滢家的你还专门带了一把香蕉，还有一袋别的水果。这一点让我和滢嗤之以鼻，在我们看来，这都是老古董才会做的事儿，我们年轻人根本不会讲究这些！

当时23岁的我，仍停留在不懂事的孩子阶段，仗着自己年纪轻，不懂也不屑那些人情世故。而你虽然只比我和滢大三岁，但在这些方面却好像大了30岁，更像是个长辈。

吃完饭，我起身告辞。你推着辆自行车，陪着我一直走到我家，当然不是只有我们俩，滢这位忠实的“监护人”一直全程陪同并且在路上继续审问你，但她问了些什么，我都未在意。因为这一路我都在想，就这么再见吧！

对于你，确实谈不上有什么好印象，也没什么坏印象，我觉得就好像是参加了一次有陌生人在场的饭局，之后大家各自回家再无交集。

但你似乎不这么想，到我家门口的时候你问我：“你明天几点下班啊？”

我说：“九点。”

“那我九点去接你吧，晚上黑，我送你回家安全点。”

“啊？”

“我在哪里等你啊？”

“那，在少年宫的天桥那边吧。”

“好，那我走了，再见。”

这么多年，我一直记得我们第一次见面分手时的对话，一字不落。
那时候我在商场上班，两班倒，一天早班一天晚班，晚班都要到晚上九点之后才下班。从我认识你的那天起，只要上晚班，你都会来接我，陪我从山西路走到大桥南路我的家。这样的陪伴，一直到我们结婚后有了自己的新家。

一切都很自然，后来计算一下，我应该也是从那时起和你正式谈起了恋爱。全程没有轰轰烈烈，没有海誓山盟，连求婚都没有，仔细想来，感情原是一步一步地进阶，在很自然的情况下，完成某件事儿或某个动作。

我本没有把跟你的事跟家人说，大概有不是特别满意的嫌疑。后来家人逼得很急，怕我嫁不出去想给我介绍对象时，我才坦白了和你的交往。

我爸详细逼问出了你来接我的准确地点。在某天你来接我时，老爸早早约了家里的几个亲戚潜伏在我们约好的过街天桥上，巡视着来来往往特别是在桥下停留超过30秒的男人。我到的时候，远远就看到了天桥上的评审团，然后迅速把你拉走了。
当晚我爸责怪我，说我应该站着和你说几句话再走，因为我还没到那儿的时候，天桥下站着好几个男人，他们当时没来得及锁定目标仔细看看。对于我拉走的男人，我爸根据背影给了这样一个评价：肩膀很宽，是个爷们儿，看上去值得依靠！
于是那天之后，你来接我的地点，由天桥下转移到了商场门口。很长一段时间之后我告诉了你那天评审团的审阅事件，你吓出了一身冷汗。
那个年代的恋爱，和现在见几面甚至第一面就可以上床的节奏相比，似乎是慢得过分了些。你接我下班的第四个月，已然到了冬天。当我把冰冷的手主动放到你的大手里取暖时，发现你手心里全是汗。
我故意逗你："你热吗？"

你笑了笑，什么也没说，只是很用力地握紧了我的手。
我曾经问过你："第一次见我有什么印象？为什么闷声不响就开始接送我下班？"
你说："我也不知道为什么，只是很自然地认定，这个不说话的小胖妞儿就是自己以后要娶的人。"
也许有没说出来的别的原因吧，但是谁知道呢，在我和你的故事中，确实所有的进程都自然得不加雕琢，就像你到了饭点儿就知道要吃饭一样。

所以，内心觉得自己想要的是一场轰轰烈烈的爱情，得到的却是如同毛毛雨般的寡淡，让我觉得即便与你牵了手，对你还是不满意的。我想要的那种浪漫的山崩地裂的恋爱，在你身上自然看不到任何希望。
后来有一天，一件小事，让我彻底不去幻想什么轰轰烈烈了！

那天下着雨，我们俩各自在家。你给我打电话："我妈包了饺子，韭菜肉馅儿的。"

我随口说了一句："真好，我也想吃。"随意的就像现在在朋友圈里无心点了个赞。

电话那头立刻回答："那你等着，我给你送。"

还没等我把拒绝的话说完，电话就挂了。

那天雨很大，下得几乎看不清前方，任谁都不会愿意在那时往外跑。但是，十分钟之后，你这个傻子就敲开了我家的门，没有打伞，一身的雨水，说是骑车来的，第一锅饺子全给我装到饭盒里了。

饭盒打开的一瞬间，冒着热气的饺子蒸得我眼眶都湿了。

有时候，确定一件事儿其实真的不需要太多理由，那个大雨滂沱的夏天，滴着水的你端着热气腾腾的饺子傻呵呵地站在我面前，那样的场景我想再过多少年我还是会记得。那时我看着你告诉自己，这个男人，也许给不了我惊天动地的爱情，但一定可以给我一个家。

1997年9月20日，在我们相亲整整11个月后，我们结婚了。很老套的相识，很自然的相知，很平淡的相爱，以及很普通的相守。一转眼便是十几年过去，我们的儿子小潘也十几岁了。对于当初平淡里的感动也不是没有过厌倦，大痒小痒无数，当你习惯了一个人，习惯了一种生活，它便会变成一滴蚊子血，而不再是一颗朱砂痣。

我跟你亦是一样，十几年里，大吵小吵无数，最严重的一次是2008年5月那次，原本是一次平常的吵嘴，却因为多年来怨气过多爆发到极致。我拎着小包二话不说离家出走，发誓再也不会回到那个家，再也不会回到那个该死的不解风情的老潘身边！

我开始跟你冷静地讨论起关于离婚的实质性问题：怎么跟长辈说？孩子归谁？

那些日子我每天下班之后，匆忙回去看一眼孩子，然后住到同事那儿去，不在家多做任何停留。我觉得，我对你，对这个家，已经有太多厌倦了。我们答应给对方时间好好思考，不去干涉对方做任何决定。你就是这样一个人，永远闷闷的，永远说不出什么我想听的话来，虽然结婚前都已知晓，却还是绝望。

本以为已经是板上钉钉的事儿了，离婚，我是独立自主的女性，有什么可怕！然而，5月12日，在全世界人毫无防备的情况下，发生了汶川大地震。虽然离南京远，地震的时候我还在客户的电梯里急着找厕所，但知道是地震的那一刻还是有些后怕。那几日所有的媒体铺天盖地传递着救援的信息，每天都有人死去，每天都有幸存者被发现，每天都是关于生命的奇迹与感动。我独自一个人在朋友家里看着这些消息，感叹生命在天灾面前显得那么渺小，不堪一击。

我看着新闻问自己，如果是我经历地震，我被埋在地下，会有人冒着生命危险存着一丝希望来找我，拼了老命想把我从废墟下面挖出来吗？这个问题的答案，我心里很清楚，唯一会这么做的人，唯一会在灾难发生时第一时间想到我、拼命想我活下来的人，也许只有你而已。
也许那个你不解风情，不懂甜言蜜语，不会浪漫，也不会经营我们的婚姻和爱情，但你会用生命守护我，你是这个世界上唯一一个比在乎自己的命还要在乎我的人。那一刻，我醍醐灌顶，离什么婚啊，有病吧！

我通知你来接离家出走的我，然后，我们的生活一切照旧。从那之后，我再也没有过离婚的愚蠢念头，因为我不想失去万一哪天地震了会赶来挖我的你，我想，你也是吧！

2013年9月20日，是我们结婚的第16个年头儿，我放了一张当年的结婚照在我的社交网上，并写了一段话：

1997年的今天，英俊潇洒的小潘与含苞待放的小李在经历了一天忙碌的婚礼后喜结连理；2013年的今天，身材走样的老潘与风韵犹存的老李举起红酒杯，与风华正茂的现任小潘共同憧憬着美好的未来。下一个16年还能否举杯共庆？众人对这点都表示出了极大的信心。好吧，希望那时候会有个贤良淑德的小潘嫂，最好还有个牙牙学语的小小潘。

关于爱情是什么，人人都有自己的理解。我的轰轰烈烈一直也没有来，估计也不会再来了。可见，并不是谁都有机会和资格轰轰烈烈的，当然，也并不是谁都能够拥有这样简单而平淡的人生的。岁月赐予我们的意义，对于每一个人来说，都是各自爱的箴言，许我们领悟并珍惜。

**图书在版编目（CIP）数据**

只要最后是你，晚一点也没关系 / 丛平平著. —北京：九州出版社，2016.5

ISBN 978-7-5108-4435-5

Ⅰ. ①只… Ⅱ. ①丛… Ⅲ. ①故事—作品集—中国—当代 Ⅳ. ① I247.8

中国版本图书馆 CIP 数据核字（2016）第 123156 号

**只要最后是你，晚一点也没关系**

| | |
|---|---|
| 作　　者 | 丛平平　著 |
| 出版发行 | 九州出版社 |
| 地　　址 | 北京市西城区阜外大街甲 35 号（100037） |
| 发行电话 | （010）68992190/3/5/6 |
| 网　　址 | www.jiuzhoupress.com |
| 电子邮箱 | jiuzhou@jiuzhoupress.com |
| 印　　刷 | 三河市嘉科万达彩色印刷有限公司 |
| 开　　本 | 880 毫米 ×1270 毫米　32 开 |
| 印　　张 | 11 |
| 字　　数 | 250 千字 |
| 版　　次 | 2016 年 7 月第 1 版 |
| 印　　次 | 2016 年 7 月第 1 次印刷 |
| 书　　号 | ISBN 978-7-5108-4435-5 |
| 定　　价 | 38.00 元 |


★ 版权所有　侵权必究★